Mariage à Manhattan

Cet ouvrage a été publié en langue anglaise
sous le titre :
CONSIDERING KATE

Traduction française de
LIONEL ÉVRARD

HARLEQUIN®

est une marque déposée du Groupe Harlequin

Originally published by SILHOUETTE BOOKS,
division of Harlequin Enterprises Ltd.
Toronto, Canada

Illustration de couverture :
© DIGITAL VISION / GETTY IMAGES

© 2001, Nora Roberts. © 2003, Traduction française : Harlequin S.A.
83-85, boulevard Vincent-Auriol, 75013 PARIS — Tél. : 01 42 16 63 63
Service Lectrices — Tél. : 01 45 82 47 47
ISBN 2-280-12872-1

NORA ROBERTS

Mariage à Manhattan

1.

Kate allait veiller à ce que tout soit parfait. Chaque étape, chaque détail de son projet se réaliserait comme elle l'avait voulu, préparé, planifié, jusqu'à ce que son rêve devienne réalité. Ne pas viser la perfection était à ses yeux une perte de temps, et Kate Kimball n'était pas femme à perdre son temps.

A vingt-cinq ans, elle avait déjà vu et vécu bien plus de choses que la plupart des gens au cours de toute une existence. A l'âge auquel les jeunes filles s'intéressent aux garçons et s'inquiètent de la mode, elle s'était produite sur les principales scènes européennes, accomplissant des miracles de grâce et de légèreté, dans des costumes extraordinaires, au son des plus belles musiques jamais écrites.

Elle avait dansé devant des reines et dîné avec des princes. Elle avait bu du champagne à la Maison Blanche et pleuré de joie et de fatigue au Bolchoï. Elle serait toujours reconnaissante à ses parents et à sa famille, si présente, de lui avoir permis de réaliser tout cela. Tout ce qu'elle était devenue, c'était à eux qu'elle le devait.

Mais à présent, il était temps pour elle de passer à autre chose et de bâtir le reste de sa vie par elle-même.

Aussi loin qu'elle pouvait se rappeler, la danse avait été son plus beau rêve et le but de son existence — son obsession, comme le disait non sans raison son frère Brandon. Car Kate était convaincue qu'il était bon d'avoir une obsession pour guider ses pas — pour peu que celle-ci fût la bonne et que vous sacrifiiez tout pour elle.

En ce qui la concernait, elle n'avait jamais hésité à travailler dur, dès la plus tendre enfance, pour atteindre son idéal. Vingt longues années de leçons quotidiennes, d'études ardues, de joies intenses, de douleurs et de peines aussi. Vingt années de parquets cirés, de barres d'entraînement, de chaussons à pointes. Vingt années de renoncement, songea-t-elle pour conclure, pour elle comme pour ses parents...

Elle était bien consciente de l'abnégation qu'il leur avait fallu pour la laisser partir, elle, la benjamine de la famille, étudier à New York à dix-sept ans à peine. Mais lorsqu'elle leur avait fait part de sa décision, ils ne lui avaient pas offert autre chose que leur accord et leur soutien actif.

Bien sûr, ils avaient su qu'en quittant la petite ville de Virginie-Occidentale dans laquelle elle avait toujours vécu elle ne serait pas seule. Ses grands-parents maternels, Yuri et Nadia Stanislaski, ainsi que ses oncles et tantes, l'avaient accueillie à bras ouverts dans la grande cité. Ils l'y avaient guidée, protégée, nourrie, logée, écoutée, consolée, encouragée, suppléant à l'absence de sa propre famille.

Sous leur houlette, elle avait pu travailler, s'entraîner, danser, encore et encore, jusqu'à être intégrée au sein de la Compagnie. Lorsqu'elle avait fait ses premiers pas sur scène, ses parents avaient fait le déplacement pour la voir danser. Et quand elle avait gagné ses galons de danseuse étoile, ils avaient pleuré de joie avec elle.

Durant six années épuisantes et magnifiques, elle avait dansé au plus haut niveau professionnel. Elle avait connu le vertige des feux de la rampe. Elle avait *senti* la musique couler à travers son corps. Sur toutes les scènes du monde, elle était devenue Gisèle, Aurore, Juliette, et des dizaines d'autres héroïnes romantiques. Chaque instant de cette vie d'exception, elle l'avait reçu comme un cadeau de grand prix.

Aussi personne n'avait-il été plus surpris qu'elle-même lorsqu'elle avait brutalement décidé de tout arrêter. Dans la presse et le petit monde fermé de la danse, des rumeurs avaient couru pour expliquer sa retraite. Mais au fond d'elle, Kate savait que seul le besoin de rentrer à la maison motivait sa décision…

Ce qu'elle souhaitait dorénavant par-dessus tout, c'était vivre une vie bien à elle, une vie aussi tranquille et quotidienne que la précédente avait été hors du commun et mouvementée. Master classes, répétitions, galas, voyages, presse, promotion — la vie d'une danseuse étoile ne se résumait pas à enfiler une paire de chaussons pour aller briller dans la lumière… En tout cas, ce n'était pas ainsi que Kate l'avait vécue.

Pour elle, tout cela était maintenant de l'histoire ancienne, sans remords ni regrets. Pour repartir d'un nouveau pied dans l'existence, elle avait naturellement retrouvé le chemin de Shepherdstown, sa ville natale, la charmante petite cité universitaire dans laquelle ses parents vivaient toujours. Et n'étant pas femme à se lancer sans avoir de plan préétabli, elle avait une idée précise de ce qu'elle voulait y faire.

Le nouveau but de Kate, sa nouvelle obsession, était de donner autant qu'elle avait reçu, de transmettre ce qu'on lui avait transmis, de permettre à d'autres de connaître les joies qu'elle avait connues. Et ce but, seule une école — sa propre école, dans sa propre ville, portant son propre nom — lui permettrait de le réaliser.

Elle en était convaincue, il se trouverait suffisamment d'élèves à vouloir apprendre à danser avec elle pour lui permettre d'en vivre. Dans un premiers temps, ils viendraient parce qu'elle s'appelait Kimball, et que ce nom était unanimement connu et respecté dans le pays. Ils viendraient aussi parce qu'elle s'appelait Kate Kimball, et que ce nom signifiait encore quelque chose dans le monde de la danse. Ensuite viendrait le temps où les élèves s'inscriraient pour la seule réputation de l'école elle-même — du moins ferait-elle tout pour y parvenir.

Mais pour l'heure, les mains sur les hanches, Kate ne cessait d'aller et venir dans la vaste salle vide qu'elle imaginait déjà en vaste studio. Ce grand mur grisâtre, se disait-elle, allait retrouver sa blancheur initiale. Pour susciter admiration et courage, elle y accrocherait les portraits des plus grands — Noureïev, Fontaine, Barychnikov, Davidov, Bannion.

Les deux murs latéraux, quant à eux, seraient entièrement tapissés de miroirs et munis sur toute leur longueur de barres d'exercice. De la part d'un danseur, ce n'était pas vanité mais nécessité que de pouvoir observer à chaque instant le moindre de ses mouvements. Afin d'en corriger l'élan et la trace dans l'espace. Afin de tendre à la perfection.

Levant la tête, Kate grimaça. Le plafond était en si mauvais état qu'il faudrait sans doute le changer. Comme devrait l'être également la chaudière, songea-t-elle en serrant ses bras contre elle pour réprimer un frisson. Les planchers n'avaient pas trop souffert et seraient sablés et vernis jusqu'à offrir aux pas des danseurs la surface parfaitement lisse qui leur était nécessaire. Il faudrait également repenser l'éclairage, mettre aux normes l'électricité, la plomberie, changer les sanitaires. Sans parler des mauvaises surprises toujours possibles…

Tout cela n'était pas pour l'effrayer. Petite-fille de charpentier, Kate n'était pas désarmée pour discuter réhabilitation et pour dénicher l'entrepreneur qui pourrait l'aider à concrétiser sa vision. Car, comme en toute chose, elle avait une idée *très* précise de ce qu'elle voulait faire de ce vieux bâtiment décrépi.

Imaginant déjà ce qui pourrait être, Kate ferma les yeux et se laissa couler vers le sol en un parfait *plié*. Sans effort, son corps souple et délié effectua le mouvement au rythme de sa respiration.

Avant de pénétrer dans la vieille bâtisse, elle avait relevé ses cheveux sur sa nuque. Mais au cours de la visite, des mèches indisciplinées s'étaient échappées de la barrette et lui chatouillaient le visage. Libre de toute entrave, sa chevelure épaisse et noire comme la nuit lui arrivait aux épaules — un atout éminemment romantique qui lui avait été très utile sur scène.

Les yeux fermés, Kate se laissa aller au bien-être que lui procurait toujours l'exercice physique et sourit rêveusement. Elle n'avait pas besoin de miroir face à elle pour savoir qu'elle avait hérité de ses parents, sur le plan physique comme sur le plan mental, du meilleur de ce qu'ils avaient à offrir.

De sa mère, elle avait la peau dorée, les cheveux et les pommettes hautes de gitane. De son père, les yeux gris un peu brumeux et le menton volontaire. Une combinaison détonante et romantique elle aussi : un tiers bohémienne, un tiers sirène, un tiers reine des fées. Quelques hommes s'y étaient laissé prendre, qui s'étaient arrêtés à la délicatesse de son apparence sans remarquer la volonté de fer qu'il y avait en elle. Leur céder avait chaque fois été une erreur qu'elle avait regrettée...

— Un de ces jours, lança soudain une voix mâle derrière elle, tu resteras coincée dans cette position et tu n'auras plus qu'à sautiller jusqu'à la fin de ta vie comme une grenouille !

Instantanément, Kate se redressa et fit volte-face.

— Brandon !

Avec des cris de joie, elle vola à travers la pièce plus qu'elle ne la traversa pour aller se jeter dans les bras de son frère.

— Qu'est-ce que tu fais là ? s'écria-t-elle en le couvrant de baisers. Quand es-tu arrivé ? Tu ne devrais pas être à Porto-Rico ? Combien de temps restes-tu ?

Brandon était à peine de deux ans plus vieux qu'elle. Contrairement à leur demi-sœur, Frederica, qui n'avait jamais fait valoir de droit d'aînesse, il avait amplement abusé de cet avantage accidentel pour la tourmenter tout au long de leur jeunesse commune. Mais en dépit de ce petit travers, Brandon était depuis toujours l'un des deux hommes les plus chers à son cœur — leur père, le compositeur Spence Kimball, étant le second.

— A quelle question veux-tu que je réponde en premier ?

Les mains posées sur ses épaules, il la repoussa à bout de bras pour la détailler de la tête aux pieds.

— Toujours aussi décharnée ! plaisanta-t-il en plongeant dans les siens ses beaux yeux fauves et rieurs.

12

— Et toi, rétorqua-t-elle du tac au tac, toujours aussi gonflé de gros muscles inutiles !

Pour faire la paix à leur manière habituelle, Kate déposa sur les lèvres de son frère un rapide baiser « à la russe ».

— Maman et papa ne m'avaient pas dit que tu devais venir.

— Normal, bougonna-t-il. Ils n'en savaient rien. J'ai entendu dire que tu souhaitais t'établir ici, et j'ai pensé que je ferais mieux de venir jeter un coup d'œil dans le coin avant que tu ne fasses trop de bêtises.

D'un air consterné, Brandon laissa son regard errer à travers la pièce sombre et poussiéreuse.

— Hélas, reprit-il, je crois que c'est déjà fait…

Après lui avoir assené une tape affectueuse sur l'épaule, Kate l'entraîna dans une visite des lieux, bras dessus, bras dessous.

— Ne joue pas les oiseaux de mauvais augure ! Tu verras… Ça va être merveilleux.

— Peut-être. Peut-être pas. Mais pour l'instant, cela ressemble à un taudis. Ainsi, la petite princesse de la danse souhaite descendre de son trône pour enseigner au commun des mortels…

— Je serai un professeur fantastique, répliqua-t-elle sans se formaliser. Et tu le sais très bien. Brandon… pourquoi n'es-tu pas à Porto Rico ?

— Hey ! protesta-t-il en riant. Même le plus grand des champions ne peut jouer au base-ball douze mois par an !

Kate s'arrêta au milieu de la pièce et fit face à son frère pour darder sur lui un œil sévère.

— Brandon…

— Mauvaise glissade en seconde période, lâcha-t-il avec un soupir. Je me suis ruiné un tendon.

— Oh, non ! se lamenta-t-elle. C'est grave ? Est-ce que tu as vu un docteur ? Est-ce qu'il t'a…

— Katie ! l'interrompit-il en lui posant la main sur la bouche. Pour l'amour du ciel, il n'y a pas de quoi en faire un plat… Me voilà sur la liste des blessés pour un temps indéterminé. Avec un peu de chance, je serai de retour à l'entraînement pour le printemps. En attendant, j'ai toute liberté pour traînasser ici et faire de ta vie un enfer…

— C'est le côté positif de l'affaire… Viens, je vais te montrer mes appartements à l'étage.

En l'entraînant vers l'escalier, elle s'arrangea pour observer d'un œil professionnel sa démarche légèrement claudicante.

— A en juger par l'état de ce plafond, railla-t-il en levant le nez, ils pourraient très bien ne pas y rester très longtemps, à l'étage…

D'un geste de la main, Kate réfuta l'argument.

— Les infrastructures sont saines ! Cela paraît mal en point pour le moment, mais j'ai mon plan.

— Le contraire m'eût étonné ! Depuis que tu es en âge de parler, tu as toujours eu des plans. Pour tout et pour n'importe quoi…

Epargnant manifestement sa jambe droite, Brandon la suivit jusque dans un petit vestibule dont l'enduit de plâtre écroulé révélait le mur de brique. En haut d'une volée de marches grinçantes, il s'avança avec réticence au milieu d'un vaste espace dénué de cloisons, qui semblait être le royaume des souris, des araignées et de tout un tas d'autres vermines auxquelles il préférait ne pas penser.

— Kate…, murmura-t-il. Cet endroit…

14

— A un charme fou ! l'interrompit-elle. Et beaucoup de cachet... Il date d'avant la guerre de Sécession.

— Tu veux dire qu'il date d'avant la guerre du feu...

Kate accueillit la remarque de son frère avec le sourire. Ce n'était pas à Brandon qu'il fallait vanter les mérites de l'ancien. A ses yeux, tout ce qui n'était pas aussi net, fonctionnel et ordonné qu'un stade de base-ball n'était pas digne d'intérêt.

— Sais-tu au moins, demanda-t-il en effectuant un tour sur lui-même, ce que ça va te coûter de rendre cette ruine habitable ?

— J'en ai une idée assez précise, répondit-elle. Et je compte bien la faire partager à l'entrepreneur qui aura l'insigne honneur de travailler pour moi.

Les bras tendus comme pour s'approprier l'espace, Kate virevolta à travers la grande pièce, soulevant au sol des nuages de poussière.

— Tu te rends compte ? s'enthousiasma-t-elle après s'être immobilisée face à lui. Ce lieu m'appartient ! Tu te rappelles, quand nous étions petits ? Nous passions devant pour aller à l'école.

— Bien sûr, répondit Brandon. Ce n'était pas encore l'hôtel des courants d'air à l'époque, mais un atelier d'artisan, ou quelque chose comme ça...

— Ces murs ont vu passer beaucoup de monde, confirma-t-elle. On y trouvait au début du XIX\ :sup:`e` siècle une taverne, puis ce fut une boutique de mode, une cordonnerie, une salle de bal, une brasserie, et, pour finir, l'entrepôt d'un négociant en vins... Mais ce n'est rien à côté de ce que je compte en faire ! Quand j'étais petite et que je voyais de la rue ces hautes fenêtres, j'étais déjà sûre qu'un jour je vivrais là.

Sans la quitter des yeux, Brandon hocha la tête avec résignation. A voir ses joues empourprées et ses yeux sombres emplis d'une lueur mystérieuse, il était clair que sa sœur était mordue et que rien de ce qu'il dirait n'y pourrait rien changer.

— Au printemps, reprit-elle, lors de ma dernière visite, j'ai vu le panneau *A vendre*. Et je n'ai plus arrêté d'y penser...

De nouveau, Kate esquissa un pas de danse, visualisant sans peine les cloisons qui délimiteraient bientôt les différentes pièces de son petit royaume.

— Je suis rentrée à New York, j'y ai repris mes activités, mais cette vieille bâtisse ne m'est plus sortie de la tête et a fini par me hanter.

— Tu as toujours été têtue comme une mule...

— Cet endroit est à moi..., conclut-elle avec un haussement d'épaules. J'en ai eu la confirmation dès que j'y ai mis les pieds. Tu n'as jamais ressenti ça ?

Brandon n'eut pas besoin d'y réfléchir. Il avait ressenti la même chose la première fois qu'il avait mis les pieds dans un stade de base-ball. Nombre d'adultes l'auraient sans doute découragé à l'époque de se lancer dans une carrière aussi hasardeuse. Ses parents ne l'avaient pas fait. Pas plus qu'ils n'avaient empêché Kate de poursuivre ses rêves de ballet.

— Tu as raison, répondit-il en allant déposer sur son front un baiser de paix. Je ne suis qu'un vieux rabat-joie. Mais tu comprends, tout cela est tellement soudain ! Tu m'avais habitué à plus de circonspection.

— Et je n'ai pas changé, assura-t-elle en lui rendant son baiser. Quand j'ai décidé de me retirer, je savais déjà que l'enseignement serait ma seconde carrière. Je savais que je voulais faire revivre cet endroit pour en faire une école. Et plus que tout, je savais que j'avais besoin de retourner chez moi.

— O.K. !

Après s'être vigoureusement frotté les mains pour les réchauffer, Brandon passa son bras autour des épaules de sa sœur et l'entraîna vers l'escalier.

— A présent, dit-il, tu vas me raconter par le menu tous tes plans. Mais d'abord, sortons d'ici. Il y fait aussi froid que dans une glacière.

— Rassure-toi ! lança Kate en s'engageant dans l'escalier. Un nouveau système de chauffage est en tête de ma liste de priorités...

Avant de la suivre, Brandon jeta un dernier coup d'œil sceptique à l'étage.

— Et à mon avis, murmura-t-il, la liste risque d'être longue...

Fouettés par une petite bise aigre de décembre, ils remontèrent de concert les rues de Shepherdstown, comme ils le faisaient depuis toujours. Kate pouvait sentir l'odeur de la neige dans l'air piquant et glacé. Au long des trottoirs inégaux, les devantures étaient déjà décorées aux couleurs de Noël. Comme un gamin qu'il n'était plus, Brandon s'attardait pour admirer des Pères Noël joviaux dans leurs traîneaux tirés par des rennes, des bonshommes de neige joufflus cernés de guirlandes lumineuses.

Mais la décoration la plus réussie, comme chaque année, restait sans conteste celle du magasin de jouets que tenait leur mère depuis toujours. A *Funny House*, la magie de Noël n'était pas un vain mot. Plus encore qu'à l'accoutumée, les deux vitrines débordaient de merveilles — traîneaux miniatures, ours énormes en tenues de bûcheron, poupées comiques ou élégantes, camions rouges de pompiers, navettes spatiales et châteaux de blocs de bois multicolores.

On aurait pu croire que seul le hasard avait présidé à un fatras aussi pittoresque. Mais Kate savait qu'un soin maniaque et une connaissance approfondie du monde de l'enfance étaient à l'œuvre dans cet agencement.

Un carillon joyeux retentit à leur entrée dans le magasin où quelques clients déambulaient. Assis au beau milieu du coin-jeu, un tout petit tapait avec délices et conviction sur un xylophone. Annie Maynard, la vendeuse qui secondait leur mère depuis l'ouverture du magasin, emballait un chien en peluche aux oreilles géantes.

— C'est l'un de mes favoris…, expliquait-elle à sa cliente. Votre nièce va l'adorer !

Ses lunettes glissèrent le long de son nez alors qu'elle finissait de nouer le ruban autour du paquet. D'un doigt distrait, Annie les remit en place et aperçut Brandon et Kate sur le seuil de la boutique.

— Brandon ! s'exclama-t-elle, aux anges. Qu'est-ce que tu fais là ? Mais viens plutôt me donner un baiser, bourreau des cœurs !

Sans se faire prier, Brandon contourna le comptoir et s'exécuta. Levant les yeux au plafond, Annie soupira et passa la main sous son gilet pour la faire palpiter au niveau du cœur.

— Vingt-cinq ans de mariage, expliqua-t-elle à sa cliente, et ce beau gosse arrive encore à me rendre mon cœur de midinette… Si tu peux patienter un tout petit peu, terreur, je termine avec madame et je vais prévenir ta mère.

— Je m'en occupe ! intervint Kate. Comme ça, tu auras plus de temps pour flirter avec Brandon…

— Merci, Katie…, répondit-elle avec un clin d'œil comique. Dans ce cas, prends tout ton temps !

Laissant derrière elle les rires complices d'Annie et de sa cliente, Kate se dirigea vers l'arrière-boutique. Son frère, songea-t-elle en musardant le long des rayons, avait toutes les femmes à ses pieds depuis l'âge de cinq ans. Non, corrigea-t-elle aussitôt. En fait, il faisait battre les cœurs féminins depuis qu'il était né...

Brandon était de ces hommes à qui il suffit de paraître pour qu'aussitôt les femmes se pâment. Les femmes prédisposées à ce genre de pâmoison, naturellement, car elle se savait quant à elle immunisée contre ces transports grossiers. Un homme devait avoir bien plus que simplement de la beauté, du charme et du sex-appeal pour attirer son attention. Elle avait connu trop de ces séducteurs qui brillent de tous leurs feux mais se révèlent désespérément ternes sous l'emballage pour se laisser avoir à leurs pièges...

Après avoir tourné au coin d'une allée, elle abordait le rayon des modèles réduits lorsqu'un homme occupé à examiner attentivement un alignement de voitures lui fit oublier sur-le-champ toutes ses belles certitudes. L'inconnu n'était pas simplement séduisant (un terme bien trop galvaudé au goût de Kate), il était... bel homme.

A tel point qu'il lui était difficile d'en détacher les yeux à présent qu'il avait su capter son attention, en ne faisant rien d'autre qu'être là, devant elle... Malgré sa grande taille — il mesurait près d'un mètre quatre-vingt-dix —, l'homme semblait avoir une musculature idéalement développée. En tant que danseuse, Kate savait reconnaître un corps masculin aux proportions harmonieuses. Et comme femme, elle ne pouvait y rester insensible...

Simplement habillé d'un jean fané et d'une chemise de flanelle sous un blouson bien trop léger pour la saison, l'inconnu portait aux pieds des chaussures de chantier au cuir éraflé. Troublée, Kate songea qu'elle n'aurait jamais imaginé pouvoir un jour trouver sexy une paire de vieux godillots...

Les cheveux n'arrangeaient rien à l'affaire. Des masses de boucles blondes et châtain clair encadraient un long visage aux traits anguleux. Sa bouche charnue, aux lèvres ourlées, semblait bien la seule chose délicate en lui. Son nez aux narines bien dessinées était rectiligne ; son menton, carré et comme taillé au burin. Quant à ses yeux, il lui était impossible de les distinguer, mais elle n'avait aucun mal à les imaginer d'un bleu-gris pailleté d'or.

Mais ce qui plus que tout frappa l'imagination de Kate, ce furent ses mains. Des mains aux paumes larges et aux longs doigts forts, des mains ciselées de manuel ou d'artiste, que dans un moment de fantaisie elle se prit à imaginer vagabondant le long de son corps... Si grand était son trouble qu'elle ne prit pas garde en passant près de lui et accrocha sur le présentoir une file de voitures miniatures. Le carambolage qui s'ensuivit la fit sortir de sa rêverie et amena les yeux de l'inconnu — ses surprenants et si intenses yeux verts — à se poser sur elle.

— Oups ! fit-elle en s'accroupissant pour ramasser quelques-uns des véhicules accidentés. J'espère qu'il n'y a pas trop de bobo...

— Nous avons ce qu'il faut ici, si nécessaire...

Du bout du doigt, l'homme tapota l'emballage d'une grosse ambulance rouge et blanche et se baissa à son tour pour l'aider. Elle lui rendit son sourire et décida que de près il sentait aussi bon qu'il était beau — bois, savon, after-shave.

— Si nous arrivons à remettre un peu d'ordre avant l'arrivée de la police, reprit Kate, je devrais pouvoir m'en tirer. Vous venez souvent ici ?

20

— Oui, assez souvent.

Délaissant sa tâche en cours, l'homme releva les yeux. A la façon qu'il eut de la regarder, elle comprit qu'elle avait su se faire remarquer de lui. Trop subjuguée par son regard posé sur elle pour mesurer ses paroles, Kate lança sans réfléchir :

— Face à un beau jouet, un homme reste aussi fasciné qu'un petit garçon…

Les yeux de l'inconnu s'agrandirent sous l'effet de la surprise.

— En effet…, murmura-t-il en la toisant d'un regard ouvertement appréciateur.

— Vous aimez jouer ? le relança-t-elle, s'enferrant un peu plus.

— Cela dépend à quoi… Et vous ?

Kate se mit à rire et tenta de masquer son trouble en remettant en place derrière son oreille une mèche qui lui chatouillait la joue.

— Moi, répondit-elle, j'aime les jeux auxquels je suis sûre de gagner !

Alors qu'elle s'apprêtait à se redresser, il la prit de vitesse et lui tendit la main pour l'aider. Se laissant faire de bonne grâce, Kate put constater qu'elle était aussi chaude et ferme qu'elle l'avait escompté.

— Merci, dit-elle. Je m'appelle Kate.

— Et moi Brody…, répliqua-t-il, avant de lui offrir un petit cabriolet bleu qu'il gardait en main. Vous recherchez la bonne occase ?

De nouveau, Kate laissa fuser vers le plafond un rire trop aigu et trop bruyant, qui sonna faux à ses propres oreilles.

— Pas précisément… Je me contente de musarder pour dénicher l'article qui m'intéresse.

Un sourire charmeur au coin de lèvres, l'homme hocha la tête sans la quitter des yeux et la dévisagea quelques instants avant d'approuver :

— C'est ainsi que se font les meilleures affaires. Et que diriez-vous, Kate, d'aller...

Derrière eux, la voix chantante de Nat l'empêcha de formuler sa proposition.

— Katie ! Je ne savais pas que tu étais là...

Les bras chargés d'une grosse bétonnière téléguidée dans son emballage de carton, la mère de Kate poussa du pied la porte de la réserve et vint vers eux de son pas dansant.

— Je t'ai apporté une surprise, précisa Kate.

— Tant mieux ! s'exclama sa mère. Il n'y a rien que j'aime autant que les surprises. Attends une seconde...

Puis, se tournant vers l'inconnu :

— La voilà, Brody, comme promis... Je l'ai reçue lundi et l'ai mise de côté spécialement pour vous.

Un sourire radieux illumina le visage de l'homme. Semblant oublier celle qu'il s'était mis en tête de séduire un instant auparavant, il n'avait plus d'yeux que pour le jouet, qu'il examinait sous tous les angles.

— Splendide ! murmura-t-il. Jack va l'adorer.

— Le fabricant mise sur la qualité, expliqua Nat. S'il en prend soin, elle lui durera des années. Je vois que vous avez fait la connaissance de ma fille ?

Un bras affectueusement passé autour de sa taille, Natasha déposa un baiser sur le front de Kate.

— Votre fille ? s'étonna Brody, relevant les yeux sur elles. Euh... oui, en effet. A l'occasion d'un léger carambolage...

Kate conserva le même sourire aimable sur son visage mais sentit la déception l'envahir. Le dénommé Brody paraissait à présent bien plus ravi du jouet qu'il serrait contre lui que de l'avoir rencontrée… Sans doute, décida-t-elle, s'était-elle méprise quant à ses intentions.

— Qui est Jack ? demanda-t-elle. Votre neveu ?

— Jack est mon fils.

— Oh ! Je vois…

Kate voyait, en effet, et tout sourire déserta ses lèvres instantanément. Pour être séduisant, cet homme — cet homme marié ! — ne manquait pas de culot en flirtant ouvertement avec elle… Le fait qu'il n'ait fait que répondre à ses propres avances ne changeait rien à l'affaire. Quant à elle, elle n'était pas engagée auprès d'un autre homme…

— Maman, reprit-elle en se tournant vers sa mère, je venais t'annoncer que…

— Kate, l'interrompit celle-ci, le hasard fait bien les choses. Je parlais justement ces jours-ci à Brody de tes projets. Je pense que tu aurais intérêt à lui montrer ton immeuble.

— Pour quelle raison ? s'enquit-elle sèchement.

— Brody est un entrepreneur en bâtiments doublé d'un merveilleux charpentier. Il a magnifiquement rénové le studio de ton père l'an dernier, et il a promis de jeter un œil à ma cuisine dès que possible.

Se tournant vers lui, elle ajouta, ses beaux yeux noirs brillant de fierté maternelle :

— Ma fille ne veut que ce qu'il y a de mieux. Voilà pourquoi j'ai pensé à vous.

S'inclinant vers elle, l'homme adressa à la dérobée un sourire ironique à Kate.

— Je vous en remercie, madame Kimball.

— Non, non…, insista Nat en lui serrant le bras. C'est moi qui vous remercie. Nous serions grandement soulagés, Spence et moi, que vous puissiez donner votre avis de professionnel sur ce chantier.

— Maman ! protesta Kate. Rien ne presse... Je n'ai même pas encore signé l'acte de vente. Mais apparemment, les nouvelles vont vite, car je suis tombée tout à l'heure nez à nez avec un visiteur inattendu, que tu trouveras en train de faire du charme à Annie.

— Que..., commença Nat, avant que son visage ne s'éclaire brusquement. Brandon ! Pourquoi ne l'avoir pas dit plus tôt ?

Voyant sa mère tourner les talons pour se presser vers l'avant de la boutique, Kate se tourna vers Brody.

— Ravi de vous avoir rencontré..., lança-t-elle en remettant soigneusement en place sur l'étagère le petit cabriolet bleu. Je suis sûre que votre fils va adorer son cadeau de Noël. C'est votre seul enfant ?

Les yeux fixés sur elle, l'homme hocha la tête.

— Oui, dit-il enfin. Il n'y a que Jack.

— Mais je suppose, renchérit-elle, qu'il suffit à bien vous occuper, votre épouse et vous... A présent, si vous voulez bien...

— La mère de Jack est morte il y a quatre ans, expliqua Brody. Mais vous avez raison, avoir à l'élever seul suffit à m'occuper jour et nuit. Portez-vous bien, Kate. Et méfiez-vous des carambolages...

Ce que Brody appréciait le plus, dans le fait d'être son propre patron, c'était de pouvoir organiser son temps en fonction de ses priorités. Il y avait bien sûr des contreparties à cette souplesse — maux de tête, surmenage, paperasses, incertitude du lendemain — mais elles n'étaient rien en comparaison de sa liberté d'organiser sa vie comme il le voulait. Car, depuis six ans, Brody n'avait qu'une seule priorité : son fils Jack.

Après avoir caché la bétonnière téléguidée sous une bâche à l'arrière de sa camionnette, après s'être arrêté sur un chantier pour en contrôler l'avancement, après être allé remonter les bretelles d'un fournisseur en retard et donner à un client potentiel une estimation pour la réhabilitation de sa salle de bains, il avait pu enfin rentrer chez lui.

Chaque lundi, mercredi et vendredi, il mettait un point d'honneur à être là lorsque le bus de ramassage scolaire déposait Jack au bout de l'allée. Les deux autres jours — comme en cas d'imprévu —, son fils patientait dans la maison des Skully, jouant avec son meilleur copain Rod, sous la surveillance discrète mais attentive de la mère de celui-ci.

Brody devait beaucoup à Beth et Jerry Skully, qui offraient à Jack, en son absence, un véritable foyer. Depuis dix mois qu'il était revenu vivre à Shepherdstown, il ne se passait pas un jour sans qu'il bénisse la chaleur et la convivialité que seule une petite ville peut offrir. A trente ans passés, il avait du mal à se rappeler pourquoi le jeune homme qu'il avait été dix ans auparavant n'avait eu de cesse qu'il ne se fût enfui au plus vite...

Il n'y avait pourtant rien à regretter, songeait-il en abordant le dernier virage avant d'arriver chez lui. S'il n'avait pas été tellement déterminé à se bâtir une autre vie ailleurs, il n'aurait pas appris son métier, n'aurait jamais rencontré Connie, qui n'aurait pas donné naissance à Jack... Aujourd'hui, après un long détour, le cercle de sa vie était sur le point de se refermer. S'il n'avait pu réussir à pacifier ses relations avec ses parents, son jeune fils y réussissait sans peine. Son père avait beau avoir gardé une dent contre lui, il ne pouvait résister à son petit-fils.

Il avait eu raison de rentrer chez lui, se disait-il en observant les bois qui s'épaississaient de chaque côté de la route. Quelques flocons de neige commençaient à descendre d'un ciel de plomb. Les collines, sauvages et rocailleuses, s'étendaient à perte de vue, dans un désordre grandiose. Shepherdstown était le lieu idéal pour élever un enfant, un endroit bien plus sain et sûr que la grande ville qu'ils avaient fuie. Sans compter qu'il lui était possible d'y considérer Jack comme l'embryon d'une nouvelle famille, et non comme un vivant rappel de celle qu'il avait perdue...

Après s'être garé près de l'entrée de son allée, il coupa les gaz sans descendre du véhicule. Plus que quelques minutes, et Jack courrait vers lui. Son plus grand plaisir était de le rejoindre et de lui sauter au cou pour remplir la cabine des mille et une nouvelles de sa journée de petit garçon. Quel dommage, songea-t-il, amusé, qu'il ne pût quant à lui faire de même...

Il aurait difficilement pu expliquer à son jeune fils que pour la première fois depuis une éternité une femme avait réussi à lui tourner la tête... Il n'aurait pu lui confier que pendant un bref instant — enfin, un peu plus qu'un bref instant... — il s'était vu céder à cette brusque attirance. Quel mal y aurait-il eu à cela ? Il s'imposait depuis tellement longtemps ce célibat que celui-ci n'avait plus aucun sens...

Kate Kimball était une femme belle et séduisante, manifestement pourvue d'un certain caractère, et qui ne rechignait pas qui plus est à faire le premier pas... Après une petite danse d'approche, quelques rendez-vous civilisés et de nombreuses nuits d'amour qui l'auraient sans doute été beaucoup moins, ils auraient pu obtenir ce qu'ils désiraient, sans avoir ni l'un ni l'autre à en souffrir.

Jurant entre ses dents, Brody massa longuement sa nuque douloureuse. Il n'était pas certain que nul n'eût à pâtir de ce genre d'histoire sans lendemain. Pourtant, il n'aurait sans doute pas hésité à courir ce risque... si la jeune femme qui avait réussi à réveiller ses sens n'avait été la fille parfaite et choyée de Nat et Spencer Kimball. Une fois déjà, il avait laissé ce piège se refermer sur lui. Pour rien au monde il ne recommencerait cette amère expérience — même pour une ballerine au corps parfait qui n'avait pas froid aux yeux...

Sans la connaître, il savait déjà presque tout de Kate Kimball, étoile de la danse, figure de Shepherdstown, enfant gâtée du monde des arts et de la culture. Sans parler du fait qu'il aurait préféré se faire arracher les dents une à une plutôt que d'assister à un ballet, il avait eu le temps de se dégoûter de ce monde de paillettes et d'artifices au cours de son trop bref mariage.

Connie, femme vive et spontanée, avait été l'exception qui confirme la règle dans ce milieu prétentieux et pourri par l'argent qui l'avait vue naître. Mais même ainsi, leur union n'avait jamais rien eu d'évident... Brody se demandait parfois si leur mariage aurait tenu si sa femme n'était pas morte prématurément. La plupart du temps, il arrivait à se convaincre que oui. Les jours de grand cafard, il n'était plus sûr de rien...

Le bruit du bus stoppant sur le bas-côté, ponctué par le soupir pneumatique des portières, vint soudain le tirer de ses pensées. Souriant, il se redressa sur son fauteuil et rendit son salut au chauffeur. A cet instant, il n'y avait aucun autre endroit au monde où Brody O'Connell aurait souhaité se trouver...

Comme un boulet de canon, Jack jaillit du véhicule et courut vers lui. Déjà grand et fort pour son âge, son fils n'en avait pas moins hérité de la rapidité et de la vivacité de sa mère. Dans sa bouille ronde et pleine brillaient deux yeux verts. Sa bouche charnue s'ourlait encore d'une moue enfantine. Sous son bonnet de laine rouge jaillissaient en désordre les mèches bouclées de ses cheveux châtain clair. Le visage levé vers le ciel, il s'amusa tout en courant à tenter d'attraper sur le bout de sa langue quelques flocons de neige.

Puis la porte de la camionnette s'ouvrit et Brody se prêta de bonne grâce au déferlement d'embrassades, de rires et de câlins.

— Hey, p'pa ! lança enfin son fils en s'asseyant sur le siège passager. Tu as vu ? Il neige ! Peut-être que demain il en sera tombé un mètre, que l'école sera fermée, et qu'on pourra commencer à faire des bonshommes de neige... Pas vrai ?

Les yeux emplis d'espoir de Jack ne quittaient plus son visage. Le cœur débordant d'amour, Brody tendit le bras pour lui ébouriffer les cheveux.

— Dès que le premier mètre sera atteint, promit-il, nous commencerons un bonhomme.

— Promis ?

Sourcils froncés, il fit mine de réfléchir un instant à la question. Les promesses, il le savait, n'étaient pas choses à prendre à la légère avec Jack.

— Promis !

— Super... Tu sais quoi ?

Brody mit le contact et commença à remonter l'allée conduisant chez eux.

— Quoi ? répéta-t-il.

— Il ne reste plus que quinze jours avant Noël ! Aujourd'hui, miss Hawkins nous a dit que demain il n'en resterait plus que quatorze, ce qui fait exactement deux semaines.

— Ce qui signifie également, compléta Brody sans quitter la route des yeux, que quinze moins un est égal à quatorze...

— Ah oui ?

Les yeux écarquillés, Jack parut y réfléchir avant de reprendre le fil de son idée :

— Donc, comme Noël est dans deux semaines et que mamie dit toujours que le temps file trop vite, c'est un peu comme si c'était Noël aujourd'hui...

— Un peu..., convint Brody.

D'un geste sec, il bloqua le frein à main, étudiant d'un œil critique la vieille bâtisse de deux étages qu'il s'était mis en tête de restaurer, et qu'il ne verrait sans doute achevée qu'au jour de sa retraite...

— Donc, conclut Jack avec entrain, puisque c'est comme si c'était Noël, je pourrais peut-être avoir déjà un cadeau ?

— Hum !

Luttant contre l'envie de rire qui lui chatouillait les narines, Brody fit mine d'examiner la question avec l'attention qu'elle méritait.

— Pas mal, Jack..., finit-il par répondre. Un peu tiré par les cheveux, mais ça valait le coup d'essayer. La réponse est non.

Manifestement déçu, Jack baissa la tête.

— Dommage..., marmonna-t-il.

Incapable de lui résister, Brody souleva son fils de son siège pour le déposer sur ses genoux.

— Mais si tu me fais un gros câlin, reprit-il, je te promets de te préparer une fantastique et merveilleuse pizza pour le dîner.

Aussitôt, les bras de Jack se nouèrent autour de son cou, et Brody O'Connell se sentit réellement de retour chez lui.

2.

— Nerveuse ?

Attablé dans la cuisine, Spencer Kimball regarda sa fille se verser une nouvelle tasse de café. Comme à son habitude, songea-t-il, elle était parfaite. La masse de ses cheveux bouclés, rassemblés par une barrette, s'écoulait dans son dos. Son tailleur gris clair, net et bien coupé, dénotait une élégance discrète, dont il lui arrivait de penser que Kate avait été pourvue à la naissance. Son visage — Seigneur ! ce qu'elle pouvait ressembler à sa mère... — était tranquille et reposé.

En un mot, conclut-il pour lui-même, Kate Kimball était aussi parfaite qu'à l'accoutumée. Et comme chaque fois qu'il lui arrivait de l'admirer, il lui fallait bien se résoudre à admettre que sa petite fille était désormais une adulte... et à regretter qu'il soit si dur de voir ses enfants grandir.

— Pourquoi devrais-je l'être ? s'étonna-t-elle enfin avant de demander : Encore un peu de café ?

— Oui, merci..., répondit-il. Pourquoi ? Mais parce que c'est le grand jour, bien sûr. Le jour de la signature... Plus que quelques heures, et tu seras l'heureuse propriétaire d'une maison en ville — avec les joies et les angoisses que cela suppose...

Haussant les épaules, Kate vint prendre place face à lui et mordit dans le toast qu'elle s'était fait griller en guise de petit déjeuner.

— J'ai hâte d'y être déjà, reprit-elle. Tout devrait bien se passer. J'ai préparé cette acquisition dans le moindre détail...

— Comme d'habitude...

— Bien sûr, je prends un risque en sacrifiant ainsi une partie de mes économies et de l'argent qui me vient de la famille. Mais ma situation financière est saine, et mon budget équilibré pour les cinq ans à venir.

Sans cesser de la dévisager curieusement, Spencer hocha la tête.

— Normal, commenta-t-il, tu as hérité du sens des affaires de ta mère.

— J'aime à penser, reprit-elle après avoir siroté son café, que j'ai hérité également de tes dons pour l'enseignement. Les quelques cours que j'ai pu donner à New York m'ont en tout cas permis de le vérifier.

— Cela ne fait pas l'ombre d'un doute...

— Et puis ce n'est pas comme si je partais de zéro... J'ai choisi de m'établir dans la ville qui m'a vue naître et grandir, où je ne suis pas tout à fait une inconnue, et où je conserve des liens étroits avec la communauté...

Sans cesser de lui sourire d'un air entendu, Spencer croisa les bras sur sa poitrine et hocha la tête.

Kate soupira et repoussa sa tasse devant elle. Elle n'avait jamais été capable de duper son père, et ce n'était pas aujourd'hui qu'elle allait y parvenir...

— D'accord, dit-elle d'un air résigné. Quand j'étais petite, chaque fois que j'avais à faire face à une forte émotion, tu me parlais de ces papillons...

— ... qui s'envolent dans ton ventre quand tu as peur.

32

— Ce matin, précisa Kate avec une grimace, mes papillons ressemblent plus à des grenouilles ! De grosses et bondissantes grenouilles qui transforment mon estomac en mare clapotante…

Spencer tendit le bras pour poser la main sur celle de sa fille.

— Laisse faire tes grenouilles…, conseilla-t-il. Je m'en ferais pour toi si tu étais parfaitement sereine.

Relevant la tête, Kate le fixa droit dans les yeux.

— Tu t'en fais déjà pour moi, répliqua-t-elle. Parce que tu as peur que je sois en train de faire une grosse bêtise.

— Tu te trompes, répondit-il en lui serrant affectueusement la main. Ce dont j'ai peur, c'est que tu finisses par regretter dans quelque temps la vie que tu viens de quitter.

— Dans ce cas, conclut Kate en retirant sa main pour la poser sur la sienne, tu peux dire à tes papillons de se calmer… Une fois que j'ai pris une décision, je sais m'y tenir.

— Je le sais.

C'était précisément l'une des choses qui inquiétaient le plus Spencer, mais pour rien au monde il ne le lui aurait avoué.

Kate ramassa son toast et le grignota distraitement, plus pour se donner une contenance que par appétit. Puis, incapable de supporter le silence pesant qui était retombé entre eux, elle lança gaiement :

— Si tu me parlais de vos plans pour remodeler la cuisine ?

Le visage toujours séduisant de son père se tordit en une grimace douloureuse. Passant dans ses cheveux dorés striés de bandeaux argentés une main nerveuse, il contempla les murs de la pièce autour d'eux.

— C'est ta mère qui s'est mis cette idée en tête, et Brody O'Connell n'a rien fait pour l'en dissuader. Peux-tu me dire ce qui cloche, avec cette cuisine ?

— Je ne sais pas…, répondit-elle, s'amusant de sa mauvaise foi. Peut-être le fait que rien n'y a changé depuis vingt ans ?

— Et alors ? s'entêta Spencer. Pourquoi changer ce qui est déjà parfait ? N'est-ce pas grand, fonctionnel, confortable ? Seulement, il a fallu que ce charpentier arrive avec ses catalogues et ses idées novatrices…

Compatissante, Kate hocha la tête et murmura :

— Le traître…

— Depuis, poursuivit-il sur sa lancée, Nat n'a plus en tête que baies coulissantes et cuisine aménagée… Avec ses promesses de plans de travail inaltérables et de moulures en chêne, je crois bien que ce jeunot a réussi à séduire ma femme.

— Plans de travail et moulures en chêne ! plaisanta Kate en finissant sa tasse. Terriblement sexy… Que peux-tu me dire de plus de ce Roméo ?

— Il travaille bien, reconnut Spencer à contrecœur. Il a grandi non loin d'ici. Son père est le meilleur plombier du coin. Brody est parti pour Washington à vingt ans. C'est là qu'il a appris son métier.

Connaissant son père, Kate comprit qu'elle n'en saurait guère plus sans le relancer.

— J'ai entendu dire qu'il a un petit garçon ?

— Jack, confirma Spencer. Un chouette gamin. Sa mère est morte il y a quelques années. Un cancer, je crois. Sans doute après ce drame Brody a-t-il voulu se rapprocher de sa famille. Il est revenu s'installer ici il y a un peu moins d'un an. En quelques mois, il a déjà réussi à se tailler une solide réputation. Il fera du bon boulot chez toi…

34

— Si je décide de lui confier le chantier.

Un bref instant, Kate se demanda à quoi pouvait ressembler Brody O'Connell en tenue de travail et ceinture de charpentier. Bien vite, elle s'efforça de chasser cette idée incongrue. Ce n'était pas le genre de question qu'une femme peut poser à son père, pas plus qu'un critère à prendre en compte avant de confier à un artisan un chantier...

Les grenouilles prises de folie dans son estomac avaient presque failli la faire vomir, mais à présent, c'était fait... Katie Kimball était propriétaire d'un vieil et magnifique immeuble décrépi dans la charmante petite ville universitaire de Shepherdstown, Virginie-Occidentale.

Un immeuble qui n'était qu'à quelques minutes à pied de la maison où elle avait grandi, du magasin de jouets de sa mère, du bâtiment de l'université dans lequel son père enseignait. En bref, elle était entourée de parents, d'amis, de voisins...

Seigneur ! songea-t-elle, en proie à une soudaine panique. Comment avait-elle pu commettre une telle erreur ? Tout le monde ici la connaissait. A n'en pas douter, chacun serait à l'affût de ses moindres faits et gestes, de ses réussites comme de ses échecs. Pourquoi n'avait-elle pas cherché plutôt à implanter son école dans l'Utah ou au Nouveau-Mexique, là où personne ne l'aurait connue, dans n'importe quel endroit où un échec aurait pu passer inaperçu ?

Haussant les épaules, elle décida que ses craintes étaient non seulement stupides mais sans objet. Si elle revenait fonder son école dans sa ville natale, c'était précisément parce qu'elle y était chez elle.

De toute façon, se promit-elle en garant sa voiture, il n'y aurait pas d'échec dont elle pourrait rougir. Elle réussirait, parce qu'elle allait veiller à ce que chaque étape de son projet se déroule selon son plan, avec patience et méthode, prudence et énergie. S'il le fallait, elle travaillerait jour et nuit pour y parvenir, mais pour rien au monde elle ne décevrait ses parents…

D'un pas résolu, Kate gravit les quelques marches qui menaient au porche — *ses* marches, *son* porche — avant de déverrouiller sa porte. L'odeur de poussière et de renfermé qui lui assaillit les narines ne suffit pas à la décourager. Très bientôt, songea-t-elle, régneraient ici des odeurs de sciure et de peinture fraîche, de plâtre et de ciment en train de sécher. Il lui suffisait pour cela de choisir l'entrepreneur qui l'aiderait à concrétiser son rêve — autant dire une formalité…

Juste pour le plaisir d'entendre ses pas résonner sur le parquet, elle marcha jusqu'au futur studio de répétition, au milieu duquel trônait une chaîne stéréo compacte flambant neuve. Le cœur battant, elle courut jusqu'à l'appareil, ramassa l'enveloppe posée dessus, et sourit en reconnaissant l'écriture de sa mère.

Dans sa hâte à l'ouvrir, elle déchiqueta l'enveloppe, dans laquelle l'attendait une carte postale représentant une ballerine s'entraînant à faire des pointes à la barre d'exercice.

Les quelques mots qu'elle s'empressa de lire au verso suffirent à lui faire venir les larmes aux yeux.

« Félicitations, Katie !
Ce petit présent pour te réchauffer le cœur…
… et pour que tu ne manques jamais de musique.
On t'aime !
Maman, Papa, Brandon. »

S'avisant que la chaîne était branchée à une prise murale par une rallonge, Kate la mit en route et eut la surprise d'entendre s'élever dans la pièce l'une des compositions de son père qu'elle préférait. Sans peine, elle se rappelait l'émotion et la fierté qu'elle avait connues à danser sur cette œuvre, lorsqu'elle avait été créée devant une salle comble à New York.

En hâte, Kate se débarrassa de son manteau, de ses chaussures, et se laissa emporter. Avec aisance et grâce, elle se coula dans ces pas de danse qu'elle ne pourrait jamais oublier. En un crescendo lent, obstiné, la musique emplissait l'espace, l'emmenait corps et âme vers des sommets de joie et de bonheur. Ses jambes, ses bras ne lui appartenaient plus. Jusqu'au finale, elle se fit l'interprète de quelque chose de plus grand qu'elle, quelque chose qui les dépassait, elle comme son père, mais que l'un comme l'autre ne renonceraient jamais à servir.

Quand la musique se tut et qu'elle se figea comme une statue, des applaudissements inattendus retentirent, la faisant sursauter.

— Je suppose que je devrais lancer des roses, railla une voix masculine sur le seuil de la pièce, mais je n'en ai pas sur moi…

Déjà essoufflée par sa performance, Kate dut prendre appui de ses mains sur ses genoux pour récupérer son souffle et ses esprits. Adossé contre l'encadrement de la porte, une caisse à outils posée à ses pieds, Brody O'Connell la regardait faire, les bras croisés contre sa poitrine.

— Ce n'est pas grave…, parvint-elle à répondre au prix d'un gros effort. Vous m'en devrez un bouquet. Des rouges, s'il vous plaît… Seigneur ! J'ai failli avoir une attaque. Il ne vous arrive jamais de frapper ?

— Désolé… Votre porte n'était pas fermée et avec cette musique vous ne m'avez pas entendu m'annoncer.

Elle aurait sûrement pu l'entendre, corrigea-t-il pour lui-même, s'il avait songé à le faire... Car lorsqu'il l'avait aperçue, par les fenêtres, virevoltant à travers la pièce tel un feu follet, il n'avait pu qu'accourir vers elle, fasciné. Comment un homme aurait-il pu résister à l'attrait d'une femme aussi belle dansant comme une créature céleste tombée sur terre ?

— Ce n'est rien, assura-t-elle en se retournant pour aller éteindre la musique. Que puis-je pour vous, monsieur O'Connell ?

Sans se presser, Brody s'avança vers elle, ramassant au passage son serre-tête tombé sur le sol.

— Vous avez perdu ceci, dit-il en le lui tendant.

— Merci.

Kate l'empocha et Brody regretta qu'elle n'ait pas jugé utile de s'en servir pour rassembler ses cheveux. Ainsi échevelée, essoufflée et rose de l'effort fourni, il la trouvait bien trop troublante et... disponible pour sa propre tranquillité d'esprit.

— Dois-je en conclure, dit-il en enfouissant pour plus de sûreté ses mains au fond de ses poches, que vous ne m'attendiez pas vraiment ?

— Pas vraiment..., confirma-t-elle. Mais je n'ai rien contre un peu d'inattendu.

— Votre mère m'a appelé ce matin pour me demander de venir jeter un coup d'œil à votre immeuble.

— Je vois..., murmura-t-elle d'un air entendu. Un autre présent pour me réchauffer le cœur.

— Je vous demande pardon ?

— Aucune importance...

Un sourire amusé au coin des lèvres, la tête penchée sur le côté, Kate n'eut pas à observer longtemps son vis-à-vis pour deviner dans quel état d'esprit il se trouvait. Pour

38

un danseur, le langage du corps est bien plus parlant que celui des mots. Un peu raide sur ses jambes, son visiteur se tenait manifestement sur la défensive et prenait grand soin de maintenir entre eux une distance respectable.

— Serait-ce que je vous rends nerveux, O'Connell, ou que je vous ennuie ?

— Ni l'un ni l'autre… Je ne vous connais pas assez pour cela.

Kate fit résolument un pas en avant.

— Cela peut s'arranger, conclut-elle en soutenant son regard. Faisons connaissance…

Les yeux verts de Brody O'Connell s'assombrirent et un muscle tressaillit sur sa mâchoire carrée.

— Ecoutez, mademoiselle Kimball, je…

— Ça va…, l'interrompit Kate. Inutile de monter sur vos grands chevaux.

Un instant, elle le dévisagea d'un air hautain. La surprise le disputait en elle à la déception. Par principe, elle préférait la franchise, ce qui n'était manifestement pas son cas.

— J'avoue que je vous trouve séduisant, reconnut-elle d'une voix conciliante. J'avais cru comprendre qu'il en est de même pour vous, mais, apparemment, je me suis trompée. Veuillez m'excuser…

A son tour, il prit le temps de la dévisager soigneusement avant de répliquer :

— Est-ce une habitude, chez vous, de sauter au cou des clients de votre mère ?

Kate tressaillit, sentit la morsure de la peine et de la colère, avant de se reprendre et de hausser les épaules.

— Touché ! s'exclama-t-elle. Un point pour vous.

— Désolé…

Brody baissa les yeux et se passa nerveusement une main aux doigts écartés dans les cheveux.

— Sans doute, reprit-il, me rendez-vous tout de même un peu nerveux. Ce n'est pas votre faute. Je n'ai guère l'habitude des femmes... entreprenantes. Disons que je ne suis pas disponible pour les... attachements de ce genre en ce moment.

— Quel dommage ! fit-elle mine de se désoler. Et moi qui avais déjà réservé l'orchestre pour le jour de nos noces... Enfin, je suppose que je m'en remettrai.

Les lèvres de Brody s'incurvèrent en un sourire dont Kate eut du mal à détacher les yeux.

— Touché ! répéta-t-il. Un point partout.

Quand il décidait de s'en servir, songea-t-elle, cet homme avait un sourire bouleversant... Cela ne rendait que plus agaçant le fait qu'il en fût tellement avare lorsqu'il se trouvait près d'elle !

— A présent que nous avons dissipé ce malentendu, conclut-elle en englobant la pièce de ses deux bras ouverts, quelle est votre première impression ?

Revenu en terrain familier, Brody se détendit et se mit à arpenter l'espace à grands pas.

— Vous venez d'acquérir un bon vieux bâtiment ancien, répondit-il enfin. Beaucoup de charme et de potentiel. Des fondations solides. Construit pour durer.

La petite pointe de mauvaise humeur que Kate entretenait encore contre lui disparut instantanément.

— Vous y êtes ! s'exclama-t-elle. A présent, j'en suis sûre : je vous aime...

Le voyant se rembrunir de nouveau, Kate éclata de rire.

— Relax, Brody... Je ne vais pas vous sauter dans les bras — même si c'est assez tentant. C'est juste que vous êtes la première personne à tomber d'accord avec moi sur la valeur de cette bâtisse. A part vous, tout le monde semble penser que je suis folle d'investir tant de temps et d'argent dans cette ruine...

Pour se donner une contenance, Brody fourra ses mains dans ses poches et fit mine de s'absorber dans la contemplation d'une fenêtre. C'était la première fois qu'il rencontrait une femme capable de le ridiculiser ainsi à plusieurs reprises en si peu de temps. Pour son malheur, cela ne diminuait en rien le charme qu'elle conservait à ses yeux...

— C'est un bon investissement, dit-il en revenant vers elle. Si vous vous y prenez bien et que vous misez sur le long terme.

— C'est exactement sur cela que je mise. Quant à m'y prendre correctement, à vous de me dire comment procéder...

— Avant toute chose, il faut s'occuper du chauffage. On gèle ici, et ce n'est bon ni pour les maisons ni pour ceux qui y habitent.

Kate approuva d'un sourire radieux.

— Je commence à penser que nous pourrions nous entendre, malgré tout. La chaudière est à la cave. Vous voulez y jeter un coup d'œil ?

Brody s'empressa d'accepter, soulagé de pouvoir s'isoler quelques instants. Mais ce qu'il n'avait pas prévu, c'est que la propriétaire des lieux lui emboîterait tout naturellement le pas pour le suivre au sous-sol. A son grand étonnement, une souris affolée dérangée par leur arrivée ne la fit même pas frémir, pas plus que la mue desséchée d'un serpent qui avait dû se régaler de la famille du rongeur...

D'après son expérience, les femmes aussi féminines que l'était Kate Kimball fuyaient comme la peste ce qui rampe ou détale. Bien au contraire, tout ce qu'elle fit en découvrant ces locataires inattendus fut de froncer son charmant petit nez et de sortir de sa poche un calepin pour y griffonner quelques mots.

La lumière était chiche, l'air épais et confiné, et l'antique chaudière posée à même le sol de terre battue paraissait au premier regard bonne pour la ferraille. Il lui fit part de la mauvaise nouvelle, avant d'exposer à grands traits les différentes options qui s'offraient à elle, les avantages et inconvénients de chaque méthode ainsi qu'une fourchette de prix.

S'imaginant qu'il aurait pu tout aussi bien lui parler en grec ancien, il se proposait d'envoyer différentes brochures de documentation à son père lorsqu'elle se récria :

— Je suis autant en mesure que mon père d'estimer la pertinence d'un système de chauffage. Seriez-vous en train d'insinuer, monsieur O'Connell, que mon père, parce qu'il est un homme, est plus à même que moi d'en juger ?

Après y avoir réfléchi un court instant, Brody hocha la tête sans complexe.

— Oui, dit-il. C'est exactement ce que je pense.

— Eh bien dans ce cas, vous pensez mal. Envoyez-moi vos brochures si vous voulez, mais mon opinion penche déjà en faveur du chauffage central. Cela paraît d'autant plus simple et efficace que les radiateurs et la tuyauterie sont déjà en place. Je veux garder autant que possible le caractère d'origine de ce bâtiment, même si le confort doit en souffrir. Je peux en outre disposer de radiateurs électriques d'appoint. Sans parler des cheminées, qu'il faudra faire ramoner et réparer si nécessaire.

Sortant à son tour son calepin, Brody y consigna quelques notes. Même si le ton glacial de ce petit discours n'était pas pour lui plaire, il ne pouvait qu'en approuver le contenu.

— C'est vous le patron…, marmonna-t-il.

— Sur ce point, vous ne vous trompez pas.

Amusé, Brody releva brièvement les yeux sur elle.

— Vous avez des toiles d'araignées dans les cheveux, patron…

— Vous aussi. Je veux que cette cave soit nettoyée, et que ce sol de terre battu soit remplacé par une chape de béton. Il faudra faire dératiser l'endroit, vérifier la ventilation, améliorer l'éclairage. En l'état actuel, ce sous-sol est inutilisable. Je veux pouvoir en faire une aire de stockage.

— Très bien.

Tel un général d'armée sur le champ de bataille, elle marcha jusqu'à l'escalier et s'y engagea, estimant au passage la solidité de la rampe.

— Cet escalier n'a pas à être joli, reprit-elle, mais il doit en revanche être sûr.

— Il le sera. Comme tous les autres équipements, qui seront systématiquement — que vous le vouliez ou non — remis aux normes en vigueur. Je ne travaille pas autrement.

— C'est bon à savoir, commenta-t-elle en reprenant son ascension. A présent, si vous voulez bien me suivre, je vais vous expliquer ce que je désire en haut.

Et en l'écoutant le lui préciser, Brody dut bien reconnaître que Kate Kimball savait ce qu'elle voulait. Peut-être même un peu trop précisément à son goût… Pourtant, certaines de ses idées le surprirent par leur volonté d'utiliser les excentricités du vieux bâtiment plutôt que de chercher à les éliminer. Il était quant à lui incapable d'imaginer une école de danse entre ces murs, ce qui n'était manifestement pas son cas.

Dans le détail, elle lui expliqua comment la cuisine, trop grande à son goût, serait scindée en deux pour y installer un bureau. Les pièces qui avaient servi au fil des décennies de chambres, puis de réserves, puis d'ateliers, seraient aménagées en vestiaires.

Lorsqu'ils en furent à étudier le devenir de deux salles d'eau voisines, Brody suggéra :

— Je peux abattre la cloison qui les sépare pour n'en faire qu'une, si vous le voulez.

— Inutile, répondit-elle aussitôt. La pruderie a beau ne pas être de mise dans le monde de la danse, j'estime nécessaire que mes élèves des deux sexes puissent disposer de salles d'eaux séparées.

— Vous voulez dire, s'étonna-t-il en relevant les yeux de son bloc-notes, que vous pensez apprendre la danse *à des garçons*...

Kate était bien trop habituée à ce type de réaction pour s'en offusquer encore.

— Barychnikov, Noureïev, Davidov..., lança-t-elle en dardant sur lui un regard noir. Cela vous dit quelque chose ?

— A Shepherdstown, s'obstina-t-il d'un air bougon, les garçons jouent au basket ou au base-ball. Depuis des générations...

— Savez-vous qu'un danseur au meilleur de sa forme peut battre n'importe quel athlète aux tests de force ou d'endurance ?

Hilare, Brody laissa fuser vers le plafond un rire moqueur.

— Ah oui ? railla-t-il. Avec ou sans tutu ?

Kate soupira et se laissa aller à sourire. Il ne servait à rien de s'énerver. Ce genre de préjugés, elle le savait, avait la vie dure et n'avait pas fini de lui être opposé dans cette petite ville où elle avait choisi de s'installer.

— Sachez, reprit-elle d'une voix patiente, que les danseurs sont des hommes comme les autres. Mon premier amoureux conduisait une Harley et pouvait sauter pour effectuer un *grand jeté* plus haut que Michael Jordan pour jeter sa baballe dans un panier... Même s'il portait pour ce faire un collant plutôt que ces bermudas si sexy dont s'affublent les basketteurs.

— Des shorts..., marmonna Brody. Les basketteurs portent des shorts.

— Si vous voulez. Il est vrai que pour certains hommes, tout est dans la culotte...

Sans l'attendre, elle tourna les talons, lançant par-dessus son épaule :

— Ces deux salles d'eau resteront donc séparées. Il faut des nouvelles cuvettes de toilettes, deux cabines de douche fermées de chaque côté. Tout le carrelage est à changer. Tout doit être blanc et fonctionnel, les nouveaux éviers installés de manière à être accessibles aux enfants. Vous me suivez ?

— Oui, patron. Je vois le tableau.

Kate se mit à rire et désigna de la main l'escalier. Brody eut l'impression de voir au bout de son bras un oiseau s'envoler.

— Ce n'est pas ce que je voulais dire, précisa-t-elle. Je veux vous montrer mon appartement au premier.

— Vous voulez vivre ici, au-dessus de votre école ?

— Naturellement ! rétorqua-t-elle d'un air surpris. Je veux vivre, travailler, respirer, manger, dormir entre ces murs. Vous allez voir, j'ai des idées *très* précises sur ce que je vais faire de mes quartiers...

— Ça, marmonna-t-il en lui emboîtant le pas, je l'aurais parié…

Des idées très précises, songea Brody une heure plus tard, Kate Kimball n'en manquait pas, en effet… Et s'il avait pu émettre quelques réserves quant à ses projets pour le rez-de-chaussée, il devait reconnaître que ce qu'elle voulait faire du premier ne manquait ni de style ni d'audace.

Elle voulait décaper toutes les boiseries et moulures en chêne qu'un inconscient avait peintes en blanc, et il ne pouvait qu'applaudir. Elle désirait faire sabler les parquets et les protéger d'un vernis transparent, et il n'aurait pas agi autrement.

En la suivant à travers tout l'étage, il sentit grandir l'excitation que suscitait en lui chaque nouveau chantier. A une certaine époque, il s'était contenté de faire son travail et d'en tirer profit. Aujourd'hui, il avait conscience, en pratiquant une restauration authentique, d'apposer sa marque sur quelque chose qui tenait debout bien avant sa naissance, et qui resterait solide sur ses fondations quand il ne serait plus là pour le voir. Nul doute que d'autres entrepreneurs auraient pu fournir à Kate Kimball ce qu'elle désirait. Mais lui seul pourrait partager sa vision et lui donner bien plus que ce qu'elle attendait.

Dans la salle de bains, il acquiesça à sa volonté de conserver la vieille baignoire en cuivre à pattes de griffon. Pour remplacer le vieux lavabo mural fêlé, il était prié d'en trouver un neuf — blanc et sur pied — dont le design ne nuirait pas à l'ensemble. Au sol, elle voyait un carrelage en damier blanc et bleu marine mais se disait ouverte à toute suggestion.

46

Dans la cuisine, alors qu'elle commençait à se montrer tout aussi directive, il l'arrêta d'un geste.

— Souhaitez-vous réellement cuisiner dans cette pièce ou juste réchauffer des plats préparés ?

— Cuisiner, bien sûr... Cela vous surprendra peut-être, mais j'ai quelques talents en ce domaine.

— Eh bien moi, reprit-il, j'ai quelques talents pour concevoir des cuisines agréables et faciles à vivre.

— C'est ce que j'ai cru comprendre, s'amusa Kate. Vous allez me faire le coup des moulures en chêne ?

Surpris, Brody la dévisagea sans comprendre.

— Je vous demande pardon ?

Kate le rassura d'un sourire.

— Poursuivez, l'encouragea-t-elle. Je vous écoute.

Dans le quart d'heure qui suivit, Brody mit tout son savoir et toute sa passion à lui dresser à grands traits la cuisine qui pourrait être sienne dans l'espace imparti. Appuyée contre la fenêtre, Kate le regardait déambuler à grands pas d'un coin à l'autre de la pièce, les bras croisés, un sourire rêveur au coin des lèvres. Mal à l'aise, il n'aurait su dire si l'intérêt qu'elle lui portait tenait aux projets qu'il lui exposait ou à lui-même...

Pourtant, quand il eut terminé, elle le surprit en concluant :

— Très intéressant, mais j'aurais bien aimé tout de même pouvoir disposer d'une table...

— Je vous le déconseille. Dans une cuisine plus longue que large, vous la retrouveriez toujours sur votre passage et ne cesseriez de tourner autour.

— Peut-être...

En y réfléchissant de manière plus approfondie, Kate se rendit compte qu'il lui était difficile de faire abstraction de la cuisine de ses parents, dans laquelle elle s'était trouvée attablée le matin même avec son père, et à laquelle la rattachaient nombre de souvenirs d'enfance. Pourtant, étant donné la configuration des lieux, il lui fallait bien reconnaître que la remarque de Brody O'Connell ne manquait pas de bon sens.

La voyant hésiter, celui-ci conclut en ramassant son bloc-notes :

— Laissez-moi prendre les mesures nécessaires. Je pourrai vous présenter un projet dessiné d'ici quelques jours, et vous pourrez vous faire une idée plus précise.

— Rien ne presse, répondit-elle. Le rez-de-chaussée constitue ma priorité.

Brody hocha la tête.

— Vous aurez mon devis détaillé en même temps que le projet dessiné. Mais je peux vous indiquer d'ores et déjà qu'il faut vous attendre à une somme à six chiffres et à quatre bons mois de travaux pour que tout soit terminé.

Cette précision n'était pas pour la surprendre, mais se l'entendre confirmer de vive voix par un professionnel restait difficile à avaler.

— Si je décide de donner suite à votre devis, dit-elle d'un air songeur, quand seriez-vous disposé à entamer les travaux ?

— Très rapidement, répondit-il sans hésiter. Une fois les permis obtenus et les matériaux livrés. Selon toute vraisemblance juste après le nouvel an.

— Vous savez trouver les mots qui me vont droit au cœur… Envoyez-moi votre devis, monsieur O'Connell. Je vous promets moi aussi une réponse rapide.

Sur ce, le laissant prendre ses mesures à l'étage, Kate redescendit sous le porche tester l'ambiance du voisinage. Depuis la rue principale distante d'un demi-bloc parvenait le bruit assourdi du trafic automobile. Une odeur de feu

48

de bois, sans doute échappée d'une cheminée voisine, flottait dans l'air. La petite pelouse défoncée qui séparait le porche du trottoir faisait pitié à voir, tout autant que le vieux tronc noirci de ce qui avait dû être autrefois un magnifique érable.

De l'autre côté de la rue, un immeuble industriel en brique avait été converti en appartements. A cette heure de la mi-journée, il semblait aussi vénérable que confortable et parfaitement tranquille. En observant ses fenêtres garnies de voilages, Kate songea à cette autre centaine de milliers de dollars qu'il allait lui falloir débourser.

Heureusement pour elle, son niveau de vie n'avait rien eu de royal ces dernières années. Sa carrière, si prenante qu'elle ait pu être, ne l'avait pas empêchée de placer judicieusement ses économies. Quant à l'argent qui lui revenait de la famille de son père, il constituait un gage de sécurité bienvenu. Et si vraiment cela devenait nécessaire, il lui serait possible d'effectuer à New York quelques performances en tant qu'invitée de la Compagnie.

En fait, conclut-elle avec un regain d'énergie, vu les mois de travaux auxquels il lui fallait s'attendre, cela s'avérerait sans doute indispensable — et pas seulement pour des raisons financières, tant l'idée d'avoir à rester inactive pendant cette période était intolérable.

— Kate ?

La voix soucieuse de Brody derrière elle la fit se retourner. Voyant qu'il lui présentait son manteau d'un air gêné, elle pivota sur ses talons pour qu'il puisse le passer sur ses épaules.

— Vous n'avez pas froid ? dit-il d'une voix neutre.

— Un peu, reconnut-elle. Mais, apparemment, il ne gèle pas assez pour qu'il neige… J'ai été déçue que l'averse de l'autre soir ne dure pas.

— Tant qu'il ne tombe pas un mètre...

— Hmm ?

Sans lui répondre, Brody se vit prendre à pleines mains l'abondante masse de ses cheveux pour la faire passer par-dessus le col de son manteau. Fasciné, il éprouva sous ses doigts la douceur du flot de boucles brunes, incapable d'en détacher son regard. Ses mains s'y attardaient encore lorsqu'elle se tourna pour lui faire face.

Un instant, leurs regards s'accrochèrent. Non sans une certaine satisfaction, Kate put lire dans celui de Brody un trouble qui cadrait mal avec le détachement qu'il affichait à son égard, et qui fit naître en elle un délicieux frisson.

— Pourquoi ne marcherions-nous pas jusqu'à la rue principale ? suggéra-t-elle en soutenant tranquillement son regard. Nous pourrions prendre un café pour nous réchauffer et discuter... cuisine et plans de travail.

Brody aurait voulu rompre le charme, faire un pas de côté, détacher son regard, mais, d'une manière qu'il avait du mal à comprendre, cette femme impossible avait pris ses sens en otage et semblait le tenir en son pouvoir.

— Voilà que vous recommencez..., gronda-t-il.

Pour toute réponse fleurit sur ses lèvres un sourire dévastateur et éminemment féminin.

— Kate..., s'entendit-il murmurer, vous êtes sans aucun doute... la femme la plus belle que j'aie jamais rencontrée.

— Puisque je le dois aux hasards de la naissance et aux gènes de mes parents, dit-elle sans se troubler, merci du compliment. En ce qui me concerne, j'aime particulièrement votre bouche...

Pour bien le lui prouver, Kate laissa son regard s'y attarder quelques instants et conclut :

— Je la trouve infiniment... alléchante.

La gorge plus sèche qu'un désert, Brody déglutit péniblement, mettant un point d'honneur à ne pas battre en retraite. Que s'était-il passé avec les femmes, se demanda-t-il, depuis qu'il s'était mis sur la touche du jeu de la séduction ? Depuis quand s'autorisaient-elles à se jeter à la tête des hommes, quasiment en pleine rue et au beau milieu de la journée ?

Le vent glacé de décembre qui soufflait sous le porche ne faisait rien pour refroidir son sang sur le point d'entrer en ébullition. Pour se prémunir de ce qui ne pouvait qu'advenir, Brody saisit Kate par les bras sous son manteau. Hélas, sentir ses muscles jouer souplement sous la toile fine de son tailleur ne fit qu'entretenir le feu qui couvait en lui.

— Ecoutez…, marmonna-t-il.

— Je vous écoute, assura-t-elle avec le plus grand calme. Mais je préfère encore vous regarder…

Brody commit l'erreur de laisser leurs regards une nouvelle fois se croiser et se sentit perdu. Les yeux de Kate étaient un rideau de fumée envoûtant et mystérieux. Au point où ils en étaient, il lui aurait suffi de pencher la tête pour goûter enfin à ses lèvres provocantes et sensuelles. Seul le sombre pressentiment que l'embrasser aurait été aussi électrisant et dangereux qu'embrasser une ligne à haute tension l'empêcha de céder à la tentation.

— Je vous l'ai dit, parvint-il enfin à protester. Je ne suis pas intéressé.

— Oui, vous me l'avez dit… Mais je n'en crois pas un mot.

Comme pour le lui prouver, elle se haussa sur la pointe des pieds et lui mordilla doucement la lèvre inférieure. Instantanément, elle sentit ses mains se serrer comme des étaux autour de ses bras.

— Vous voyez…, murmura-t-elle, s'amusant de le voir à deux doigts de l'embrasser à son tour. Quoi que vous puissiez en dire, vous êtes *très* intéressé. Vous n'êtes simplement pas encore prêt à le reconnaître.

— Ce qui revient à la même chose.

Lâchant ses bras, Brody se pencha pour ramasser sa caisse à outils à ses pieds.

— Je ne suis pas d'accord avec vous, conclut-elle en le regardant faire, mais je saurai me montrer patiente. De plus, il serait dommage que quelques divergences d'appréciation nous empêchent de collaborer. J'aime la plupart des idées que vous m'avez exposées, et j'espère que nous pourrons les concrétiser ensemble.

Brody laissa échapper un soupir résigné. Alors que leur petit face-à-face l'avait placé lui-même sur des charbons ardents, il semblait ne pas avoir eu sur elle le moindre effet. Telle qu'elle se tenait devant lui, froide et détachée, ils auraient pu tout aussi bien n'avoir échangé au cours de cet étrange rendez-vous d'affaires que des arguments techniques et commerciaux, sans aucune incidence sur leurs sentiments et sur leurs vies privées.

— Savez-vous, lança-t-il à mi-voix, que vous êtes un sacré numéro...

— Je le sais, répondit-elle du tac au tac. Mais je n'ai pas à m'excuser d'être ce que je suis. J'attends votre devis et vos documentations, monsieur O'Connell. Si vous avez besoin de prendre de nouvelles mesures ou de quoi que ce soit d'autre, vous savez où me trouver...

— Ça, marmonna-t-il en tournant les talons, je ne risque pas de l'oublier.

Appuyée de l'épaule contre un pilastre du porche, Kate le regarda un long moment s'éloigner en direction de sa camionnette. Ce ne fut que lorsque celle-ci eut démarré et disparu au bout de la rue qu'elle s'autorisa enfin à relâcher la pression qu'elle s'était infligée pour ne pas craquer nerveusement face à lui.

Sans doute Brody O'Connell eût-il été fort étonné de l'entendre vider d'un coup tout l'air de ses poumons, et plus étonné encore de la voir glisser le long du poteau pour s'asseoir, les jambes tremblantes, sur la dernière marche du porche.

Bien loin de l'assurance effrontée qu'elle avait réussi à maintenir sans trop savoir comment devant lui, Kate se sentait aussi déboussolée qu'une petite fille à sa première rentrée des classes…

Offrant son visage à la caresse du vent glacé, elle ferma les yeux et se força à respirer lentement, autant pour refroidir ses sens enflammés que pour calmer les grenouilles qui s'étaient remises à bondir comme des folles dans son ventre. N'était-il pas étrange, songea-t-elle, que le premier homme à croiser sa route après son retour dans sa ville natale eût sur elle un tel effet ?

Certes, Kate ne s'était jamais sentie intimidée face aux hommes — loin de là. Ce qui ne l'empêchait pas d'être très sélective en la matière. Cet amoureux qu'elle avait crânement lancé à la face de Brody pour l'impressionner avait été l'un des trois élus — tous trois chèrement aimés — autorisés à partager pour des périodes plus ou moins longues son existence.

Pourtant, il lui avait suffi de rencontrer cet inconnu que demeurait pour elle Brody O'Connell pour avoir envie de lui sauter au cou. Pour être honnête avec elle-même, il lui fallait bien reconnaître que leur deuxième rencontre n'avait servi qu'à exacerber le désir qu'il lui inspirait, pour le porter à une intensité qu'elle n'avait jamais connue, et à laquelle elle ne se sentait pas préparée.

Ce qui signifiait, conclut-elle en se redressant, qu'il ne lui restait plus qu'à mettre au point un plan de séduction en bonne et due forme, en femme sérieuse qu'elle était. Un plan pour aider le nouvel élu de son cœur à surmonter ses réticences et à reconnaître l'évidence. Un plan pour l'amener là où elle voulait à présent le voir — entre ses bras, dans son lit...

3.

Assis face à son père dans ce qu'ils appelaient tous deux leur bureau, Jack calligraphiait de son mieux les lettres de l'alphabet. Tout comme lui, il faisait son travail. Pourtant, il ne pouvait s'empêcher de jeter de fréquents coups d'œil aux grandes feuilles de calque qu'il ne cessait de remuer et de les trouver nettement plus amusantes que son austère cahier d'écolier.

Pour le faire patienter, son père lui avait promis de lui en donner une dès qu'il serait arrivé à ce Z qui lui semblait pour l'instant hors de portée… Déjà, il savait ce qu'il aurait envie d'y dessiner — une grande et vieille maison comme la leur, avec à côté une grange rouge et blanche identique à celle où son père avait installé son atelier. Il y aurait aussi sur les toits et partout autour beaucoup de neige — au moins deux mètres — et des milliers de bonshommes rigolos.

Sans oublier un chien…

Papy et mamie avaient un chien. Et même si Buddy était un peu vieux, il était drôle et ils s'amusaient bien, tous les deux. Hélas, Jack ne pouvait le prendre avec lui quand il rentrait à la maison. Un jour, se promit-il, il aurait un chien rien qu'à lui. Il l'appellerait Spike et il ne se lasserait jamais de lui lancer des balles. Peut-être même Spike aurait-il le droit de dormir dans son lit...

Son père lui avait expliqué qu'il pourrait avoir un chien aussitôt qu'il serait en âge de s'en occuper. Ce qui pouvait tout aussi bien arriver demain... Suçotant son crayon, Jack leva les yeux dans l'idée de demander à son père s'il n'était pas devenu assez grand — pendant la nuit, par exemple — pour avoir un chien. Mais en découvrant sur son front les plis de concentration qui s'y trouvaient chaque fois qu'il était en plein travail, il comprit que le moment était plutôt mal choisi.

Jack étouffa un soupir et se remit à l'ouvrage. Cet alphabet était vraiment interminable... Et il avait vraiment *envie* de dessiner une maison, de jouer avec ses camions, ou sur l'ordinateur — voire de rester simplement le nez collé au carreau, jusqu'à ce que la neige se décide à tomber.

Nerveusement, Jack se tortilla sur sa chaise, cogna de ses pieds le fond du bureau, se tortilla encore.

— Jack ! gronda son père sans lever la tête. Arrête de t'agiter...

— Je dois vraiment écrire *tout* l'alphabet ?

— Mmm.

— Pourquoi ?

— Parce que.

— Je suis déjà arrivé au P... Ça suffit pas ?

— Si tu en restes là, comment feras-tu pour écrire les mots contenant les lettres suivantes ?

— Mais...

— Arrête de dire *mais*. Ecris-le plutôt : M-A-I-S... Tu vois, tu ne peux pas l'écrire, il te manque le S.

Jack laissa échapper de ses lèvres le soupir le plus déchirant qu'ait jamais poussé un garçon de six ans et se remit à l'ouvrage sur le Q, le R et le S.

— P'pa ?

— Mmm.

— Papa ! Papa, papa... P-A-P-A !

Surpris par sa véhémence, Brody leva les yeux pour découvrir le regard mutin de son fils posé sur lui.

— J'ai assez de lettres pour écrire *papa* et *Jack*. Tu vois que c'est bien suffisant...

Brody ne put s'empêcher de sourire. Pour couper court à une corvée, l'esprit de son fils était aussi affûté qu'un rasoir...

— Et comment se fait-il, s'amusa-t-il, que tu sois déjà si malin pour ton âge ?

— Mamie dit que je tiens ça de toi, expliqua le garçon avec le plus grand sérieux. Je peux voir ce que tu dessines ? C'est pour la maison de la danseuse ? Est-ce que tu la dessines en train de danser, elle aussi ?

— Oui, répondit Brody en se remettant au travail, c'est pour elle. Et non, tu ne pourras rien voir tant que tu n'auras pas terminé cet alphabet. Que se passe-t-il quand tu ne termines pas ce que tu commences ?

Avec une grimace comique, Jack roula des yeux effarés.

— Rien du tout.

— Exactement. Alors, au boulot !

Après un ultime soupir plus théâtral encore que les précédents, Jack ramassa son crayon et s'exécuta. Mais Brody, quant à lui, eut bien du mal à en revenir aux plans de la cuisine qu'il était occupé à tracer. S'il n'en avait tenu qu'à lui, il aurait abandonné son crayon séance tenante pour consacrer le reste de la soirée à ce miracle permanent qu'était son fils dans sa vie. Au diable le travail, les délais, les responsabilités… Une seule chose lui importait plus que tout cela : finir ce qu'il avait commencé. En effet, il n'y avait pas de tâche plus essentielle à ses yeux que d'avoir à élever Jack.

A la dérobée, Brody s'amusa à voir son fils tirer la langue pour tracer ses dernières lettres et se demanda si son propre père l'avait jamais observé un jour avec le même attendrissement. Probablement, décida-t-il. Même si Bob O'Connell n'avait jamais été partant pour lutter sur la moquette ou discuter de choses sans queue ni tête.

Son propre père se contentait de partir travailler chaque matin à l'aube, pour ne rentrer que tard le soir et glisser ses pieds sous la table. Tout ce qu'il demandait à son fils, c'était d'effectuer ses corvées sans rechigner, d'éviter d'avoir des ennuis à l'école, et de faire ce qu'il lui demandait. En somme, Bob O'Connell s'attendait à ce qu'il glisse ses pas dans les siens sans rechigner ni se poser de questions.

De toutes les manières possibles, Brody s'était efforcé de le décevoir autant qu'il avait été déçu par lui. Le seul élément positif de toute cette triste histoire étant qu'il s'était bien juré, devenu père à son tour, de ne jamais commettre les mêmes erreurs avec Jack.

— Zed ! Zed ! se mit soudain à hurler celui-ci, brandissant victorieusement son cahier à bout de bras devant lui.

— Fais voir…

La mine sévère, Brody examina le résultat de ses efforts et hocha la tête d'un air satisfait. C'était encore loin d'être parfait, mais l'essentiel y était.

— Bon travail. Tu veux toujours dessiner sur du calque ?

Jack leva vers lui deux grands yeux implorants.

— Je peux pas venir plutôt dessiner avec toi ?

— Si tu veux…

Ainsi, conclut-il pour lui-même, il lui faudrait rester une heure de plus éveillé pour rattraper son retard. Mais en voyant Jack sauter à bas de sa chaise pour courir vers lui, il se dit que ce n'était pas cher payé pour passer encore un moment avec lui.

— Tu vois, expliqua-t-il après l'avoir fait grimper sur ses genoux, nous avons ici le plan de l'appartement au-dessus de l'école.

— Comment font-ils, demanda Jack, pour danser avec ces drôles d'habits ?

— Aucune idée… Mais d'abord, comment sais-tu qu'ils portent de drôles d'habits pour danser ?

— Dans un dessin animé, j'ai vu des éléphants qui portaient des jupes bizarres et qui dansaient sur les doigts de pieds. Est-ce que les éléphants ont vraiment des doigts de pieds ?

— Je ne vois pas pourquoi ils n'en auraient pas…, répondit Brody en riant. On vérifiera plus tard si tu veux. Mais pour l'instant, tu vas prendre ce stylo et faire très attention en traçant cette ligne, là en bas.

Ainsi travaillèrent-ils de concert un bon moment, tête contre tête, la main du père guidant celle du fils. Puis, lorsque Jack ne parvint plus à dissimuler ses bâillements, Brody se leva pour l'emporter dans ses bras vers son lit.

— Je suis même pas fatigué…, protesta le garçon en calant confortablement sa tête contre son cou.

— Quand tu te réveilleras, il ne restera plus que cinq jours avant Noël.

— Chouette… J'peux avoir un cadeau ?

Le sachant déjà endormi contre lui, Brody sourit sans lui répondre. Dans le living-room, il fit une pause pour admirer le sapin brillant de tous ses feux. Au sommet, Jack avait tenu à installer un Père Noël jovial plutôt qu'une étoile ou un ange. Y croirait-il encore, le Noël suivant ?

Songeant aux années qui passent et ne reviennent jamais, Brody enfouit son visage dans les cheveux de son fils et inspira profondément.

Après l'avoir mis au lit, Brody se rendit dans la cuisine pour préparer du café frais. Sans doute une erreur, décida-t-il en se versant sa première tasse, car le breuvage plutôt serré risquait de le tenir éveillé une partie de la nuit.

Debout devant la fenêtre, il resta un long moment à déguster son café. La maison paraissait bien trop calme lorsque Jack était endormi. La plupart du temps, ce gamin se débrouillait pour y faire un tel tintamarre qu'il lui semblait que jamais la paix et le silence ne pourraient y revenir.

La brusque tranquillité dont il jouissait ne faisait que rendre plus intense l'incessant bourdonnement qui lui encombrait l'esprit. Avoir à élever seul un garçon en bas âge, à s'établir à son compte en partant de zéro, à réhabiliter une maison aussi ancienne que délabrée — tout cela laissait peu de temps pour l'introspection et la paix de l'âme…

Tout en sirotant son café, Brody se mit à faire les cent pas dans la cuisine. Rien que chez lui, songea-t-il amèrement, il avait de quoi se maintenir occupé… pour le reste de son existence. Pas un jour ne s'écoulait sans qu'il ait à regretter de ne pas avoir acheté quelque chose de plus petit et de plus moderne. Et les innombrables reproches que lui faisait son père à ce sujet depuis qu'il avait signé le compromis de vente n'aidaient pas à résoudre le problème…

Pour son malheur, il était tombé amoureux de la vieille bicoque au premier regard — tout comme Jack, d'ailleurs. Et à contempler ce qu'il avait déjà pu faire de la cuisine, avec ses comptoirs de granit et son mobilier de chêne, ils n'avaient pas eu tout à fait tort. Avec un peu de courage et beaucoup d'huile de coude, se dit-il pour se réconforter, il était toujours possible de venir à bout de tout.

Même s'il ne restait que quelques jours avant Noël ? Même s'il lui fallait rendre ce satané devis pour le lendemain ? Et même si les vacances scolaires étaient déjà là ?

Il aurait dû engager une baby-sitter, se reprocha-t-il pour la énième fois. Mais Jack détestait tellement ce mode de garde qu'il n'avait pu s'y résoudre. Bien sûr, Beth Skully ou sa propre mère étaient toujours là pour lui rendre service, mais il ne voulait pas abuser de leur gentillesse, et en utilisant cette solution, il se sentait coupable de négliger ses devoirs paternels…

En conclusion, Jack allait devoir rester à ses côtés la plupart du temps — ce qui ne serait sans doute pas pour déplaire à son fils, mais qui n'arrangerait pas ses affaires.

Tout cela, conclut-il en remplissant de nouveau sa tasse déjà vide, n'était rien en comparaison de son principal souci. Un souci qui avait pour nom Kate Kimball, et qui ne lui laissait plus une minute de répit. Passant une main lasse sur son visage, Brody revint se planter devant la fenêtre et fit de son mieux pour ignorer la morsure de la frustration sexuelle qui lui tenaillait le ventre depuis leur dernière rencontre.

Avait-il déjà ressenti une telle attirance envers une autre femme ? Certainement, décida-t-il, mais cela devait remonter à bien longtemps — ou alors il n'en gardait pas souvenir. Sans doute ne fallait-il pas chercher plus loin les raisons de cette fringale d'amour charnel qui s'était emparée de lui. Il avait négligé ses besoins en ce domaine depuis tellement longtemps, et Kate Kimball était si provocante, si incroyablement belle, qu'il ne devait pas s'étonner de ce qui lui arrivait.

Mais il n'était plus un gamin qui n'a qu'à tendre la main pour s'emparer d'un jouet convoité sans se soucier des conséquences... Il n'était plus libre de faire ce qui lui plaisait, quand cela lui plaisait. Qui plus est, il ne désirait pas qu'il en fût autrement. Alors, il allait se contenter d'offrir son savoir-faire professionnel à Kate Kimball, de prendre son argent, et de garder avec elle soigneusement ses distances. En s'efforçant d'oublier les images affolantes de son corps parfait de danseuse qui lui assaillaient l'esprit...

Avant d'aller se remettre à l'ouvrage, Brody se versa un troisième café, sachant qu'il le condamnait à une nuit sans sommeil — et sans rêves indésirables.

En début d'après-midi, Kate alla ouvrir la porte de ses parents et découvrit Brody sur le seuil. Son plaisir de le revoir redoubla lorsqu'elle baissa les yeux sur le petit garçon aux yeux vifs qui lui tenait la main.

— Bonjour, beau prince..., lui dit-elle.

— Je m'appelle Jack.

— Alors, reprit-elle de bonne grâce, bonjour, Beau Jack... Moi, c'est Kate. Entrez.

D'une main ferme sur son épaule, Brody retint son fils qui s'apprêtait à s'exécuter.

— Je passais juste vous déposer les plans et le devis, précisa-t-il. Ma carte est dans le dossier. Si vous avez des questions à poser ou des remarques à...

Kate l'examina d'un air surpris.

— Vous êtes pressé ? s'étonna-t-elle. Pourquoi ne pas gagner du temps en examinant cela ensemble tout de suite ?

62

Puis, sans plus se préoccuper de lui, elle s'accroupit près de Jack et lui adressa son plus beau sourire.

— Brrr…, fit-elle. Ce qu'il fait froid dehors… Assez froid pour quelques cookies et un bon chocolat chaud. Qu'en penses-tu ?

— Avec des marshmallows ?

— Et comment ! Il y a une loi dans cette maison qui proscrit le chocolat chaud sans marshmallows…

Se redressant, Kate lui tendit la main. Sans se faire prier, Jack y glissa la sienne pendant que son père protestait :

— Ecoutez, je…

— O'Connell ! protesta-t-elle avec un claquement de langue agacé. Soyez donc beau joueur… Tu es dans quelle classe, Beau Jack ? Grand comme tu es, du dois être au moins en sixième…

— Nan ! répondit-il en pouffant de rire. Je suis au C.P.

— Sans blague ? s'enthousiasma Kate. Aujourd'hui, nous faisons justement une offre spéciale pour les garçons châtain clair qui sont au C.P. Tu peux choisir entre cookies au sucre, aux pépites de chocolat ou au beurre de cacahuète.

— Je peux avoir un de chaque ?

— Jack…, gronda aussitôt son père à côté de lui.

— Enfin un homme comme je les aime ! s'exclama-t-elle, ignorant Brody.

Attirant le garçon dans le hall, elle lui défit son manteau, son bonnet, son écharpe et les accrocha au porte-manteau.

— C'est toi, la danseuse ? demanda Jack sans la quitter des yeux.

Kate se mit à rire et l'entraîna par la main en direction de la cuisine.

— Oui, c'est moi.

Puis, adressant à Brody par-dessus son épaule un regard victorieux, elle lança :

— Vous venez ? La cuisine est par là.

— Je sais où est cette foutue cuisine…, grommela-t-il en refermant la porte derrière lui.

— Papa dit parfois des gros mots…, glissa Jack sur le ton de la confidence.

— C'est ce que je constate…, répondit-elle sur le même ton. On pourrait peut-être le priver de cookies ?

— Les adultes ont le droit de dire des mots comme « foutu », reprit gravement Jack. Mais pas des mots comme « me…

— Jack ! tonna Brody derrière lui.

Après avoir pouffé, le garçon conclut avec des airs de conspirateur :

— Mais parfois, papa dit ce mot-là aussi. Et des tas d'autres *très* malpolis, quand il se tape sur les doigts.

Sous le charme, Kate tira une chaise et l'aida à s'y installer.

— Vraiment ? dit-elle en faisant mine de s'étonner. Par ordre alphabétique ou dans le désordre ?

Un sourire à fossettes (qui n'était pas sans rappeler à Kate celui de Brody) illumina le visage du garçon.

— Dans le désordre. Et les plus malpolis, il les répète plusieurs fois de suite… Je peux avoir trois marshmallows ?

— Et même quatre, si tu veux !

Se redressant, Kate désigna du menton à Brody un portemanteau où accrocher son blouson et s'activa à ouvrir différents placards.

— Nous ne voudrions pas accaparer votre temps, s'excusa-t-il.

64

— J'ai plus de temps qu'il ne m'en faut, répondit-elle sans se retourner. J'ai aidé ma mère ce matin au magasin, mais cet après-midi c'est au tour de mon frère Brandon de lui prêter main-forte.

En se retournant munie d'un plateau, elle vit Jack approcher la main d'un gant de base-ball abandonné sur la table et précisa :

— Justement, c'est son gant que tu vois là.

Comme s'il avait craint de s'électrocuter, Jack retira vivement la main.

— Je faisais que regarder...

— Tu peux même toucher, je suis sûre que Brandon n'y trouverait rien à redire. Tu aimes le base-ball ? Il joue troisième base pour les Los Angeles Kings...

Les yeux de Jack s'agrandirent démesurément, et Kate y vit briller deux splendides émeraudes.

— Pour... pour de vrai ? balbutia-t-il.

— Pour de vrai.

Kate posa son plateau sur la table. Puis, voyant Jack contempler le gant, fasciné, sans oser y toucher, elle s'en saisit et le passa à sa main droite.

— Regarde, p'pa ! s'écria-t-il, brandissant victorieusement son bras devant lui. C'est un vrai gant de pro !

— Je vois ça...

Brody s'approcha et lui ébouriffa les cheveux. Vaincu, il releva les yeux et sourit à Kate. Comment aurait-il pu bouder une femme qui faisait briller ainsi les yeux de son fils ?

— Je peux avoir du chocolat chaud ?

— Evidemment, assura-t-elle en lui rendant son sourire.

— Avec quatre marshmallows, moi aussi...

Le fils de Brody, songea Kate en allant préparer les chocolats, était vraiment le chouette gamin que son père lui avait décrit. Bien qu'ayant toujours eu un faible pour les enfants, elle était surprise d'avoir pu si rapidement nouer avec lui un lien si fort... mais pas autant que celui qui manifestement unissait le père au fils, et qui lui donnait l'envie de les serrer tous deux entre ses bras.

— Madame ? demanda Jack en la voyant revenir.

— Kate ! corrigea-t-elle en déposant devant lui un bol fumant. Prudence, c'est chaud...

— D'accord... Kate, comment tu fais pour porter ces drôles de vêtements quand tu danses ? Papa n'a pas su me répondre...

Brody poussa un petit gémissement consterné et fit mine de s'absorber dans le choix d'un cookie. Après avoir déposé les deux autres tasses, Kate adressa à Jack un sourire indulgent et vint prendre place face à lui de l'autre côté de la table.

— Ces drôles de vêtements dont tu parles, dit-elle doucement, ce sont des costumes que nous portons — comme les acteurs — pour nous aider à raconter une histoire en dansant.

— Ça se peut, s'étonna-t-il, de raconter une histoire en dansant ?

— Bien sûr ! Au lieu de la raconter avec des mots, nous la racontons avec des mouvements et de la musique. Si tu me fais l'honneur de venir un jour me voir dans mon école, je te montrerai comment on s'y prend.

— C'est mon papa, qui va construire ton école ?

Par-dessus la table, Kate tendit le bras pour saisir le dossier cartonné que Brody avait posé devant lui.

— Peut-être, répondit-elle. D'ailleurs nous n'allons pas tarder à le savoir.

Non sans surprise, Brody nota qu'elle écartait le devis présenté en tête du dossier pour s'intéresser tout de suite aux esquisses et aux plans. Jack, revenant à de plus urgentes préoccupations, couva son chocolat d'un œil gourmand, soufflant précautionneusement dessus pour le refroidir.

Au fil des minutes qui passaient, celui de Kate refroidit de lui-même devant elle. Et quand elle commença à poser des questions, Brody rapprocha sa chaise et se pencha sur la table pour lui préciser quelques détails. Il ne lui en fallut pas plus pour constater qu'émanait d'elle un parfum bien plus alléchant que celui des cookies, ce qui n'était pas peu dire...

— Qu'avez-vous dessiné, ici ?

— Une porte coulissante, répondit-il. Ce corridor est très étroit. J'en ai prévu une également dans votre bureau, qui n'est pas très grand.

— J'avoue que je n'y aurais pas pensé..., avoua Kate en le considérant d'un air pensif.

Pour s'immiscer dans la conversation, Jack expliqua fièrement :

— J'ai tracé quelques traits, moi aussi...

— Félicitations ! le complimenta-t-elle, le récompensant d'un sourire. Toi et ton papa, vous avez fait du bon travail.

Kate reprit son examen minutieux du dossier. Dans ces plans, elle retrouvait fidèlement retranscrit tout ce qu'elle lui avait expliqué, mais chaque fois que cela lui avait été possible, il n'avait pas hésité à apporter sa touche personnelle. Il avait non seulement respecté la vision qu'elle avait des travaux à effectuer, mais il l'avait également améliorée grâce à son expérience et à son savoir-faire.

La minutie avec laquelle il avait su travailler en si peu de temps n'était pas non plus sans l'impressionner. Le projet était aussi net et clair que si elle avait fait appel à un architecte...

Tout aussi professionnel était le devis, dont elle étudia rapidement chaque poste, avant de se reporter à l'addition finale, conforme à l'estimation qu'il lui avait fournie. Il y avait bien là six chiffres, nettement imprimés en caractères gras, qui la firent déglutir et refermer précipitamment le dossier.

— Beau Jack, dit-elle en adressant un clin d'œil au garçon, vous êtes embauchés, ton papa et toi...

Jack poussa un cri de joie, et puisque personne ne lui avait dit qu'il ne pouvait pas le faire, plongea la main dans la boîte de cookies pour fêter l'événement.

Brody laissa échapper de ses lèvres un soupir de soulagement. Même s'il avait essayé de ne pas trop y penser jusqu'à cet instant, ce chantier était le plus important de sa courte carrière d'entrepreneur. Il lui permettrait d'occuper son équipe durant les longs mois d'hiver traditionnellement calmes dans le bâtiment. Grâce à Kate Kimball, il n'aurait pas à rogner sur les heures de ses hommes et bénéficierait d'une sécurité financière qui lui avait jusqu'à présent fait cruellement défaut.

— Je vous remercie de me faire confiance.

Avec un sourire malicieux, elle répondit :

— Attendez que je vous harcèle sur le chantier...

— C'est déjà fait... Vous avez un stylo ?

Souriante, Kate se leva pour aller en chercher un dans un tiroir, revint vers la table, sur laquelle elle se pencha pour apposer sa signature au bas du devis.

— A votre tour..., dit-elle en lui tendant le stylo.

Quand il eut signé, elle se tourna vers Jack.

— Sais-tu écrire ton nom ?

— Je crois..., répondit-il, la bouche pleine.

— Bien ! commenta Kate. Alors viens donc l'écrire ici pour officialiser notre collaboration.

Le regard fixe, Jack cessa de mâcher le cookie qu'il avait encore en bouche et la dévisagea comme s'il avait peur de comprendre.

— Tu m'as bien dit que tu avais tracé quelques traits sur les plans…, reprit-elle. Alors veux-tu être embauché toi aussi, oui ou non ?

Instantanément, une expression de pure félicité se peignit sur les traits du garçon.

— J'arrive !

Sautant précipitamment à bas de sa chaise, il prit le stylo des mains de son père et s'appliqua, un bout de langue rose passant entre ses dents serrées, à tracer laborieusement les lettres de son prénom.

— Regarde, p'pa ! s'écria-t-il en reposant le stylo. C'est moi !

Surpris par le flot d'émotions qui sans crier gare s'était emparé de lui à la vue de leurs trois signatures réunies, Brody releva les yeux et croisa ceux de Kate. Comment diable était-il censé réagir, à présent qu'elle avait su l'atteindre à son point faible ?

— Jack…, dit-il en soutenant le regard de Kate, va donc te laver les mains.

— Pourquoi ? s'étonna celui-ci. Elles sont pas sales.

— Va les laver quand même.

— Tout au bout du couloir, Beau Jack…, précisa Kate d'une voix douce. Tu comptes deux portes du côté de la main avec laquelle tu écris, et tu y es…

Jack, non sans un soupir appuyé, gagna la porte et quitta la pièce. Dès qu'il fut sorti, Brody se leva, sans que Kate se pousse le moins du monde à côté de lui. Un instant, leurs deux corps se touchèrent, suffisant à déclencher l'alerte rouge au fond de ses tripes.

— C'était gentil d'associer Jack à tout ceci, dit-il d'une voix qu'il espérait assurée.

— Il y était déjà associé, me semble-t-il. Vous ne me croirez peut-être pas, mais ce n'était pas de ma part un calcul pour gagner votre confiance.

Une lueur d'étonnement passa dans son regard.

— J'ai dit que c'était gentil.

— J'ai entendu, s'amusa-t-elle. Mais vous vous êtes également demandé s'il ne fallait pas y voir un moyen habile pour vous atteindre — séduire le fils pour avoir le père, en quelque sorte...

Brody n'avait pas bronché, n'avait pas cillé, mais Kate sut néanmoins qu'elle avait visé juste.

— Je n'en ai jamais fait mystère, reprit-elle, vous me plaisez et j'aimerais coucher avec vous. Ce qui ne veut pas dire que je suis prête à tout pour cela. Utiliser votre fils pour arriver à mes fins serait non seulement mesquin, mais malhonnête vis-à-vis de lui.

D'un geste sec, Kate reposa le stylo sur la table et s'apprêta à tourner les talons. Brody l'en empêcha en la retenant par le bras.

— D'accord, dit-il. J'avoue que cette idée a pu me traverser l'esprit. Je vous prie de m'en excuser...

— Excuses acceptées.

La voyant prête à s'enfuir, Brody assura fermement sa main sur son bras et l'obligea à lui faire face.

— Mes excuses étaient sincères, Kate.

Sous ses doigts, il la sentit se détendre.

— Je n'en doute pas, répondit-elle. Et je les accepte avec la même sincérité. Votre fils est très attachant, il est difficile de lui résister.

— Je vous comprends. Je suis moi-même très attaché à lui.

— Et lui à vous… Cela se voit. Il se trouve que j'aime les enfants. Et j'admire les parents qui savent les aimer. Cela ne fait donc que vous rendre plus attirant…

Comme tétanisé par une décharge électrique, Brody lui lâcha le bras et Kate le vit se rembrunir.

— Vous me plaisez vous aussi, dit-il, mais pour rien au monde je ne coucherai avec vous.

Ce qui la fit sourire et hocher la tête d'un air entendu.

— Je n'ai pas l'intention de compromettre le travail que vous venez de me confier, reprit-il, ni de me compliquer la vie. Je ne peux me permettre…

Avant qu'il ait pu achever sa phrase, Kate éleva ses mains vers sa poitrine, prit appui sur ses épaules et haussa ses lèvres à hauteur des siennes. L'attirant entre ses bras, Brody ferma les yeux et se prêta avec passion au baiser. Des taches de couleur flottaient derrière ses paupières. Des volcans de plaisir entraient en éruption partout dans son corps. Contre les siennes, ses lèvres étaient chaudes, douces, persuasives. Entièrement sous l'empire de ses sens, il se promit qu'il allait poser ses mains sur ses épaules pour la repousser, pour mettre fin à ce baiser d'une torturante douceur — bientôt, dès qu'il en aurait le courage, aussitôt qu'il y aurait goûté encore un peu…

Kate se sentait couler dans un océan de félicité. C'était irrésistible, songea-t-elle en laissant monter dans sa gorge un grognement de plaisir. *Il* était irrésistible et il embrassait comme un dieu, comme s'il n'avait jamais fait que cela, comme s'il n'y avait rien de plus essentiel à ses yeux. Sa bouche affamée était ferme et brûlante contre la sienne. Ses mains, qu'elle sentait se déchaîner contre son dos, étaient dures et fortes. Que pouvait-il y avoir de plus sexy chez un homme, se demanda-t-elle, que la force que conféraient de bons muscles autant qu'un cœur ardent ? Laissant culminer en elle ce délicieux vertige de plaisir, de désir et d'anticipation, elle mit fin à regret au baiser sans pour autant ôter ses doigts des cheveux de Brody dans lesquels ils s'étaient fermement ancrés.

— Un vrai régal…, murmura-t-elle d'une voix alanguie. Pourquoi ne recommencerions-nous pas ?

Brody s'y serait volontiers laissé aller — à ce baiser comme à beaucoup plus encore — s'il n'avait eu à ce même instant un fils en train de s'asperger les mains à quelques mètres de là.

— Je ne peux pas, grogna-t-il.

— Je viens pourtant de vous prouver le contraire…

— Je ne veux pas, corrigea-t-il.

A présent, il avait récupéré suffisamment ses esprits pour réussir à la maintenir à bout de bras. Mais même ainsi, avec ses yeux sombres troublés par le désir, avec sa bouche offerte comme un fruit mûr, Kate Kimball représentait la pire des tentations.

— Bon sang…, marmonna Brody en la fusillant du regard. Vous damneriez un saint…

Kate soutint tranquillement son regard, un sourire ironique au coin des lèvres.

— Apparemment, répondit-elle, pas tout à fait… Mais ce n'est qu'un début.

Jugeant préférable d'éviter tout contact entre eux, Brody la relâcha et fit un pas de côté, les mains au fond de ses poches.

— Vous savez, dit-il comme pour s'excuser, voilà bien longtemps que je n'ai pas… joué à ce jeu-là.

— Pour quelqu'un qui est resté si longtemps sur le banc de touche, plaisanta Kate sans le quitter des yeux, vous me paraissez plutôt en forme ! Pourquoi n'irions-nous pas dîner ensemble ce soir, afin de poursuivre votre entraînement ?

Jack, déboulant dans la pièce en observant d'un air satisfait ses deux mains dressées devant lui, épargna à Brody le supplice d'avoir à lui répondre.

— Je les ai lavées des deux côtés ! s'exclama-t-il. Je peux avoir un autre cookie ?

— Non.

Brody avait répondu sans même regarder son fils. Il avait beau s'y efforcer, il ne parvenait pas à détacher ses yeux de Kate. Il lui semblait ne plus pouvoir faire autre chose que rester stupidement planté là, à se torturer en refusant de succomber à un désir interdit... Pour briser le maléfice, il rejoignit son fils sur le seuil.

— Nous devons rentrer à présent, lui expliqua-t-il. Tu n'as rien à dire à Kate ?

Une ride de perplexité plissa le front du garçon, avant qu'il ne s'exclame, tout sourires :

— Oh, oui... Merci, Kate !

Amusée, elle s'accroupit devant lui et lui embrassa bruyamment les deux joues.

— Merci à toi d'être venu me voir, dit-elle. Reviens quant tu veux. D'accord ?

Profitant de ce que son père récupérait son blouson, il lui murmura à l'oreille :

— Tu auras encore du chocolat chaud ?

— Ne t'inquiète pas, chuchota-t-elle avec des mines de conspiratrice. Pour toi, il y en aura toujours ici...

En silence, elle les raccompagna dans le hall, où Brody prit le temps de couvrir soigneusement son fils. Avec un sourire amusé, elle accepta la main qu'il lui tendait pour prendre congé d'elle et les regarda, sous le porche, regagner leur camionnette.

Pendant que son père manœuvrait, Jack ne cessa de lui adresser par la vitre ouverte de grands signes d'adieu. Brody, lui, ne se retourna pas une seule fois, absorbé tout entier par la tâche d'avoir à s'insérer dans le flot du trafic. En tout, cet homme paraissait être d'une prudence extrême… Comment aurait-elle pu l'en blâmer ? Sans doute aurait-elle agi de même si elle avait eu, elle aussi, à préserver des aléas de l'existence cet amour de petit garçon que la vie lui avait donné.

A présent qu'elle avait rencontré son fils, Kate se sentait encore plus irrésistiblement attirée par Brody O'Connell. Il ne fallait pas l'observer longtemps pour comprendre qu'il faisait un bon père, qu'il parvenait sans transiger sur l'essentiel à rendre son fils heureux. Ce ne devait pas être facile tous les jours d'élever un enfant seul, mais il y parvenait — bien mieux apparemment que beaucoup de parents plus chanceux. En cela, elle le respectait, l'admirait… et le désirait plus que jamais.

Sans doute, songea-t-elle en regagnant l'intérieur, avait-elle un peu trop brusqué les choses en laissant parler ses sens. Il lui faudrait à l'avenir se montrer plus patiente si elle ne voulait pas le faire fuir. D'autant qu'elle avait à présent envie d'apprendre à le connaître mieux. N'avaient-ils pas pour cela tout le temps nécessaire ? Après tout, ils étaient l'un comme l'autre dans cette ville pour y rester.

4.

— Tremblements de terre ! s'écria Kate.

— Tempêtes de neige..., répondit Brandon pour la contrer.

— Smog !

— Congères...

D'un geste impatient, elle rejeta ses cheveux dans son dos et lança :

— La joie de voir les saisons changer...

Souriant, Brandon lui passa un bras autour des épaules.

— Les joies d'une plage ensoleillée...

Ce débat, devenu un jeu entre eux, les opposait depuis des années — travers et mérites comparés de la côte Est et de la côte ouest... Mais pour l'heure, Kate s'y prêtait pour tenter de conjurer le blues qui s'était emparé d'elle à l'idée du prochain départ de son frère.

Sans doute, songea-t-elle, était-elle triste d'avoir à ranger au rayon des souvenirs les fêtes de fin d'année chaleureuses et réussies qui s'achevaient. Comme tous les ans, les Kimball avaient fait suivre leur célébration familiale de Noël d'un voyage de deux jours à New York. Ces heures riches en éclats de rire et pauvres en sommeil leur avaient permis de retrouver tous les membres de l'exubérante famille Stanislaski, pour de nouvelles célébrations.

De retour à Shepherdstown à la veille du nouvel an, ils s'offraient une dernière balade dans la rue principale de la ville, particulièrement calme et vide à cette heure matinale. La veille, leur sœur Freddie était déjà repartie pour New York, avec son mari Nick LeBeck et leurs deux enfants. Dans une heure à peine, ce serait au tour de Brandon de regagner Los Angeles. Cette perspective suffisant à lui faire monter les larmes aux yeux, Kate se décida pour une nouvelle offensive.

— Embouteillages monstrueux !

— Belles blondes en décapotables...

— Brandon..., dit-elle faisant mine de s'offusquer. Tu es *tellement* superficiel !

— Et alors ? répondit-il en déposant un baiser sur son front. C'est comme ça que tu m'aimes, non ?

Alors qu'ils débouchaient dans la rue où se situait l'immeuble de Kate, une agitation inhabituelle devant chez elle attira leur attention.

— Regarde ! s'exclama Brandon. On dirait bien que c'est le branle-bas de combat chez toi...

Cette noria de camions venus livrer des matériaux au milieu d'ouvriers veillant à la manœuvre ramena le sourire sur les lèvres de Kate. Brody O'Connell était manifestement un homme de parole, ce qui n'était pas pour la surprendre.

Evitant les tas de décombres, de sable et de gravier, ils se frayèrent un passage sur l'herbe givrée vers l'arrière du bâtiment, où paraissait se focaliser l'activité. Une radio déversait de la country-music à pleins tubes. Il flottait dans l'air des odeurs de poussière remuée, de terre humide, et — curieusement — de mayonnaise... Kate contourna

76

une brouette pleine de sacs de ciment, une bétonnière à demi chargée, et descendit la rampe bétonnée conduisant au sous-sol.

Dans la lumière crue des grosses baladeuses pendues au plafond, sa cave ressemblait à un site archéologique en cours de fouille. Le maître d'œuvre, en jean poussiéreux et bottes terreuses, donnait ses ordres aux deux hommes occupés à creuser le sol. Le panache de buée qu'exhalait sa bouche dans l'air glacial ne l'avait pas empêché d'ôter son blouson et de rouler les manches de sa chemise de flanelle. La gorge soudain sèche, elle ne put s'empêcher de remarquer les muscles qui se nouaient sous sa peau et constata que la ceinture de charpentier bardée d'outils qui lui ceignait les hanches lui allait effectivement à ravir...

A côté de la brouette que chargeaient les ouvriers, Jack, une petite pelle en main, participait de bon cœur à la manœuvre. Ce fut lui le premier qui la vit arriver et accourut vers elle en sautillant de joie.

— J'aide à creuser la cave, moi aussi ! P'pa m'a donné un dollar pour ça... Et puis après, je vais aider à verser le béton. D'ailleurs, le Père Noël m'a apporté une bétonnière téléguidée ! Tu veux la voir ?

— Et comment !

Mais avant qu'elle ait eu le temps de descendre les derniers degrés pour le rejoindre, Brody s'interposa entre eux.

— Il vaudrait peut-être mieux que vous ne mettiez pas les pieds ici habillée ainsi, dit-il avec un sourire amusé.

Kate baissa les yeux vers les caoutchoucs maculés de terre qu'il portait et considéra ensuite ses légers souliers de cuir bleu.

— Vous avez raison…, reconnut-elle. Auriez-vous une petite minute à m'accorder ?

Brody hocha la tête.

— Tu viens, Jack ? C'est l'heure de la pause…

Clignant des yeux en retrouvant la lumière blanche d'un pâle soleil hivernal, ils regagnèrent l'arrière-cour, dans laquelle Kate fit les présentations.

— Voici mon frère Brandon… Brand, je te présente Brody O'Connell et son fils Jack.

— Heureux de vous rencontrer…, assura Brody en lui offrant son poignet à serrer plutôt que sa main sale. Je vous ai vu à l'œuvre à la télé. Un véritable plaisir…

— Merci du compliment. Je peux vous le retourner. Vous avez fait du beau boulot chez mes parents…

Les yeux comme des soucoupes, Jack s'était planté, tête levée et bouche ouverte, devant Brandon.

— C'est vous le troisième base des L.A. Kings ? demanda-t-il d'une voix tremblante.

Brandon s'accroupit pour se mettre à sa hauteur et lui sourit.

— Exact. Tu aimes le base-ball ?

— Oh, oui ! s'exclama Jack, rouge de plaisir. Kate m'a laissé essayer votre gant… Moi aussi j'en ai un — même s'il n'est pas aussi beau. Et j'ai aussi une batte, et puis des cartes de tous les meilleurs joueurs…

Sachant le garçon en de bonnes mains, Kate prit son père par le coude pour l'entraîner à l'écart.

— Je n'avais pas réalisé, lui dit-elle, que vous vous mettriez aussi vite au travail…

— J'ai pensé tirer avantage de la courte embellie annoncée par la météo. Ce beau temps devrait durer quelques jours et nous permettre de couler et laisser sécher la chape hors gel.

78

Songeant que ce beau temps était tout relatif et qu'il faisait plus froid et humide encore dans le sous-sol qu'en plein air, Kate hocha la tête d'un air satisfait.

— Ce n'est pas moi qui m'en plaindrai, conclut-elle. Vous avez passé de joyeuses fêtes de Noël ?

Pour libérer le passage à un des ouvriers qui remontait une brouette chargée à bloc, il lui saisit l'avant-bras et la poussa doucement.

— Super… Et les vôtres ?

— Merveilleuses. Je vois que vous avez embauché un extra pour ce chantier. Ce dollar quotidien était-il prévu dans le devis ?

Surprise, Kate le vit se rembrunir.

— Vacances scolaires…, commenta-t-il sèchement. La plaie de tous les parents. Je suis obligé de le garder avec moi. Mais il connaît les règles. Sa présence ne gêne pas mes hommes et ne ralentit pas le travail.

— Eh bien, eh bien…, murmura-t-elle. Je ne vous savais pas aussi susceptible.

— Désolé…, s'excusa-t-il en évitant son regard. Certains clients n'aiment pas voir un enfant sur leur chantier.

— Puisqu'il paraît nécessaire de vous le préciser, je ne suis pas de ceux-là.

— Hey, O'Connell ! lança la voix de Brandon dans leur dos. Ça vous ennuie si je vous enlève ce garçon pour un moment ?

En se retournant, Brody découvrit la main de son fils déjà fermement ancrée dans celle du frère de Kate.

— Nous avons à faire chez mes parents, précisa celui-ci. Je vous le redépose ici dans une demi-heure.

— S'il te plaît…, plaida Jack d'une voix anxieuse.

— Mon frère a beau être un idiot, intervint Kate à mi-voix, on peut lui faire confiance…

Non, conclut Brody pour lui-même — l'idiot, c'était lui, qui redoutait le pire chaque fois que son fils admirait d'autres que lui.

— Pas de problème…, répondit-il enfin. Mais avant de partir, Jack, fais-moi le plaisir de te laver les mains.

Le garçon ne se le fit pas dire deux fois et courut se nettoyer dans l'eau d'un gros bidon posé près de la bétonnière. Brandon en profita pour faire ses adieux à sa sœur.

— J'essaierai de revenir faire un tour ici avant que ne commence l'entraînement de printemps, lui glissa-t-il à l'oreille en la serrant longuement entre ses bras.

Kate, au bord des larmes mais fermement décidée à ne pas pleurer, hocha la tête et préféra plaisanter :

— Méfie-toi des blondes pulpeuses en décapotables.

— Compte sur moi.., répliqua-t-il avec un clin d'œil complice.

Une nouvelle fois, il l'attira contre lui et l'embrassa sur les deux joues avant de lui avouer tout bas :

— Tu me manques déjà…

— Toi aussi…

Sur le point de craquer, Kate enfouit son visage contre son cou. Quand elle se redressa, un sourire aussi brillant qu'artificiel déformait ses traits.

— Ménage un peu cette jambe, champion…

— Hey ! s'offusqua-t-il. Tu oublies que tu parles à l'homme de fer ?

Voyant le jeune garçon revenir vers eux, Brandon se détourna d'elle et lui tendit la main.

— On y va, Jack ?

Avec un hochement de tête enthousiaste, celui-ci se laissa entraîner et lança à son père, sans un regard :

— Bye, p'pa ! A tout à l'heure.

Pendant que Jack retournait au travail, Kate, les bras croisés sur sa poitrine pour se donner du courage, contourna le bâtiment et suivit leur départ. Tant qu'ils furent visibles, lui adressant de grands gestes d'adieu, elle s'arrangea pour maintenir plaqué sur son visage son sourire forcé. Mais dès qu'ils eurent disparu au coin de la rue, elle glissa comme une masse en haut des marches du porche et laissa le chagrin fondre sur elle…

C'est là que Brody la découvrit un quart d'heure plus tard, alors qu'il allait chercher une caisse à outils dans sa camionnette. La plupart des larmes de Kate avaient eu le temps de sécher sur ses joues, mais quelques-unes brillaient encore au coin de ses yeux.

— Kate ? s'inquiéta-t-il. Qu'est-ce qui vous arrive ?

— Rien du tout.

— Vous n'arriverez pas à me faire avaler ça. Vous avez pleuré… Dites plutôt que ça ne me regarde pas.

Haussant les épaules, Kate éleva vers ses yeux un mouchoir en papier réduit en charpie.

— Si vous y tenez tant, grogna-t-elle, je vous le dis.

Brody aurait pu en rester là. Pour leur bien à tous les deux, songea-t-il, c'était sans doute ce qu'il aurait eu de mieux à faire. Le problème était qu'il n'avait jamais été homme à laisser pleurer une femme sans rien faire pour la consoler. Si en plus la femme en question s'appelait Kate Kimball et pouvait le faire fondre d'un seul regard mouillé…

Résigné, il la rejoignit et s'assit près d'elle.

— Dites-moi ce qui ne va pas, insista-t-il. Même si ça ne me regarde pas, ça vous fera du bien.

— Je déteste les adieux…, avoua-t-elle d'une voix rageuse. Si seulement cet imbécile ne vivait pas à l'autre bout du pays, nous n'aurions pas à nous quitter tous les quatre matins !

Comprenant qu'il était question de son frère, Brody préféra ne pas s'attarder sur l'origine du soulagement qui s'était emparé de lui.

— Vous ne pouvez pas lui reprocher de faire là-bas la carrière qui est la sienne...

Pour éponger de nouvelles larmes, il lui tendit un bandana qu'il conservait au fond de sa poche.

— Vous avez raison, reconnut-elle avec un soupir à fendre l'âme. Mais la logique n'a pas grand-chose à voir avec ce genre de sentiments. Avez-vous des frères et sœurs ?

— Non.

— Vous en voulez ? Je vous les vends ! Pas cher...

Brody ne put s'empêcher de rire, ce qui amena un pâle sourire sur les lèvres de Kate. Un peu rassérénée, elle se pencha en arrière, en appui sur ses bras tendus.

— Ma sœur vit à New York, reprit-elle. Brand à L.A. À présent je demeure ici... Je n'avais jamais pensé que nous finirions par être à ce point séparés.

Songeant aux effusions auxquelles il venait d'assister, Brody fit remarquer, vaguement jaloux :

— Vous m'avez l'air pourtant très proches...

Surprise, Kate tourna la tête vers lui et le dévisagea un instant, tout chagrin oublié.

— Vous avez raison, murmura-t-elle enfin. Vous avez tout à fait raison... Rien n'aurait pu me consoler autant que ce que vous venez de dire...

Résolument, elle se redressa, sécha ses dernières larmes et lui rendit son bandana.

— Changez-moi les idées ! ordonna-t-elle avec son plus charmant sourire. Qu'avez-vous fait pour Noël ?

— Jack m'a tiré du lit à 5 heures pour voir ce que le Père Noël lui avait apporté… Encore ai-je eu de la chance qu'il ait accepté de s'endormir la veille !

— Vous avez passé Noël seul avec lui ?

— Presque. Nous sommes allés dîner chez mes parents pour le réveillon. Vous voyez, nous habitons à quelques kilomètres de chez eux, mais on ne peut pourtant pas dire que nous soyons très proches…

Frappée par l'amertume de ces paroles, Kate baissa les yeux.

— Désolée…, murmura-t-elle.

— Pas de quoi, grogna Brody en regardant droit devant lui. Vous n'y êtes pour rien. L'important est qu'ils soient dingues de leur petit-fils et qu'il n'ait pas à en pâtir.

Pourquoi diable avait-il cru bon d'amener cela sur le tapis, se reprocha Brody. Peut-être, songea-t-il, parce que cette situation lui restait en travers de la gorge. Sans doute aussi parce qu'il ne pourrait y avoir de paix entre son père et lui tant que celui-ci persisterait à lui reprocher ce qu'il avait fait de sa vie…

— Je ferais mieux d'y aller, conclut-il en se dressant d'un bond sur ses jambes. Sans quoi, mon patron va me remonter les bretelles.

— Brody…

Mais Kate n'eut pas le temps d'achever sa phrase — elle n'avait d'ailleurs pas la moindre idée de ce qu'elle avait été sur le point de lui dire. En douceur, Brandon vint garer devant eux au bord du trottoir sa rutilante voiture de location.

— P'pa ! cria Jack, luttant pour se dépêtrer de sa ceinture de sécurité. Devine ce que Brand m'a donné…

Jaillissant du véhicule tel un diable de sa boîte, le jeune garçon courut vers son père, les mains cachées derrière le dos.

— Son gant de base-ball et une balle didicacée ! s'écriat-il en les agitant victorieusement devant lui.

— *Dédicacée*…, corrigea machinalement Brody. Faismoi voir un peu ça…

Avec le respect qui s'imposait, il étudia un instant les deux trophées avant de conclure :

— Ce sont vraiment deux cadeaux très précieux. J'espère que tu en prendras soin…

— Ça pour sûr, dit-il en se retournant vers Brandon. Merci, Brand. Merci ! Je les garderai toute ma vie…

Ravi de le voir si heureux, Brody se pencha pour le charger sur sa hanche.

— Merci pour lui ! lança-t-il au frère de Kate avant de s'éloigner.

— Tout le plaisir fut pour moi, assura celui-ci. N'oublie pas, Jack : toujours garder l'œil sur la balle.

— Pour sûr ! Bye…

Quand ils eurent disparu au coin du bâtiment, Kate soupira bruyamment et se pencha par la vitre ouverte.

— Peut-être n'es-tu pas si idiot que ça, après tout…

Profitant de leur proximité, Brandon déposa un baiser sur sa joue.

— Un sacré gamin, ce Jack ! commenta-t-il. J'ai cru remarquer que tu avais un œil sur le père…

— Pas du tout ! répondit-elle en riant. J'ai les deux yeux sur lui…

Elle lui rendit son baiser puis se redressa.

— Cours retrouver tes pin-up californiennes. Moi, je préfère les gars du pays…

— Essaie quand même d'être sage.

— Tu peux y compter...

Avec un grand rire, Brandon mit le contact.

— A bientôt, beauté !

— Sois prudent sur la route, champion...

Mais Brandon, après un démarrage en trombe dans le rugissement de son moteur, ne l'avait sans doute pas entendue.

Comme chaque année, Natasha avait fermé son magasin en cette veille de nouvel an et cuisinait les dizaines de plats que dégusteraient le lendemain la famille, les amis, les voisins qu'accueillait traditionnellement la maison des Kimball pour cette occasion.

— Brand aurait pu au moins rester jusqu'à demain soir..., dit Kate en soupirant derrière elle.

Sans se retourner, Natasha surveilla la cuisson des abricots qui accompagneraient le *kissel*, pudding traditionnel dont la recette se transmettait de mère en fille chez les Stanislaski.

— Arrête de faire la tête, répondit-elle. Toi aussi, il t'est arrivé d'avoir à nous quitter plus tôt à cause de ta carrière...

— Je sais, admit-elle en malaxant rageusement une boule de pâte brisée. Mais j'ai encore besoin de bouder un peu, tant cet imbécile me manque.

— Il me manque aussi. Mais je ne boude pas...

Natasha poussa un gros soupir et considéra d'un œil rêveur sa cuisine. Tous les feux de l'antique gazinière étaient occupés par de grosses marmites lançant leur panache de vapeur. Dans le four, un énorme jambon dorait lentement. Une quinzaine d'années auparavant, ses trois enfants auraient été autour d'elle à vouloir goûter à tout, toucher à tout, participer à tout, à se chamailler sans fin et à la rendre folle avant la fin de la journée. Dieu ! que ce temps-là lui manquait, à présent qu'il n'y avait plus que Kate pour lui causer du souci.

Natasha reposa le couvercle sur la casserole d'abricots en train de mijoter et rejoignit sa fille.

— Viens t'asseoir avec ta vieille maman, lui dit-elle en l'entraînant par la main vers la table sur laquelle les attendait le thé. Tu vas me raconter tes malheurs.

— Maman, je t'assure que...

— Et pas de mensonges entre nous, protesta-t-elle en effectuant le service. Tu sais que tu n'as jamais rien su me cacher...

Résignée, Kate soupira bruyamment et s'abîma dans la contemplation de ses mains.

— Je voudrais bien t'en dire plus, maugréa-t-elle, mais je ne sais pas ce qui se passe en ce moment... Tout se déroule selon mes plans, et pourtant je n'arrête pas de pleurer comme une midinette !

Natasha la considéra un instant avec une indulgence toute maternelle.

— Te rends-tu compte, expliqua-t-elle enfin, que tu es en train de chambouler toute ton existence ? Et puis tu n'es pas trop du genre à rester sans rien faire... Peut-être qu'il te reste un peu trop de temps pour couper les cheveux en quatre et te morfondre, à présent que les travaux ont commencé... Dis-moi, Kate, pourquoi n'es-tu pas en train de courir le pays pour revoir tes vieux amis, au lieu de rester bien sagement à cuisiner avec moi ?

— Mais, maman ! protesta la jeune femme en relevant sur elle ses yeux emplis de larmes. J'aime cuisiner avec toi... De toute façon, la plupart de ces vieux amis dont tu parles sont mariés ou sur le point de l'être. Et je ne

86

me sens quant à moi pas du tout partante pour rechercher l'âme sœur.

— Ah oui ? fit Nat avec un mince sourire. Et pour quelle raison, je te prie, n'es-tu pas… partante ?

Kate n'hésita pas plus d'une demi-seconde.

— Parce que j'ai déjà trouvé un candidat sérieux.

— Parfait… Je le connais ?

— Brody O'Connell…

S'efforçant de masquer sa joie, Natasha éleva sa tasse à ses lèvres et sirota longuement son thé.

— Je le trouve… extrêmement attirant, reprit Kate sans quitter sa mère des yeux.

— Il est vrai que Brody est un homme séduisant, approuva Nat en reposant sa tasse. Et même très séduisant. Mais au-delà de cela, je l'aime beaucoup pour toutes ses qualités.

— Maman, demanda Kate, soudain soupçonneuse tu ne me l'as pas envoyé dans l'idée que lui et moi nous pourrions… ?

— Absolument pas, l'interrompit-elle. Même si je n'aurais pas hésité à le faire si j'avais su que… Aucune importance. Dans ce cas, peux-tu me dire pourquoi vous n'avez pas prévu de passer le réveillon du nouvel an tous les deux ?

— Figure-toi qu'il a peur de moi…

Voyant sa mère lever les yeux au plafond, Kate se mit à rire de bon cœur.

— En fait, précisa-t-elle, il serait plus exact de dire qu'il est un peu sur la défensive. Je dois admettre que j'y suis allée peut-être un peu fort avec lui…

— Toi ! s'exclama Nat en faisant les yeux ronds. Ma petite fille timide et réservée ?

Kate redoubla d'hilarité.

— Tu n'aurais pas dit cela, s'amusa-t-elle, si tu m'avais vue flirter avec lui de manière éhontée, dans ton magasin, le jour où je suis littéralement tombée sur lui... Il faut dire que jusqu'à ce que tu interviennes, il ne jouait pas l'effarouché, lui non plus !

— Dans le magasin..., répéta Nat sur un ton rêveur.

Le destin, songea-t-elle, avait décidément de drôles de caprices. N'était-ce pas de la même manière, dans les allées de ce même magasin, que Spencer avait fait son entrée dans son existence, des années plus tôt ?

— C'était le jour où il était venu chercher le cadeau de Noël de Jack, précisa Kate. Et lorsque j'ai réalisé qu'il s'agissait de son fils, je me suis retrouvée furieuse contre lui à l'idée qu'il ait pu répondre à mes avances en étant marié...

— De mieux en mieux...

Ce fameux jour où ils s'étaient rencontrés à Funny House, se rappela Nat, c'était exactement ainsi que les choses s'étaient passées entre eux...

— Bien sûr, poursuivit sa fille avec entrain, j'ai vite réalisé qu'il ne l'était plus et que la voie était libre.

Les joues roses de l'excitation d'avoir pu confier son secret à sa mère, Kate vida sa tasse d'un trait et conclut :

— Lui aussi est intéressé par moi. Seulement, il est trop fier et trop têtu pour le reconnaître.

Doucement, Natasha secoua la tête.

— Il ne s'agit pas que de cela, corrigea-t-elle. Il est seul. Et qui plus est, seul avec Jack...

Kate repoussa sa chaise pour retourner à ses travaux de pâtisserie.

— Il le serait un peu moins, bougonna-t-elle, s'il ne faisait pas tout pour cela. J'en viens à me demander s'il ne fait pas le vide autour de lui pour monopoliser son fils...

— Tu y vas un peu fort ! protesta Natasha. Avec moi, il est très chaleureux et amical. Même s'il a invoqué une vague excuse pour décliner mon invitation du premier de l'an.

Au moment où elle se levait pour se remettre à son tour à l'ouvrage, une idée lumineuse avait germé dans l'esprit de Nat, qu'elle s'empressa de faire partager à sa fille.

— Peut-être pourrais-tu le faire changer d'avis ? Et si tu te présentais chez lui ce soir, pour lui souhaiter une bonne année et lui faire partager quelques-unes de ces merveilles que nous préparons…

Du bout du doigt, Natasha ramassa une noisette de crème fouettée dans un bol qui se trouvait devant elle et la porta à sa bouche.

— Ce que tu me proposes est plutôt mal élevé et assez culotté ! protesta Kate en la regardant faire avec un sourire amusé. Mais c'est quand même une très bonne idée. Merci, Maman…

— Merci à toi, répliqua sa mère en lui déposant un baiser sur le front. Ainsi, nous passerons un petit réveillon en tête à tête, ton père et moi. En amoureux…

Sur l'accoudoir, Brody retournait sans fin sa bière entre ses doigts, regrettant déjà d'avoir avalé ce dernier bout de pizza qui lui restait sur l'estomac. Affalé sur le sofa avec Jack, au milieu du champ de bataille qu'était devenu leur salon, il suivait d'un œil distrait sur l'écran de télé les péripéties d'un film de série B impliquant des yeux géants venus du ciel pour envahir la Terre. Sans en être très fier, Brody adorait les séries B…

Un peu avant minuit, il zapperait sur les festivités de Time's Square. Jack lui avait fait une vie impossible pour rester éveillé et assister au décompte final. Pour y parvenir, il avait tout tenté, ce qui expliquait l'état de la maison… Mais malgré tous ses efforts, il avait fini par s'assoupir dans le creux de son bras. Le moment venu, il n'aurait qu'à le réveiller et à se réjouir avec lui de la nouvelle année avant de pouvoir enfin le mettre au lit.

D'un geste machinal, Brody porta sa bière à ses lèvres en regardant sur l'écran un œil énorme en train de forcer une porte derrière laquelle s'époumonait une héroïne à demi dénudée. Les quelques coups frappés contre la sienne au même instant faillirent le faire s'étrangler de frayeur…

Pestant entre ses dents, Brody déposa son fils endormi sur le sofa avec un luxe de précautions pour ne pas le réveiller, puis se fraya un passage entre les tas de jouets, de livres et de vêtements qui jonchaient le sol. Ce ne pouvait être qu'un automobiliste en panne, songea-t-il en ôtant la chaîne de sécurité, ou quelqu'un qui s'était perdu. Tous ceux qu'il connaissait dans cette ville étaient pour l'heure occupés à leurs libations.

Tous ou presque, corrigea-t-il en découvrant Kate Kimball sur son paillasson.

— Hello ! dit-elle simplement. J'espérais bien vous trouver chez vous. Ma mère vous envoie ceci…

Sans lui laisser le temps de réagir, elle lui fourra dans les mains un large plat couvert d'une feuille d'aluminium.

— Votre mère ?

— Oui. Vous l'avez vexée en refusant son invitation traditionnelle du nouvel an. Ce petit échantillon de nos talents culinaires réunis ne vise qu'à vous faire changer d'avis. Si vous avez peur de vous ennuyer, venez au moins pour Jack. Demain, il y aura chez nous toute une tripotée d'enfants avec qui il pourra jouer… Il est là ? Je vais lui dire bonsoir…

Souple comme une anguille, elle se faufila dans la maison sans attendre de réponse. Trop abasourdi par son intrusion, Brody n'avait rien pu faire pour l'en empêcher. En toute hâte, il la rattrapa dans le salon où l'écran de télé maculait les murs de lueurs blafardes. Mortifié, tenant le plat d'une main, il se mit à empiler de l'autre sur son bras vêtements épars et jouets cassés.

— Arrêtez ça..., protesta Kate avec un geste de la main. Je sais à quoi ressemble une maison où vivent des enfants — c'est dans l'une d'elles que j'ai grandi. Seigneur ! Quel sapin magnifique...

Les bras chargés et l'esprit vide, Brody suivit la direction empruntée par son regard. Quand il était venu lui porter le devis, il avait pu admirer celui que ses parents avaient installé dans leur living-room, décoré avec un soin maniaque et un goût parfait. A côté, le leur ressemblait à l'œuvre débridée de lutins pris de folie...

— Un jour, reprit-elle comme si elle avait pu suivre ses pensées, nous en avions fait un comme celui-là nous aussi. Freddie, Brand et moi avions harcelé notre mère jusqu'à ce qu'elle nous laisse faire à notre idée. Je ne vous raconte pas le chantier... Qu'est-ce que nous avons pu nous amuser !

Avisant le petit feu qui y vivotait, Kate s'accroupit près de la cheminée et s'y réchauffa les doigts. Elle avait passé presque une heure à se préparer, de façon à paraître à son avantage tout en donnant l'impression de n'avoir fait aucun effort d'élégance. Après de multiples essais, elle avait choisi de glisser son sweater pourpre dans la ceinture de son pantalon de flanelle gris et de laisser ses cheveux flotter librement sur ses épaules. De fins anneaux d'or brillaient à ses oreilles. Seule une touche de parfum complétait son maquillage discret.

Elle n'avait aucune peine à imaginer que Brody, quant à lui, n'avait pas passé plus de dix minutes à se présenter sous son meilleur jour dans un simple sweat-shirt et un jean...

— Votre maison est superbe, le complimenta-t-elle en laissant ses regards courir autour d'elle. Ce doit être un régal pour Jack, toute cette place pour courir. Vous devriez lui acheter un chien...

Vaguement, Brody hocha la tête. Qu'était-il censé faire, dire, proposer, avec elle débarquant chez lui par surprise au plus mauvais moment ?

— C'est ce qu'il n'arrête pas de me répéter, grogna-t-il. Vous remercierez votre mère de ma part...

— Vous le ferez vous-même, répliqua Kate en se tournant pour observer Jack sur le sofa.

Couché sur le côté, le garçon avait un bras ballant et le visage à demi enfoui dans un coussin. Attendrie, elle marcha jusqu'à lui, reposa son bras près de son flanc et tassa le coussin pour lui donner un peu d'air, avant de le couvrir avec un plaid posé sur le dossier.

— On dirait qu'il a son compte..., murmura-t-elle. Il a voulu rester debout jusqu'à minuit, n'est-ce pas ?

Pour toute réponse, Brody hocha la tête. Avec son chargement de jouets et de vêtements sur les bras et le plat de sa mère entre les mains, il avait l'air aussi ébahi et contrarié qu'à son arrivée.

— J'adore ce film ! dit-elle pour le mettre à l'aise, avec un regard en direction de l'écran. Surtout cette scène où ils ouvrent une porte pour découvrir derrière un grouillement d'yeux géants et de tentacules. Vous ne m'offrez pas à boire ? Ça se fait, vous savez...

— En guise de champagne, je n'ai que de la bière.

— Peu importe ! J'aime vivre dangereusement.

Kate marcha jusqu'à lui et lui prit le plat des mains.

— Où est la cuisine ? s'enquit-elle. Par là ? Ne vous dérangez pas, je trouverai…

Sans l'attendre, elle se dirigea vers un large couloir qui débouchait au fond de la pièce. Paniqué, Brody déposa en hâte son chargement sur un fauteuil et lui emboîta le pas.

— Attendez un peu…, lui lança-t-il. C'est gentil à vous de nous rendre visite, mais vous…

Sans tenir compte de ses protestations, Kate stoppa net au beau milieu du couloir et caressa du bout des doigts les lambris de chêne qui habillaient les murs.

— Pas mal ! s'exclama-t-elle. J'imagine que vous faites tout vous-même…

— A mes moments perdus. A présent si vous voulez bien m'écouter, je…

Manifestement peu disposée à lui donner satisfaction, Kate tourna les talons et remonta d'un pas décidé le reste du couloir jusqu'à la cuisine.

— Wow !

D'un œil exercé, elle nota le granite des plans de travail, le sol en tomettes, les meubles de chêne blond et le goût sans faille qui avait présidé à la décoration. Sans cesser d'admirer le travail accompli, elle marcha jusqu'à un comptoir où subsistait miraculeusement, à côté des maigres restes d'une pizza refroidie, un peu de place pour y poser son plat. Un bric-à-brac d'ustensiles, de vaisselle propre ou sale, de courrier abandonné et de torchons épars occupait la moindre surface.

Les lutins pris de folie semblaient ici avoir cédé la place à des singes facétieux pris de boisson, songea Brody avec consternation en contemplant sa cuisine…

— Habituellement, marmonna-t-il, ce n'est pas un tel foutoir.

— Arrêtez de vous excuser ! protesta-t-elle. Ce soir, toutes les cuisines de Shepherdstown doivent ressembler à cela. Au frigo, la bière ?

— Pourquoi n'êtes-vous pas vous-même en train de réveillonner ? s'enquit Brody sans lui répondre.

Après avoir extrait du réfrigérateur une canette bien fraîche, Kate la lui tendit.

— Mais je le suis…, répondit-elle. Je suis juste un peu en retard. Vous pouvez me l'ouvrir ?

Pendant qu'il décapsulait la bière, elle leva le nez en l'air et renifla.

— Je sens l'odeur du pop-corn. J'adore le pop-corn !

— Je ne peux pas vous en offrir…, maugréa-t-il en lui tendant sa bière. Il n'y en a plus.

— Ça m'apprendra à être en retard !

S'appuyant contre le comptoir le plus proche, Kate éleva sa bière à sa santé et en but une gorgée.

— Quelle est la suite des réjouissances ? reprit-elle sur un ton badin. Vous pourriez aller mettre Jack au lit et nous pourrions ensuite nous vautrer dans le sofa pour regarder la fin du film et nous peloter un peu…

— Non !

— Non quoi ? dit-elle faisant mine de s'étonner. Au fait de regarder le film ensemble, ou de se peloter un peu ?

Brody sentit la tête lui tourner, et le peu de bière qu'il avait bu n'y était pas pour grand-chose. En plus de s'être aspergée du parfum le plus troublant qui soit jamais parvenu jusqu'à ses narines, elle se moquait ouvertement de lui. Cela aurait dû le mettre en fureur, mais cela ne faisait que le mettre en émoi…

— Vous ne vous avouerez donc jamais vaincue ?

— Jamais. A vous de vous y faire…

Sans la quitter des yeux, Brody vint se serrer contre elle, lui prit la canette des mains et la posa sur le comptoir. Après tout, songea-t-il, il lui restait quelques heures encore avant la nouvelle année et son cortège de bonnes résolutions à prendre…

— Vous voilà enfin raisonnable ? murmura Kate en posant ses mains sur sa poitrine.

Brody les emprisonna entre les siennes et baissa lentement la tête.

— Au contraire, susurra-t-il tout contre ses lèvres. Je crois n'avoir jamais fait pire bêtise…

Sur le seuil de la pièce, une petite voix ensommeillée les fit alors sursauter et se séparer bien vite.

— Papa ? s'étonna Jack en frottant ses yeux de ses poings serrés. Qu'est-ce que vous faites ?

— Rien du tout, répondit Brody… En fait, nous…

— En fait, l'interrompit Kate, ton père était en train de m'embrasser.

Habillé de son pyjama Power Rangers préféré, le visage encore tout froissé de sommeil, Jack les regarda un instant avec des yeux ronds et secoua la tête.

— Impossible, décréta-t-il sur un ton définitif. P'pa embrasse pas les filles.

— Ah oui ? Et pourquoi, je te prie ?

Pour bien marquer la stupidité de la question, Jack roula des yeux effarés.

— Mais parce que c'est dégoûtant, bien sûr !

D'un air menaçant, Kate crocheta l'index vers lui pour lui faire signe d'approcher.

— Viens donc me voir, petit ami…

Méfiant, Jack l'observa curieusement et demanda :

— Pour quoi faire ?

— Pour que je puisse te faire plein de bisous !

Saisi par l'excitation du jeu, Jack se mit à trépigner sur place, les joues écarlates et les yeux brillants.

— Jamais de la vie ! cria-t-il. C'est trop dégoûtant...

Kate se défit de son manteau et le tendit à Brody.

— D'accord, dit-elle en roulant ses manches sur ses avant-bras. Tu l'auras voulu...

Comprenant le message implicite, Jack détala en hurlant en direction du salon, où Brody les observa avec amusement jouer à cache-cache durant quelques minutes, s'étonnant de la facilité avec laquelle Kate évitait les multiples obstacles dressés sur sa route. Et quand finalement elle l'attrapa pour l'emporter comme une proie jusqu'au sofa, Jack hurla et cria au secours, se tortillant avec ravissement entre ses bras.

— A présent, gronda Kate, la punition suprême !

A grand renfort de bruits mouillés, elle se fit un devoir de lui couvrir le visage de baisers.

— Tu dois dire miam ! ordonna-t-elle.

Essoufflé et presque malade de rire, Jack n'était visiblement pas prêt à se rendre.

— Beurk ! hurla-t-il. Beurk, beurk, beurk !

— Tu dois dire miam ! répéta Kate en redoublant ses baisers. Sinon, tu seras condamné au supplice du bisou éternel...

— Miam ! éructa enfin Jack entre deux hoquets. *Miam, miam !*

Satisfaite, Kate se redressa sur le sofa, aussi rose et échevelée que le garçon.

— Et voilà ! triompha-t-elle. Je tiens ma vengeance.

Tout naturellement, Jack vint se blottir entre ses bras pour récupérer son souffle. Ce n'était pas comme quand il faisait un câlin avec sa mamie. Ce n'était pas non plus comme avec son père. C'était... différent. Et puis elle sentait diablement bon !

— Tu restes jusqu'à minuit ?

En réponse au regard interrogateur que Kate lui lançait, Brody haussa les épaules. Certaines batailles, il le savait, ne valaient pas la peine d'être menées...

— J'arrive tout de suite, dit-il. Le temps de préparer un peu de pop-corn...

5.

Frederica Kimball-Lebeck, après avoir entraîné Kate dans la chambre qu'elle occupait depuis toujours dans la maison familiale, referma soigneusement la porte derrière elles — ce qui leur laisserait, du moins l'espérait-elle, environ cinq minutes de répit.

— A présent, lança-t-elle, tu vas tout me raconter. Depuis le début...

— D'accord, consentit sa sœur d'un air mutin. Selon les dernières avancées de la science, l'univers est né d'une gigantesque explosion qui...

— Très drôle, l'interrompit Freddie en s'asseyant sur le lit. Maman m'a dit que tu avais attrapé Brody O'Connell dans tes filets ?

Avec un rire nerveux, Kate la rejoignit et se laissa tomber de tout son poids sur le matelas.

— Ce n'est pas un poisson ! protesta-t-elle. Mais il est quand même mignon, tu ne trouves pas ?

— Très ! Magnifiques épaules... Mais à part ça ?

— A part ça il est veuf et fait des merveilles pour élever seul son petit garçon. Tu as fait la connaissance de Jack ?

— Il est en train de rendre à mon Max la monnaie de sa pièce..., expliqua Freddie, faisant référence à son fils de six ans. C'est sans doute la première fois qu'il rencontre un garçon de son âge capable de rivaliser avec lui sur un jeu vidéo !

— Tant mieux ! se réjouit Kate. Cela ne peut que faciliter les rapprochements. Son père n'a pas que l'apparence d'un ours, il en a aussi les manières...

— A mon avis, s'amusa Freddie, qu'il le veuille ou non, il sera forcé de sortir de sa tanière. J'ai vu tout à l'heure Papyou et oncle Spike l'entraîner chacun par un bras vers la porte. A l'heure qu'il est, sans doute sont-ils tous les trois en train d'échanger des tuyaux de charpentiers sur ton chantier...

— Parfait !

Un court silence retomba entre elles, au terme duquel Freddie demanda curieusement :

— Dis-moi ! Est-ce seulement une histoire d'attirance... ou cela pourrait-il devenir sérieux ?

— Au début c'était juste physique..., admit Kate sans difficulté. Je suis très sensible aux hommes grands et forts — surtout quand ils portent de manière si sexy une ceinture de charpentier...

Freddie partit d'un rire complice et s'abattit de tout son long sur le lit. Kate, l'imitant, croisa les mains sous sa nuque et s'absorba dans la contemplation du plafond.

— Mais plus le temps passe, reprit-elle, et plus j'ai l'impression qu'il y a plus que cela. Brody est le genre d'homme... Comment te dire ? Le genre d'homme que je n'ai pas encore eu l'occasion de rencontrer — solide, responsable, affectueux. Timide et farouche, aussi... ce qui rend le challenge d'avoir à l'apprivoiser d'autant plus intéressant !

— Tu es amoureuse ?

La question ne fit même pas frémir Kate.

— Encore trop tôt pour le dire, répondit-elle non sans une pointe de déception. Mais je l'aime beaucoup. Sur tous les plans, et pas seulement en tant qu'amant potentiel...

Sans effort, Kate amena ses genoux à son menton et pointa ses jambes, orteils dressés, vers le plafond.

— Si je pouvais l'entraîner dans un coin sombre pour lui arracher tous ses vêtements, reprit-elle, je n'hésiterais pas une seconde. Mais je sais que je peux aussi passer de longs moments à simplement discuter avec lui. La nuit dernière, nous avons bien sagement regardé tous les trois la dernière partie de ce film sur l'invasion des yeux géants.

— Il est repassé ! s'enthousiasma Freddie. C'est l'un de mes préférés...

— Tout comme moi... et tout comme Brody. Nous avons passé un merveilleux moment, paisible et tranquille, à ne rien faire d'autre que manger du pop-corn les yeux rivés à un écran de télé. C'était fantastique !

« Et tellement émouvant », ajouta Kate.

— Avec tous mes autres amants, ajouta-t-elle, cela n'a jamais été qu'une suite ininterrompue de danse, de fêtes, de danse, d'expositions, de danse, de concerts... Aucun d'entre eux n'aurait pu simplement s'asseoir au coin d'un feu et passer la soirée à me regarder dans les yeux. D'ailleurs, j'en aurais été incapable moi aussi. A présent, avec lui, je crois que j'y suis prête.

Freddie laissa un long silence ému retomber sur ces dernières paroles avant de conclure :

— Une petite ville, une école de danse, un flirt avec le charpentier du coin... Bienvenue dans la vraie vie, Katie !

*
**

Yuri Stanislaski, force de la nature en dépit d'une taille moyenne, levait son cou de taureau et agitait sa frange de cheveux gris. Debout au milieu de la grande salle où Kate voulait installer son studio de danse, il hochait la tête d'un air satisfait.

— Il y a de l'espace, commenta-t-il, du volume — ma petite-fille connaît la valeur de tout cela.

D'un pas décidé, il marcha jusqu'au mur, auquel il assena de vigoureux coups de poing.

— Fondations solides, reprit-il. Structure saine...

Mikhail, fils aîné des Stanislaski, prit le relais de son père, debout devant la grande baie vitrée.

— Tous les passants pourront voir ce qui se prépare ici. La meilleure et la moins chère des publicités... Ma nièce est une femme avisée !

Des cavalcades d'enfants déchaînés retentissaient sans fin dans l'escalier. Brody n'avait aucune idée de combien ils pouvaient être à les avoir suivis. Impossible, également, de déterminer qui était le fils ou la fille de qui, tant cousins et cousines partageaient le même air de famille et la même beauté.

Peu habitué aux grandes fratries, Brody essayait de faire bonne figure, aussi gêné par les regards curieux que lui lançaient les enfants que par ceux, plus discrets et plus calculateurs, de leurs parents.

— Papa ! hurla un jeune cosaque en débarquant dans la pièce. Viens voir en haut... C'est tout vieux et c'est tout beau...

— Mon fils Griff..., indiqua Spike avec une légitime fierté dans le regard. Il adore l'ancien.

— Alors allons-y ! décréta Yuri en décochant au passage à Brody une tape sur l'épaule à décorner un bœuf. Voyons ce que vous avez prévu pour rendre cet endroit confortable et sûr pour ma petite-fille.

Avec un clin d'œil, il ajouta malicieusement :

— C'est une beauté, ma Katie... Pas vrai ?

— C'est vrai, répondit-il prudemment.

— Et elle mérite un homme aussi solide que cette maison ! conclut le vieil homme.

— Et aussi bien charpenté ! renchérit Mikhail avec un rire tonitruant.

Mal à l'aise et se demandant ce qu'il était venu faire dans cette galère, Brody leur emboîta le pas en silence, avec l'impression de marcher vers l'échafaud.

Brody n'avait pas la moindre idée de ce qui avait pu se passer. Il n'avait eu pour intention que de faire un saut chez les Kimball, pour être poli, pour remercier Natasha d'avoir pensé à lui et Jack. Mais à peine avait-il passé le seuil qu'il s'était retrouvé emporté par un tourbillon contre lequel il était vain de résister.

Il n'était pas certain d'avoir déjà vu autant de gens réunis dans un même endroit. Et le fait qu'ils fussent tous apparentés n'arrangeait rien à l'affaire... Puisque sa propre famille ne comptait que lui-même, son fils et ses parents — plus quelques oncles, tantes et cousins éparpillés dans le Sud — la profusion des Stanislaski ne pouvait manquer de l'impressionner.

Ils étaient tous bruyants, magnifiques, exubérants, curieux, toujours partants pour une anecdote ou une controverse. Toute la journée, la maison avait à ce point débordé de gens, de nourriture, de discussions, de jeux, de rires, de musiques, qu'en repartant le soir vers 20 heures, il n'avait pu échanger en tout et pour tout que quelques mots avec Kate.

Entraîné presque contre son gré jusqu'au chantier par le patriarche et son fils, il avait été fermement sommé de s'expliquer sur ses plans — et il n'était pas assez naïf pour imaginer qu'à cette occasion seuls ses talents de charpentier avaient été placés par les deux hommes sur la sellette... Toute la journée, la famille de Kate n'avait cessé de le jauger. Tout comme celle de Connie l'avait fait lorsqu'elle l'avait présenté à ses parents.

Certes, les Stanislaski avaient su se montrer plus discrets et chaleureux. Mais dans un cas comme dans l'autre, la question principale restait de savoir si Brody O'Connell était assez bon pour leur petite princesse... Sans s'encombrer de scrupules, la famille de Connie avait répondu par la négative — ce qui de manière subtile n'avait cessé de peser sur leur mariage. En ce qui concernait celle de Kate, les choses étaient plus mitigées et chacun semblait réserver son jugement.

En garant son véhicule devant chez lui tout en prenant garde à ne pas réveiller Jack endormi à l'arrière, Brody conclut de ses cogitations moroses qu'il ne pouvait que se féliciter d'être célibataire — et d'avoir envie de le rester. A présent que les fêtes étaient passées, que les vacances scolaires — Dieu merci ! — étaient finies, il allait pouvoir se remettre au travail. En essayant de ne pas oublier que Kate Kimball était une cliente, et rien d'autre que cela...

Cela faisait une semaine que Brody décapait des boiseries, tombait des cloisons, dénudait des murs... et pas une seule fois Kate n'était venue s'enquérir de l'évolution des travaux. Chaque jour, en arrivant sur le chantier, il se disait qu'elle allait passer. Et chaque soir, en rangeant sa caisse à outils dans sa camionnette, il se demandait, déçu, pourquoi elle ne l'avait pas fait.

Manifestement, se disait-il avec mauvaise humeur, elle était trop occupée ailleurs pour se manifester. Ce qui signifiait qu'elle ne s'impliquait pas autant dans la marche des travaux qu'elle l'avait annoncé. Sans parler du fait qu'elle ne s'était pas entichée de lui autant qu'elle avait voulu le lui faire croire...

A ce point de ses noires pensées, Brody se félicitait d'avoir su garder ses distances avec elle. Sans doute, concluait-il les dents serrées, devait-elle dormir tout au long du jour, après avoir passé une moitié de la nuit à s'amuser, et l'autre dans les bras d'un New-Yorkais aussi guindé que prétentieux. Cela ne l'aurait pas étonné le moins du monde...

Tout comme il n'aurait pas été surpris d'apprendre qu'elle songeait déjà à revendre la vieille bâtisse après travaux, pour secouer la poussière de la petite ville de ses chaussons de danse et reprendre sa carrière d'étoile adulée. Non, de cela non plus il n'aurait pas été surpris. Mais ce qui le surprenait plus que tout, c'était de se retrouver finalement en train de frapper à sa porte pour lui demander des explications...

En l'absence de réponse, Brody se mit à faire les cent pas sous le porche, se reprochant déjà sa conduite. Mais après tout, n'était-ce pas elle qui avait prétendu vouloir contrôler chaque étape de la restauration ? Eh bien si elle voulait des nouvelles, il lui en donnerait...

De nouveau, il alla cogner contre la porte et s'efforça de respirer lentement pour se calmer. Il y était presque parvenu lorsque le vantail pivota sur ses gonds et que le visage de Kate apparut dans l'entrebâillement. Les yeux encore lourds de sommeil, une trace de drap fripé sur la joue, les cheveux en bataille, elle avait tout d'une femme qu'on sort du lit et qui n'aspire qu'à y retourner.

— Brody ? fit-elle d'un air étonné.

— Désolé de vous réveiller. Je n'avais pas remarqué qu'il est seulement 4 heures de l'après-midi...

— Ce n'est rien..., assura Kate, l'esprit encore trop embrumé pour s'offusquer. Quand je fais une sieste trop longue, j'ai du mal à m'endormir le soir. Venez. J'ai besoin d'un bon café...

Certaine qu'il allait la suivre, elle tourna les talons sans l'attendre. Dans son dos, il fit claquer bruyamment la porte derrière lui, mais comme le fait n'était pas rare dans cette maison, Kate ne s'en étonna pas.

— Vous avez de la chance de me trouver, précisa-t-elle en s'étirant, je suis rentrée il y a une heure à peine. Comment les choses se passent-elles, sur le chantier ?

— Si vous étiez passée cette semaine, grogna-t-il sur le seuil de la pièce, vous le sauriez...

Se hissant péniblement sur la pointe des pieds, Kate ouvrit un placard pour en tirer deux tasses.

— Je me suis absentée, répondit-elle semblant ignorer son ton sarcastique. Une urgence à New York.

— Votre famille ? s'enquit Brody, soudain inquiet.

— Oh, non ! le rassura-t-elle. Ils vont tous bien.

D'un geste trop brusque, Kate referma le placard et sentit une vive douleur lui transpercer le dos. Prenant appui d'une main sur le comptoir, elle tendit l'autre pour tenter d'atteindre entre ses omoplates la crampe qui la faisait grimacer.

— Pourriez-vous appuyer vos deux pouces ici..., demanda-t-elle sur un ton suppliant.

De mauvaise grâce mais incapable de s'y refuser, Brody s'approcha et fit ce qu'elle lui demandait.

— Un peu plus bas…, supplia-t-elle en arquant le dos. Mmm… Là, vous y êtes ! Ah, que c'est bon…

Les yeux fermés, la tête rejetée en arrière, Kate poussa un long râle impudique qui suffit à mettre en alerte tous les sens de Brody.

— Plus fort ! gémit-elle. N'ayez pas peur… Oui, oui ! Comme ça… Ne vous arrêtez pas !

— Bon sang ! marmonna-t-il en lui faisant faire volte-face. Ça vous amuse de jouer avec moi ?

Ses lèvres s'écrasant avec fougue contre les siennes empêchèrent Kate de lui répondre. Une bouffée de chaleur lui fit tourner la tête. Des taches de couleur dansèrent sur l'écran de ses paupières closes. Profitant de ce que ses lèvres s'entrouvraient sur un gémissement de surprise, Brody approfondit son baiser avec urgence et passion. Impuissantes, les mains de Kate s'élevèrent pour venir s'accrocher à ses épaules. Toute la fatigue, toutes les douleurs dont son corps était perclus s'évanouirent. Conquise autant que conquérante, elle se fit aussi exigeante et affamée que lui.

Sentir le corps vibrant de Kate se couler contre le sien et ses lèvres répondre avec audace à son baiser suffit à faire perdre toute mesure à Brody. La colère, la frustration, le désir qu'elle s'acharnait à susciter en lui depuis leur première rencontre le submergèrent d'un coup. Autour de son corps d'homme noué de muscles, celui de Kate semblait s'enrouler comme une liane. Sans se séparer, ils réussirent à tituber jusqu'à la table qui occupait le centre de la pièce. Les mains refermées sur ses fesses, Brody s'apprêtait à l'y hisser fermement lorsqu'une voix d'homme s'abattit sur eux comme le châtiment divin du haut du ciel…

— Kate ? demanda Spencer Kimball en pénétrant dans la cuisine. Resterait-il un peu de café pour...

Comme deux gamins pris la main dans le pot de confiture, Brody et Kate se séparèrent précipitamment. Figé sur le seuil, le nouvel arrivant laissa son regard courir un instant de l'un à l'autre avant de balbutier :

— Je ne savais pas que... Hum ! Désolé...

Sans autre commentaire, il s'empressa de rebrousser chemin dans le couloir.

Avec un gémissement de bête blessée, Brody ferma les yeux et serra les poings dans ses cheveux comme s'il avait voulu les arracher.

— Donnez-moi une arme, lança-t-il, que je puisse me flinguer et qu'on en finisse...

Appuyée sur un dossier de chaise tant la tête lui tournait encore, Kate tentait de reprendre son souffle.

— Vous ne trouverez pas d'arme ici, dit-elle avec un petit rire nerveux. De toute façon, inutile d'en venir à de telles extrémités. Mon père sait parfaitement qu'il m'arrive d'embrasser d'autres hommes que lui...

Comme deux choses mortes, les mains de Brody retombèrent le long de ses flancs.

— Si votre père ne nous avait pas surpris, grogna-t-il, je m'apprêtais à faire bien plus que vous embrasser sur cette table...

Surprise, Kate redressa la tête, le cœur battant à coups redoublés. Outre qu'il ne plaisantait visiblement pas, il lui était encore possible de voir le feu de la passion la plus extrême brûler au fond de ses yeux.

— Vraiment ? s'amusa-t-elle. Alors, quel dommage qu'il ait terminé ses cours plus tôt aujourd'hui !

— Cela n'a rien de drôle !

Avec un soupir excédé, Brody lui tourna le dos pour aller jusqu'à l'évier faire couler un peu d'eau dans un verre. Après avoir hésité un instant à s'en asperger le visage, il le vida d'un trait, ce qui ne suffit pas à refroidir la colère qui bouillonnait en lui. Se retournant d'un bloc, il lança sur un ton accusateur :

— Rien ne serait arrivé si vous ne m'aviez pas poussé à bout !

— Moi ? s'offusqua Kate. Et de quelle manière, je vous prie ?

— En prenant cette pose indécente ! fulmina Brody. En m'obligeant à vous toucher ! En faisant ces bruits… érotiques !

— Ces bruits — comme vous dites — n'avaient rien d'érotique !

Décidant qu'un verre lui serait bien plus utile pour se calmer qu'un café, Kate marcha d'un pas résolu vers le réfrigérateur, qu'elle ouvrit à la volée, et dont elle tira une bouteille de vin blanc.

— Je manifestais simplement le soulagement que me procurait votre petit massage.

D'un geste sec, Kate lui fourra la bouteille entre les mains.

— Maintenant que *vous* êtes arrivé à *me* pousser à bout, reprit-elle, rachetez-vous en m'offrant un verre…

Sans cesser de marmonner entre ses dents, Brody regagna l'évier et remplit à ras bord le verre dont il venait de se servir, avant de reposer bruyamment la bouteille sur le plan de travail.

— Vous ne manquez pas de culot ! s'écria-t-il en le lui portant. Vous disparaissez à New York pendant toute une semaine sans prévenir personne, et vous…

— C'est parfaitement faux ! l'interrompit-elle après avoir vidé le verre. Mes parents savaient très bien où me joindre. Et, que je sache, je n'ai pas à vous tenir informé de mon emploi du temps...

— Vous oubliez, reprit-il avec véhémence, que vous m'avez chargé de mener à bien un chantier de rénovation complexe pour lequel vous m'avez assuré vouloir être associée à toutes les étapes.

— Si vous aviez le moindre doute, répondit-elle sur le même ton, vous n'aviez qu'à vous adresser à mes parents qui vous auraient donné mes coordonnées à New York. Pourquoi ne l'avez-vous pas fait ?

— Parce que, habituellement, mes clients sont assez grands pour me laisser leurs coordonnées lorsqu'ils s'absentent, sans que j'aie besoin de les traquer jusque chez leurs parents...

Kate prit le reproche de plein fouet mais réussit à ne pas tiquer.

— Lamentable excuse, O'Connell ! Puisque vous n'êtes apparemment pas capable de prendre des initiatives personnelles, sachez qu'à l'avenir aussi bien mon père que ma mère seront à même de prendre les décisions qui s'imposent si vous n'arrivez pas à me joindre. Ai-je été assez claire ?

— Parfaitement claire !

De rage et de frustration, Brody plongea les mains au fond de ses poches et marcha d'un pas résolu vers la porte. Mais avant qu'il ait eu le temps de l'atteindre, Kate le rattrapa et le retint par la manche. Quoiqu'elle n'eût rien contre une bonne dispute, celle-ci tournait au ridicule et elle détestait se laisser aller ainsi.

— Inutile d'en faire une telle histoire..., dit-elle d'une voix radoucie. Si j'ai dû me rendre à New York de manière impromptue, c'est que je ne pouvais faire autrement. Lorsque j'ai quitté le ballet, j'avais promis au chorégraphe de rester disponible, en cas d'urgence. J'ai dû tenir promesse. Il arrive à un danseur de se produire sur scène malade, ou même blessé, mais lorsqu'il ne tient plus sur ses jambes, il doit bien se résoudre à renoncer. Une épidémie de grippe a décimé la troupe. Le temps que les malades récupèrent, j'ai accepté de danser exceptionnellement pour huit représentations.

Avec un soupir, Kate prit appui contre un plan de travail pour soulager ses jambes et poursuivit :

— Mon partenaire et moi n'avions jamais dansé ensemble. Ce qui nous a valu de répéter d'arrache-pied avant chaque spectacle. Sans compter que, n'ayant plus dansé depuis trois mois, j'étais moi-même en très petite forme et qu'il m'a fallu redoubler d'efforts pour être à la hauteur. J'avoue que cela ne m'a guère laissé de temps pour me soucier d'un projet dont je savais qu'il était dans de bonnes mains. Cela suffit-il à éclaircir tout malentendu entre nous ?

Au fur et à mesure de ses explications, Kate avait vu Brody se rembrunir et s'agiter nerveusement.

— Parfaitement, marmonna-t-il. Où sont rangés les couteaux ?

— Je vous demande pardon ?

— Puisque vous n'avez pas d'arme sous la main, je pourrais peut-être me trancher la gorge pour m'être montré si stupide...

Kate se laissa aller à un sourire sans joie.

— Attendez donc d'être rentré chez vous. Ma mère détesterait voir son carrelage trempé de sang.

— Votre père n'apprécie sans doute pas non plus de voir sa fille à deux doigts d'être culbutée sur la table de la cuisine...

110

— Je n'en sais rien, répondit-elle du tac au tac. Nous n'avons jamais eu l'occasion d'en discuter.

— Je vous prie de m'excuser, Kate... Je n'avais pas l'intention de vous bousculer ainsi.

— Inutile de vous excuser. Mais j'aimerais bien savoir de quelle autre façon vous auriez souhaité me *bousculer.*

Brody haussa les épaules.

— Ma vie est déjà suffisamment complexe, dit-il, sans avoir à y rajouter les complications du sexe... Il m'est arrivé de faire bien des bêtises, mais depuis que Jack est là, j'ai fait beaucoup d'efforts pour ne plus en faire. Il n'a que six ans. Je suis tout pour lui. Je ne veux prendre aucun risque.

— Moi non plus, assura-t-elle. Je vous demande simplement de trouver un peu de temps pour réfléchir à ce petit problème... et lui trouver une solution.

— A part louer une chambre, un de ces après-midi, dans un motel sur la route 81, je ne vois pas ce que nous pourrions faire...

A sa grande surprise, Kate accueillit cette suggestion par un rire joyeux.

— C'est une possibilité, reconnut-elle. Si vous le faites de votre côté, je vous promets d'y réfléchir aussi.

Sans lui répondre, Brody jeta un coup d'œil nerveux à sa montre.

— Jack va m'attendre, dit-il. Pourriez-vous passer demain sur le chantier vers midi ? Je vous offrirai un sandwich et vous expliquerai où nous en sommes.

— Je n'y manquerai pas ! assura-t-elle, avant de demander d'un air mutin : Vous ne m'embrassez pas, avant de partir ?

Le regard noir de Brody fit un aller-retour entre la table et le visage de Kate.

— Il ne vaut mieux pas…, grogna-t-il. Votre père possède peut-être une arme dont vous ignorez tout.

Kate trouva son père dans le salon de musique, occupé à réviser son programme pour le nouveau semestre et non à charger une arme. Malgré son air concentré, il était évident que ses yeux ne s'étaient pas décollés de la même phrase depuis dix bonnes minutes…

S'approchant de lui dans son dos, elle posa sur le bureau le café qu'elle lui avait apporté et referma ses bras autour de lui, la joue posée contre sa joue.

— Heureuse de te trouver si serein, murmura-t-elle. Brody s'inquiétait de savoir si tu allais lui tirer dessus pour venger l'honneur de la famille.

— Je ne possède pas d'arme, bougonna son père.

— C'est bien ce que je lui ai dit. Je lui ai dit aussi que tu savais qu'il pouvait m'arriver d'embrasser des hommes. Car tu le sais, n'est-ce pas, mon papounet chéri ?

Spencer ne put réprimer un sourire. Sa fille ne l'appelait ainsi que lorsqu'elle avait quelque chose à se faire pardonner, et l'un comme l'autre le savaient.

— Le savoir intellectuellement est une chose, dit-il, rentrer tranquillement dans ma cuisine et voir ce… Bon sang, Katie ! Cet homme était presque en train de te…

Le mot resta bloqué dans sa gorge.

— Il avait ses mains sur toi, ma petite fille, reprit-il d'un air outré.

Kate contourna le fauteuil pour venir s'asseoir sur ses genoux.

— Tu oublies de dire, ajouta-t-elle, que ta petite fille lui rendait la pareille…

— Je ne pense pas qu'une cuisine soit l'endroit adéquat pour...

De nouveau, les mots moururent sur ses lèvres et Spencer se cantonna dans un silence réprobateur.

— Tu as raison, naturellement, approuva vigoureusement Kate. La cuisine n'est pas faite pour ça. Je ne t'ai certainement jamais vu y embrasser maman, sans quoi j'aurais été horrifiée. Et même s'il m'est parfois arrivé de vous trouver tous deux plongés dans ce qui était *en apparence* un baiser passionné, j'ai bien vite compris qu'il s'agissait en fait d'un entraînement au bouche-à-bouche — on ne saurait être trop prudent.

— Si tu continues ainsi, c'est toi qui auras bientôt besoin de techniques de réanimation...

— Avant d'en arriver là, puis-je te demander si tu apprécies Brody O'Connell, en tant qu'homme.

— Oui, bien sûr... Mais ça ne signifie pas que je dois sauter de joie quand je débarque dans ma cuisine et que je vois... ce que j'ai vu.

— Ne t'inquiète pas, tenta-t-elle de le rassurer. Il se pourrait que nous trouvions prochainement asile dans une chambre de motel, sur la route 81...

— Ah...

Après ce commentaire laconique, Spencer prit le temps de la réflexion avant de saisir sa fille par le menton pour l'obliger à le regarder.

— Katie..., murmura-t-il. Es-tu sûre de toi ?

— Mes parents m'ont toujours appris à être franche, répondit-elle sans se troubler. Il se trouve que j'ai des sentiments pour Brody. Même si je ne peux être tout à fait sûre de la nature exacte de ceux-ci, je ne peux faire comme si de rien n'était.

— Et lui ? s'enquit Spencer. A-t-il des sentiments pour toi ?

— Il ne sait pas encore.

Kate vit les yeux gris de son père, si semblables aux siens, se réduire à deux minces fentes.

— Ah oui ! s'écria-t-il. Eh bien ce type ferait bien de se faire rapidement une opinion, sans quoi...

— Oh, papounet ! s'exclama-t-elle. Est-ce que tu vas te battre avec lui pour moi ? Est-ce que je serai autorisée à assister au combat ?

— Hum ! marmonna-t-il. Continue sur ce ton, et tu vas *réellement* avoir besoin de réanimation d'ici peu.

— Je t'aime ! fit Kate en l'embrassant sur la joue. Toi qui as passé des années à élever seul Frederica avant de rencontrer maman, tu es mieux placé que quiconque pour comprendre les scrupules de Brody... Comment pourrais-je ne pas être attirée par cet aspect de sa personnalité que j'admire tant chez toi ?

— Et moi ? s'irrita Spencer. Que suis-je supposé répondre à cela ?

Avec un soupir résigné, il serra plus tendrement sa fille contre lui et conclut :

— Tu peux dire à Brody que je n'ai pas l'intention d'acheter une arme. Du moins, pour le moment...

Comme promis, Kate se rendit sur le chantier à l'heure du déjeuner le lendemain. Les jours suivants, elle prit même l'habitude d'y apporter sandwichs, boissons, café et pâtisseries. Même si ce n'était pas là son intention première, Brody comprit vite que cela lui permettait d'obtenir de lui et de ses hommes pleine et entière coopération lorsqu'elle leur demandait quelque aménagement dans les plans d'origine.

Cela ne l'empêcha nullement d'attendre chacune de ses visites avec impatience, ni d'organiser sa journée de manière à pouvoir passer avec Kate le plus de temps possible.

Chaque fois qu'il leur arrivait de partir ensemble, il ne pouvait manquer de voir ses hommes échanger des clins d'œil entendus. Ayant usé ses fonds de culotte avec eux sur les bancs de l'école, il lui aurait été difficile de s'en formaliser. Et s'il lui arrivait de surprendre l'un d'eux en train de lorgner un peu trop ostensiblement les jambes de leur visiteuse, un regard glacial suffisait à remettre en place l'effronté.

Lors de ces visites, Kate ne cessait de le surprendre. Elle débarquait aussi bien habillée, coiffée, maquillée qu'un top model dans un magazine, ce qui ne l'empêchait nullement de déambuler dans les gravats et la poussière. Comme un membre de l'équipe à part entière, elle discutait plomberie et électricité. Il l'avait même surprise une fois engagée dans une controverse enflammée avec l'un des ouvriers à propos d'une règle de base-ball... Une heure plus tard, il l'avait entendue converser sur son téléphone portable dans un français sans accent et parfaitement fluide.

Après deux semaines de ce régime, Brody ne savait toujours pas quelle attitude adopter vis-à-vis d'elle. Ce qui ne l'empêchait nullement de penser à Kate de jour comme de nuit... De même qu'il ne pouvait détacher d'elle son regard lorsqu'elle était près de lui, comme c'était le cas en cette fin d'après-midi. Les membres de son équipe étaient déjà partis. Ils étaient seuls dans le futur studio de danse, que Kate arpentait pour étudier l'évolution des travaux. Grâce à la chaudière flambant neuve qui ronronnait à la cave,

115

il régnait dans la pièce une douce chaleur qui permettait aux plâtres de sécher.

— Le plâtrier connaît son boulot…, commenta Kate au bout d'un moment. Ça en devient presque dommage de recouvrir tous ces murs de miroirs…

— Ne me dites pas que vous avez changé d'avis, marmonna Brody, la commande est déjà passée… Le fournisseur devrait les livrer début février.

S'approchant lentement de lui, Kate poussa un petit sifflement admiratif.

— Vous êtes bougrement efficace, dites-moi… Du moins, sur le plan professionnel. Pour ce qui concerne votre vie privée, vous me paraissez nettement moins pressé d'aboutir…

A présent qu'elle se tenait debout devant lui, Brody devait se retenir pour ne pas la prendre dans ses bras. Par mesure de précaution, il enfouit ses mains au fond de ses poches.

— Certes, convint-il en soutenant son regard. Mais il faut du temps pour mettre en place des fondations.

— Tout dépend de ce que vous voulez construire…

Kate posa ses deux mains sur ses épaules et effleura ses lèvres d'un baiser avant de conclure :

— Je veux un rendez-vous galant.

— De quoi vous plaignez-vous ? Nous déjeunons pratiquement tous les jours ensemble…

— Ce n'est pas la même chose ! protesta-t-elle. Vous savez fort bien ce que je veux : le genre de rendez-vous que se donnent deux adultes consentants, libres et attirés l'un par l'autre.

Incapable de résister plus longtemps à la tyrannie que leur proximité exerçait sur ses sens, Brody fit un pas de côté et marcha vers la fenêtre.

— Vous oubliez Jack…

— Non, répondit Kate patiemment. Je n'oublie pas Jack. J'aime passer du temps en sa compagnie, mais je ne dirais pas non à un petit tête-à-tête avec son père… Je ne pense pas que votre fils sera traumatisé à vie si vous l'abandonnez aux bons soins d'une baby-sitter pour une soirée…

En butte à son silence têtu, Kate poussa un soupir et le rejoignit, l'obligeant à lui faire face.

— Voilà ce que je vous propose…, reprit-elle. Vous, moi, vendredi soir, pour une soirée en amoureux — je m'occupe de tout, passez me prendre à 19 heures ; vous, moi, Jack, samedi après-midi, pour une sortie ciné — c'est moi qui invite, j'offre le pop-corn en prime, et je passe vous prendre à 13 heures. Marché conclu ?

Sommé de se prononcer comme il l'était, Brody vit avec soulagement la porte d'entrée s'ouvrir à la volée, livrant passage à celui qui occupait leurs pensées.

— P'pa ! s'écria Jack en lui sautant au cou. On a vu ton camion dans la rue, et Beth a dit qu'on pouvait s'arrêter. 'Jour, Kate !

— 'Jour, beau Jack. Prêt pour un bisou aujourd'hui ?

— Nan ! répondit-il en pouffant de rire, même si son regard disait tout autre chose.

Tandis que Brody reposait son fils sur le sol, une femme accompagnée d'un garçon du même âge que Jack et d'une petite fille blonde les rejoignit.

— J'ai pensé t'éviter de passer à la maison, dit-elle à Brody, en déposant Jack ici. A moins que tu n'aies besoin que je le garde encore un peu ?

— Non, assura Brody. C'est bien comme ça, merci.

Voyant les deux femmes se sourire timidement, il s'empressa de faire les présentations.

— Beth Skully, Kate Kimball…

— Kate et moi sommes en quelque sorte de vieilles connaissances, expliqua Beth. Même si vous ne vous rappelez sans doute pas de moi. Ma sœur Jo-Beth était la meilleure amie de votre sœur Freddie...

— Bien sûr ! s'exclama Kate avec ravissement. Je me disais bien que votre visage ne m'était pas inconnu. Comment va Jo-Beth ?

— Très bien. Elle est devenue puéricultrice et vit à présent avec sa famille dans le Michigan — Rod, ne touche à rien, je te prie ! J'espère que vous ne m'en voudrez pas d'avoir investi les lieux avec mes troupes. Les enfants mouraient d'envie de voir le chantier — et moi aussi, je dois l'avouer.

Avec impatience, la petite fille blonde aux grands yeux qui se tenait près d'elle s'accrocha à sa manche.

— M'man..., murmura-t-elle. Tu peux demander ?

— Une seconde, Carrie.

— Si vous le désirez, proposa Kate, je peux vous faire visiter...

— J'adorerais ça, répondit Beth, mais nous sommes déjà en retard. En fait, je voulais aussi vous demander quand vous pensez ouvrir votre école.

— J'espère donner mes premières leçons en avril...

Dans les yeux de la fillette, Kate n'eut aucun mal à discerner une flamme dont elle connaissait l'origine.

— Tu aimerais danser, Carrie ?

Rougissante, la gamine baissa les yeux.

— Je voudrais être ballerine, avoua-t-elle tout bas.

— Les ballerines sont des mauviettes ! claironna Rod pour taquiner sa sœur.

— M'man..., se lamenta Carrie.

— Rod ! s'impatienta leur mère. A présent tu te tais. Veuillez excuser mon garnement, Kate...

— Ce n'est rien…, assura celle-ci.

Puis, se tournant vers le garçon, fier de lui-même et de sa plaisanterie, elle ajouta :

— Des mauviettes, disais-tu ?

— Exactement ! s'obstina-t-il. Parce qu'elles portent des tutus ridicules en dansant comme ça…

Les bras levés au-dessus de sa tête, Rod se hissa sur la pointe des pieds et tourna sur lui-même, en une parodie de danseuse effectuant des pointes.

— C'est intéressant, commenta Kate en le regardant faire. Mais connais-tu beaucoup de mauviettes qui peuvent faire ça ?

Sans effort, elle leva sa jambe droite devant elle, toucha du bout des doigts ses orteils tendus vers le plafond, et ramena sa jambe sur le côté.

— Wow ! commenta Beth. Ça ne fait pas mal ?

— Seulement si on y pense…

Avec la même aisance et la même grâce, Kate se remit sur ses pieds et se pencha vers Carrie.

— Quel âge as-tu ?

— Cinq ans, répondit fièrement celle-ci. Je touche mes orteils avec mes doigts sans plier les jambes !

Amusée, Kate hocha la tête d'un air satisfait et lui ébouriffa affectueusement les cheveux. A cet âge, le squelette des enfants était encore suffisamment souple pour se plier aux apprentissages les plus ardus.

— Si toi et ta maman décidez de revenir me voir au printemps, conclut-elle en se redressant, je t'apprendrai à danser. Ainsi, tu pourras montrer à ton frère que les ballerines ne sont pas des mauviettes.

Tout en souplesse, Kate se renversa en arrière jusqu'à ce que ses mains touchent le sol. Le corps en appui sur ses bras, elle amena ensuite ses jambes à la verticale, les y laissa un long moment, avant d'achever son salto arrière en reposant les pieds au sol, sous les applaudissements.

— La danse est pour les athlètes, conclut-elle à l'intention de Rod en remettant ses cheveux en place. D'ailleurs, beaucoup de professionnels du football prennent des leçons pour améliorer la rapidité et la fluidité de leur jeu.

— Vous rigolez ! s'exclama le jeune garçon.

— Pas du tout... Viens me voir avec ta sœur, à l'occasion. Je te montrerai ce que nous leur apprenons.

A grand-peine, Brody s'extirpa d'une rêverie fort troublante et explicite dans laquelle un corps aussi souple que celui de Kate tenait la vedette.

— Merci de t'être occupée de Jack, dit-il en se tournant vers Beth Skully.

— Il n'y a vraiment pas de quoi !

En hâte, la jeune femme rassembla sa progéniture et prit le chemin de la sortie.

— C'est toujours un plaisir d'avoir Jack parmi nous, reprit-elle. D'ailleurs, comme je te le dis souvent, tu peux nous le laisser quand tu veux. Dès qu'il est à la maison, Rod est métamorphosé : on ne l'entend plus !

— Vraiment ? murmura Kate, lançant à Brody un regard plein d'espoir.

Il ne fallut pas plus à Beth que ce bref échange de regards pour comprendre de quoi il retournait.

— D'ailleurs, renchérit-elle, je m'apprêtais à inviter Jack un des soirs de cette semaine. Je préparerai un grand plat de spaghettis, et les garçons pourront regarder une vidéo avant d'aller au lit...

La remerciant d'un clin d'œil discret assorti d'un sourire de connivence, Kate ajouta :

— Le vendredi soir est un jour idéal pour ce genre de réjouissance... Qu'en pensez-vous, Brody ?

— Eh bien, je…

Ravie de venir en aide à Kate, Beth s'empressa de conclure :

— D'accord pour vendredi ! Je récupérerai Jack et Rod à la sortie de l'école, Brody. Tu n'auras qu'à lui donner un petit sac avec le nécessaire pour la nuit en plus de son cartable. Bye ! Ravie de vous avoir revue, Kate…

— Cela m'a fait très plaisir aussi…

Figé sur place, Brody commençait à peine à réaliser qu'il venait de se faire forcer la main. Il s'apprêtait à protester quand Jack l'en dissuada.

— Super ! s'enthousiasma-t-il en sautant sur place. Je vais dormir chez Rod vendredi soir ! Merci, p'pa !

Avec un sourire amusé, Kate rejoignit Brody et lui caressa furtivement la joue.

— C'est cela…, murmura-t-elle. Merci, p'pa…

6.

Ce vendredi-là fut à marquer d'une pierre noire dans l'avancement du chantier. Un des hommes de Brody avait appelé pour prévenir qu'il était malade, cloué au lit par la grippe qui sévissait à Shepherdstown depuis quelques jours. Vers midi, il dut également renvoyer chez lui son deuxième équipier, trop faible pour tenir un marteau.

Puisque l'autre moitié de son effectif était retenue par un chantier à finir dans le Maryland, il n'eut d'autre choix que d'œuvrer seul au cloisonnage de la cuisine du rez-de-chaussée. Le travail en lui-même n'était pas pour l'effrayer. Ce qui plaisait moins à Brody, c'était le fait d'avoir à supporter la compagnie de son père.

Pour l'heure, pendant que son fils mesurait et taillait des plaques de plâtre, Bob O'Connell était plongé jusqu'à la taille sous l'évier. Ses vieilles chaussures de chantier, aux semelles recollées de nombreuses fois, s'agitaient au rythme des bordées de jurons qui lui échappaient chaque fois que quelque chose osait lui résister.

Sans doute, songea amèrement Brody, l'heure de la retraite sonnerait-elle pour son père sans qu'il se décide à acheter une nouvelle paire de souliers. « Si je peux m'en passer, répétait souvent le vieil homme, alors c'est que je n'en ai pas besoin. » Cette maxime ne s'appliquait pas qu'au domaine professionnel et n'avait cessé de les dresser durement l'un contre l'autre. Cela faisait des décennies que cela durait, et cela n'était pas près de s'arrêter…

— Ferme-moi cette radio ! ordonna soudain Bob d'une voix sèche. Comment veux-tu faire du bon travail avec un tel crincrin dans les oreilles ?

Sans un mot, Brody alla éteindre la stéréo portable. Toute musique qui lui était agréable n'avait jamais été qu'un bruit insupportable aux oreilles de son père. Il ne travaillait pourtant pas souvent en musique. S'il avait fini par se résoudre à brancher la radio, c'était pour échapper à ses récriminations incessantes.

— Quelle idée stupide de couper cette cuisine en deux ! maugréa Bob O'Connell sans interrompre son travail. Tout ça n'est qu'une perte de temps et d'argent.

S'efforçant de rester calme, Brody mit en place la plaque de plâtre qu'il venait de tailler et s'apprêta à la visser.

— Nous avons le temps, répondit-il en piochant une poignée de vis dans sa ceinture. Le client a l'argent.

— Et alors ? Ce n'est pas parce que les Kimball en ont beaucoup qu'ils doivent le jeter par les fenêtres ! C'était à toi d'expliquer à leur fille que c'est une erreur de couper cette pièce en deux.

Brody tenta d'exorciser sa colère à grands coups de visseuse. Il le savait par expérience, mieux valait ne pas répondre aux provocations de son père. Hélas, les mots qu'il s'était promis de ne pas prononcer parurent sortir d'eux-mêmes de sa bouche.

— Je ne pense pas que ce soit une erreur. Kate avait besoin de récupérer de l'espace pour y installer son bureau, et de toute façon cette cuisine est bien trop grande pour une école de danse.

— Une école de danse ! railla Bob avec un rire sarcastique. Qu'elle devra fermer dans le mois suivant son ouverture... Toi qui es si malin, dis-moi comment elle fera alors pour revendre un bâtiment équipé d'une demi-cuisine et de lavabos installés à mi-hauteur !

— Quand on enseigne à des enfants, répliqua Brody d'une voix neutre, il faut disposer des équipements adaptés.

— A Shepherdstown, s'obstina Bob, nous avons déjà toutes les écoles qu'il nous faut.

— On n'y enseigne pas la danse, jusqu'à preuve du contraire, dit Brody d'un ton impatient.

— La danse ! répéta son père d'un air dégoûté. Quand comprendras-tu que ton rôle ne se borne pas à prendre l'argent de tes clients, fiston ? C'est à toi d'avoir le bon sens qu'ils n'ont pas et de les aiguiller dans la bonne direction.

— C'est cela ! rétorqua Brody sur le même ton. Car, naturellement, la bonne direction c'est la tienne...

Piqué au vif, Bob se redressa de sous l'évier. Des boucles courtes de cheveux gris jaillissaient sous sa casquette fanée, posée de travers sur son crâne. Dans son visage carré aux traits marqués par la fatigue, ses yeux aussi verts que ceux de son fils brillaient de colère. Parfois, il arrivait à Brody de penser que c'était bien la seule chose qu'ils partageaient.

— Surveille un peu ton langage quand tu parles à ton père ! lança-t-il d'un air outragé.

— Et toi, rétorqua Brody sur le même ton, surveille un peu le tien quand tu parles à ton fils !

D'un bond, Bob se redressa et marcha vers lui. A soixante ans, il restait un homme impressionnant, tout en muscles, que n'alourdissait pas un gramme de graisse superflue.

— Quand tu auras autant d'années d'expérience que j'en ai dans le métier, s'emporta-t-il, tu auras peut-être ton mot à dire !

Sans se laisser impressionner, Brody alla chercher contre le mur une nouvelle plaque de plâtre, qu'il posa sur les tréteaux et sur laquelle il reporta ses marques.

— Tu me ressasses la même chose depuis mes huit ans, répondit-il enfin. La différence, même si tu parais ne pas t'en rendre compte, c'est qu'aujourd'hui je n'ai plus huit ans ! Tu es ici sur *mon* chantier, et c'est *à moi* de choisir la meilleure façon de le mener.

Après avoir mis en place la règle d'aluminium et récupéré le cutter qui lui servait à tailler les plaques, Brody leva les yeux et fixa durement ceux de son père.

— Avec moi, dit-il, le client obtient ce qu'il désire, et non ce que j'estime être le mieux pour lui. Et tant qu'il est satisfait, il n'y a rien de plus à en dire.

Fulminant de rage, Bob O'Connell serra les poings et n'hésita pas plus d'une demi-seconde avant de lancer avec hargne :

— Et d'après ce qu'on m'a dit, tu te fais un plaisir de satisfaire ta cliente de toutes les manières possibles…

La main de Brody se serra fortement sur le cutter. Pendant une fraction de seconde, l'envie inconcevable mais tentante de flanquer son poing sur le nez de son père le tenailla.

— Ce que je fais avec Kate Kimball, grogna-t-il entre ses dents serrées, ne regarde que moi.

— Je vis moi aussi dans cette ville ! protesta Bob. Et ta mère également… Quand les gens salissent ton nom en médisant de toi, c'est le mien qu'ils salissent aussi ! Sans compter que tu as un fils à élever…

— Ne mêle pas Jack à tout ça ! s'insurgea Brody. Laisse mon fils en dehors de cette histoire...

— Que tu le veuilles ou non, ton fils est mon petit-fils ! Pendant toutes ces années où tu as mené la belle vie en ville, tu t'es arrangé pour le garder loin de nous. Mais maintenant que tu es là, je ne te laisserai pas faire honte à notre nom et à celui de Jack sans réagir.

Une belle vie, songea amèrement Brody, qui s'était résumée à hanter les cabinets des spécialistes et les hôpitaux, puis à essayer de surmonter son chagrin pour élever au mieux un garçon de deux ans et tenter de lui faire oublier qu'il n'avait plus de mère...

— Tu ne sais rien de moi ! lança-t-il d'une voix sifflante. Tu ne sais rien de ce que j'ai fait, de ce que je suis, de ce que je vaux...

Déterminé à ne pas se laisser dominer par la colère, Brody commença à tailler la plaque de plâtre le long de la marque qu'il avait tracée.

— Tout ce que tu sais faire, renchérit-il ce faisant, c'est m'accabler de reproches, encore et toujours, et me jeter à la face des torts imaginaires !

— S'ils étaient aussi imaginaires que cela, rétorqua son père en le fusillant d'un regard assassin, tu n'en serais pas à devoir élever ton fils sans sa mère !

Brody tressaillit et la lame du cutter, quittant sa trajectoire, vint lui entailler profondément le dos de la main. A la vue du flot de sang versé sur la blancheur immaculée du plâtre, Bob poussa un juron étouffé et se précipita vers lui. Sortant de sa poche un bandana, il tenta d'en compresser la blessure de son fils.

— Espèce de maladroit ! s'emporta-t-il. Tu ne peux donc pas faire attention quand tu manies un outil ?

La main posée sur sa blessure, Brody fit un pas de côté pour se soustraire à sa rude sollicitude.

— Sors d'ici ! hurla-t-il, hors de lui. Ramasse tes outils et tire-toi, tout de suite !

— Ne fais pas l'imbécile… Je vais te conduire chez le toubib. Tu as besoin de points de suture.

— J'ai dit : « Dehors ! » cria Brody de plus belle. Tu n'as pas compris ? Tu es viré…

Rouge de honte et de fureur, Bob rassembla ses affaires en les jetant rageusement dans sa caisse à outils, qu'il chargea ensuite sans effort sur son épaule. Sur le seuil, il se retourna avant de quitter le chantier et lança à son fils :

— A partir d'aujourd'hui, nous n'avons plus rien à nous dire.

— Cela fait longtemps, marmonna Brody en le regardant partir, que c'est déjà le cas…

S'il se décidait enfin à se montrer, songea Kate en consultant sa montre pour la énième fois, Brody allait apprendre de quel bois elle se chauffait… Puisque cela semblait nécessaire, elle allait se faire un plaisir de lui expliquer ce qu'était la ponctualité. En déambulant à travers les pièces de la maison vide, elle se prit à regretter d'avoir convaincu ses parents de sortir en son absence. A présent, elle n'avait personne sous la main sur qui passer sa colère…

Dans le salon, le téléphone attira son regard. Non, décida-t-elle, elle ne lui téléphonerait pas de nouveau. Elle avait déjà appelé chez lui à 19 h 30, pour tomber sur son répondeur. Elle avait bien un message à lui transmettre, mais elle préférait le lui remettre personnellement… Penser au soin avec lequel elle avait choisi la robe qu'elle portait et le restaurant dans lequel elle avait réservé ne faisait qu'attiser sa colère. A présent, ils auraient de la chance de ne pas voir leur réservation annulée…

D'humeur vengeresse, Kate marcha d'un pas décidé jusqu'au téléphone. Elle préférait encore annuler la réservation tout de suite… Si Brody s'imaginait qu'elle allait accepter de sortir avec un homme qui n'avait pas l'élémentaire courtoisie d'être à l'heure, il se trompait !

Sa main se posait sur le combiné lorsque la sonnette de la porte d'entrée retentit. Bombant le torse, levant le menton de manière hautaine et prenant tout son temps, Kate alla ouvrir. A peine lui eut-elle lancé un regard que déjà Brody s'excusait, la mine sombre.

— Je suis en retard. Désolé. Un empêchement de dernière minute. J'aurais dû appeler…

Les paroles cinglantes qu'elle s'apprêtait à lancer moururent sur les lèvres de Kate.

— Un problème avec Jack ? s'inquiéta-t-elle.

— Non, non…, la rassura-t-il. Ce n'est pas cela.

L'air penaud, il sortit de sa poche sa main gauche bandée et l'éleva devant lui.

— Nous pourrions peut-être remettre à plus tard ?

— Que vous est-il arrivé ?

Alarmée, Kate saisit son poignet et fixa le bandage qui emmaillotait sa main à l'exception des doigts.

— Un instant d'inattention. Ce n'est rien, vraiment… Juste quelques points de suture.

— Vous avez mal ?

— Non. Ce n'est rien. Vraiment rien…

Mais Kate n'avait qu'à lire sur son visage pour comprendre qu'il lui mentait. Et ce qui le bouleversait à ce point, manifestement, avait pour cause bien plus qu'une blessure physique…

128

— Rentrez chez vous…, lança-t-elle, sa décision prise. Je vous y rejoins dans une demi-heure.

— Qu'est-ce que…

— Je vais nous préparer un petit dîner improvisé, expliqua-t-elle sans le laisser poursuivre. Le restaurant ce sera pour une autre fois…

— Kate, vous n'avez pas à faire ça.

— Brody…

Elle lui caressa la joue du dos de la main et soutint son regard. Au fond de ses yeux, elle découvrit une expression d'enfant blessé qui la bouleversa et ne fit que renforcer sa résolution.

— Maintenant, filez !

Et pour se soustraire à toute récrimination, elle lui referma la porte au nez.

Quand Brody vint lui ouvrir la porte, Kate était comme à son habitude parfaitement à l'heure. Sans lui laisser le temps de s'effacer sur le seuil, elle se faufila dans la maison, portant dans ses bras un grand panier.

— Steak au menu ! annonça-t-elle avec une gaieté forcée. Heureusement pour vous, mes parents avaient prévu de le déguster ce soir, avant que je les décide à sortir pour un petit dîner romantique…

Tout en parlant, elle se dirigea vers la cuisine, dans laquelle elle déposa le panier sur un comptoir. Puis, après s'être débarrassée de son manteau pour le lui tendre, elle se mit à en déballer le contenu.

— Brody ? reprit-elle en contemplant l'étiquette d'une bouteille de bordeaux. Etes-vous en mesure d'ouvrir le vin, malgré votre main ?

Incapable de lui répondre autrement, Brody hocha la tête. Entre ses doigts, le manteau de Kate semblait peser des tonnes. D'un pas d'automate, il marcha vers le perroquet pour l'y accrocher, s'efforçant d'ignorer le parfum suave et tentateur qui s'en exhalait. A côté de sa grosse veste de chantier, il lui parut soudain tout aussi déplacé que la présence de cette femme dans sa cuisine. Dans une robe à manches longues bleu nuit dont on aurait pu croire qu'elle avait été dessinée tout exprès pour elle par un créateur de mode conquis par sa beauté, Kate était plus resplendissante que jamais.

— Ecoutez, Kate..., fit-il en la rejoignant. Je ne...

— Tenez ! l'interrompit-elle.

Docilement, Brody accepta la bouteille et l'ouvre-bouteille qu'elle lui tendait.

— Pourquoi ? insista-t-il. Pourquoi faites-vous ça ?

— Parce que ça me plaît..., répondit-elle en portant vers l'évier deux énormes pommes de terre à éplucher. Et parce que vous ressemblez à un homme qui a bien besoin d'un bon steak pour se requinquer.

Après y avoir mûrement réfléchi, Brody se décida pour un fond musical, calant la chaîne stéréo sur une station de musique classique susceptible de plaire à Kate. Dans la salle à manger, qu'il n'utilisait avec Jack que pour les repas de fête, il dressa la table, tirant du buffet ancien de la vaisselle fine qui n'avait pas vu le jour depuis des lustres.

En contemplant le résultat de ses efforts, il comprit qu'il manquait des bougies. Mais, n'ayant rien d'autre sous la main que les grosses bougies de secours qui lui servaient en cas de coupure de courant, il y renonça et retourna dans la cuisine.

Tout efficacité et concentration, Kate y tournait la salade. Sur la table, à côté d'elle, deux fines bougies rouges plantées dans des bougeoirs de cristal attirèrent l'attention de Brody et lui arrachèrent un sourire.

— Heureusement que j'ai amené la salade…, dit-elle en dardant sur lui un regard sévère. On ne peut pas dire que votre réfrigérateur regorge de légumes…

— Jack est fâché avec les légumes.

— Comme tous les enfants… Mais avec un peu de ruse et beaucoup de patience, il est toujours possible de leur en faire avaler un peu.

Peu enclin à se lancer dans une discussion sur ses manques flagrants en la matière, Brody éleva pour se faire pardonner le verre de Kate jusqu'à ses lèvres.

— Merci, dit-elle après en avoir bu une gorgée. Vous êtes aux petits soins avec moi…

Brody reposa le verre, puis, comme pour lui donner raison, pencha la tête et déposa sur sa bouche un baiser léger.

— Mmm…, grogna-t-elle en passant sur ses lèvres un bout de langue rose. De mieux en mieux… Puisque vous êtes blessé, pourquoi n'iriez-vous pas maintenant appeler votre fils, comme vous en mourez d'envie ?

Brody tressaillit.

— Cela se voit tant que ça ?

Cela fit rire Kate, qui s'exclama :

— Comme le nez au milieu de la figure ! Rassurez-vous, cela vous rend encore plus sexy… Embrassez-le de ma part, et dites-lui que nous nous voyons demain.

— Vous tenez vraiment à aller au ciné avec nous ?

— Il m'arrive d'avoir à faire des choses dont je n'ai pas envie, mais je ne me porte jamais volontaire pour les faire… Allez appeler Jack. Votre steak sera prêt dans un quart d'heure. A point…

Kate appréciait beaucoup de préparer le repas, de s'activer autour de l'homme qui lui faisait battre le cœur. Peut-être, songea-t-elle, parce que Brody ne s'y attendait pas, et qu'il appréciait tant ces petites choses que d'autres prennent pour acquises.

Prudente avant tout, elle attendit qu'il ait dévoré la moitié de son steak et achevé son deuxième verre de vin avant de poser la question qui lui brûlait les lèvres.

— Dites-moi, Brody... Que vous est-il arrivé ?

Sans relever le nez de son assiette, il haussa les épaules et bougonna :

— Rien d'autre qu'un jour pourri. Qu'avez-vous fait à ces patates ? Je n'ai jamais rien mangé d'aussi bon...

— Recette ukrainienne, top secret ! répondit-elle avec une parodie d'accent russe. Si je vous le disais, je devrais vous tuer sitôt après...

Pour la première fois de la soirée, Brody se laissa aller à rire.

— Si vous me le disiez, renchérit-il, je serais bien incapable de reproduire la recette. Mes talents se limitent à fourrer les pommes de terre dans le micro-ondes... L'autre jour, je vous ai entendue parler français. Vous parlez ukrainien, également ?

— Oui, je parle plus ou moins ukrainien. De même que je parle parfaitement l'anglais et sais reconnaître un homme qui tente de noyer le poisson. Que vous est-il arrivé aujourd'hui ?

Résigné, Brody posa ses couverts et soupira avant de lui répondre.

— Pour commencer, dit-il, deux de mes gars ont dû garder le lit — apparemment, vous avez ramené dans vos bagages le virus de la grippe... Ajoutez à cela le fait que j'ai confondu ma main avec une plaque de plâtre, que j'ai mis mon père à la porte et que j'ai attendu deux heures aux urgences bondées de l'hôpital et vous aurez une idée du tableau.

Par-dessus la table, la main de Kate s'envola pour se poser sur celle bandée de Brody.

— Vous vous êtes disputé avec votre père… Je suis désolée.

— Il n'y a pas de quoi. Ce n'est pas la première fois que cela nous arrive, ni la dernière, sans doute…

— Et pourtant, vous le faites travailler…

— Oui, répondit Brody avec une grimace amère. Ce qui doit être une erreur, même s'il est le meilleur plombier des environs. Quand nous ne sommes pas seuls sur le chantier, cela peut aller. Mais dès que nous nous retrouvons comme aujourd'hui tous les deux, tous les prétextes sont bons pour m'accabler. A ses yeux, je suis un bon à rien, l'ai toujours été et le serai toujours. Le boulot n'est pas fait comme il devrait l'être, je ne mène pas ma vie comme je devrais la mener, et je donne un piètre exemple à mon fils…

Pour calmer la colère qu'elle sentait monter en elle, Kate se força à couper un morceau de viande et à le mastiquer soigneusement. Outre qu'il lui était difficile de prendre parti dans une dispute qui ne la concernait guère, entretenir son ressentiment légitime n'était pas le meilleur service à rendre à Brody.

— Il est probablement aussi malheureux et désolé que vous l'êtes ce soir, dit-elle enfin. Peut-être est-il pris dans un engrenage dont il ne sait pas sortir. Mais même si c'est le cas, ce n'est pas votre faute et j'espère sincèrement qu'un jour vous parviendrez à surmonter vos griefs réciproques pour vous retrouver.

Brody hocha la tête d'un air sceptique. Son regard, bien plus que des mots, disait avec éloquence à quel point une telle éventualité lui paraissait inconcevable.

— Dites-moi…, murmura-t-il. Pourquoi n'ai-je pas la chance d'avoir une famille comme la vôtre ?

Le cœur serré, Kate lui adressa un pâle sourire.

— Vous vous trompez, répondit-elle. Vous formez avec Jack une famille aussi aimante et unie que l'est la mienne. Peut-être est-ce d'ailleurs ce qui rend votre père jaloux. Peut-être se demande-t-il pourquoi il n'a pas su nouer avec vous ce lien qui vous lie à Jack ?

Détournant le regard, Brody eut un sourire amusé.

— Il ne se demande rien de tel, dit-il, puisqu'il est persuadé que tout est ma faute. D'ailleurs, je le lui rends bien… Durant toute mon enfance, je n'ai rêvé que d'être enfin débarrassé de lui, de l'école, de cette ville. Le jour même de mes dix-huit ans, j'ai mis les voiles pour Washington, sans argent, sans travail, mais avec le soulagement d'avoir échappé à Bob O'Connell.

— Et vous vous en êtes sorti.

Les yeux vagues, comme perdu dans ce lointain passé, Brody hocha la tête.

— Durant trois ans, expliqua-t-il, j'ai vécu une vie de patachon. Je gagnais bien ma vie sur les chantiers, mais tout l'argent partait en bière et en filles. Jusqu'à ce qu'à l'âge de vingt et un ans je fasse la rencontre de Connie. Je travaillais à la restauration de la maison de ses parents. A ma grande surprise, elle a tout de suite partagé l'attirance qui me poussait vers elle, et nous avons commencé à nous fréquenter.

— Qu'est-ce que cela avait de si surprenant ?

— Elle était la fille unique et adulée d'une famille de Washington très riche, très ancienne et très conservatrice.

Elle avait tout ce que je n'avais pas — la classe, l'éducation, la fortune, le style. Ses parents pouvaient légitimement espérer mieux pour elle que le bon à rien que j'étais à l'époque.

— Manifestement, intervint Kate avec un sourire indulgent, Connie n'était pas de cet avis.

— Non, admit-il d'une voix lointaine. Elle ne l'était pas. Elle est la première personne à avoir cru en moi, à avoir discerné derrière le sale gamin que j'étais l'homme que je pouvais devenir. J'ai tout fait pour lui donner raison et pour être aux yeux de tous celui qu'elle seule voyait quand elle me regardait… C'est en l'aimant que j'ai commencé à grandir. Mais vous n'avez pas envie d'entendre tout cela…

— Vous vous trompez, assura Kate en remplissant de nouveau leurs verres. Il n'y a rien que j'aie plus envie d'entendre que cela. C'est elle qui vous a incité à monter votre propre affaire ?

— Cela, répondit-il, c'est venu plus tard.

Brody était surpris de la facilité avec laquelle il se confiait à elle. Jamais il n'avait parlé à quiconque de cette période de son existence — ni à ses amis, ni à ses parents, ni même à Jack.

— Je pouvais faire ce que je voulais de mes mains, reprit-il sans réticence. J'avais l'œil pour l'architecture. J'étais suffisamment costaud pour travailler dur sans être totalement dénué d'intelligence. Connie m'a aidé à faire la synthèse de tous ces atouts. J'ai pris du galon sur les chantiers. Pourtant, je n'étais toujours aux yeux de ses parents qu'un ouvrier sans avenir. Ils ne se sont pas gênés pour me le faire sentir — durement.

Du bout de sa fourchette, Kate jouait avec ses pommes de terre, bien plus intéressée par le récit de Brody que par le contenu de son assiette.

— Ce n'était pas facile pour Connie de leur tenir tête, reprit-il, mais elle l'a fait. Elle poursuivait à Georgetown ses études de droit. Je travaillais le jour et étudiais la nuit. Nous avions commencé à faire des plans d'avenir. Nous avions prévu de nous marier un ou deux ans plus tard, après son diplôme. Dès qu'elle aurait trouvé du travail, je me serais risqué à créer mon entreprise. Mais Connie est tombée enceinte, et les choses se sont précipitées.

Les yeux rivés à son verre de vin, Brody ne cessait de le faire tourner entre ses doigts, comme s'il ne pouvait se résoudre à en avaler le contenu.

— Nous voulions tous deux cet enfant, poursuivit-il. Alors nous nous sommes mariés. Tant bien que mal, Connie a tenté de concilier sa grossesse et ses études. Moi, j'ai doublé mes heures supplémentaires pour faire face à l'avenir. Ses parents étaient furieux. Ils ont eu des mots très durs. Ils lui ont demandé de choisir — eux ou moi. Connie a refusé cet ultimatum. Alors ils ont coupé les ponts. Inutile de vous dire le choc que ça lui a fait…

Kate pouvait l'imaginer sans peine, en effet, elle dont les parents étaient aux antipodes de ceux qu'il lui décrivait.

— Ils ne la méritaient pas…, murmura-t-elle.

— C'est le moins qu'on puisse dire, approuva-t-il. Mais j'avais cette impression moi aussi, et j'ai souvent douté au cours de ces jours sombres. Un millier de fois j'ai paniqué à l'idée de l'avoir volée à sa famille. Un millier de fois je me suis vu partir, pour la laisser retourner vers eux.

— Mais vous ne l'avez pas fait, conclut Kate. Parce que cela n'aurait pas été digne de vous.

— Et parce que Connie m'aimait, ajouta Brody. Le jour où Jack est né, j'étais près d'elle à la maternité. Pour être franc, j'aurais souhaité être n'importe où ailleurs dans le monde, mais puisqu'elle me voulait près d'elle, je ne pouvais qu'accéder à son désir. Ce ne fut pas un accouchement facile. Et durant l'éternité qu'a duré sa délivrance, je serrais les dents en priant pour que tout finisse au plus vite, en maudissant Dieu d'infliger à ma femme tant de souffrance. Et puis Jack est arrivé, et d'un coup tout a changé, tout s'est mis en place dans ma tête. Instantanément, je suis devenu son père, et définitivement un mari pour ma femme. Tout l'amour du monde circulait entre nous. Ce sont eux qui, à cet instant, m'ont fait devenir homme. Connie et Jack m'ont fait ce que je suis.

Les larmes coulaient en abondance sur les joues de Kate, qui ne faisait rien pour les arrêter, et n'en avait pas la moindre envie.

— Désolé de ces épanchements…, marmonna-t-il en se passant une main lasse sur le visage. Je ne sais pas ce qui m'a pris de vous accabler ainsi avec toutes ces histoires.

Kate secoua la tête et ferma les yeux. Se redressant sur sa chaise, elle poussa un gros soupir et sortit un mouchoir de sa poche pour éponger ses larmes.

— Vous oubliez, répondit-elle, que du sang slave coule dans mes veines… Saviez-vous que mes grands-parents se sont enfuis d'Union soviétique alors que ma mère n'avait que six ans ? Ma tante Rachel est la seule de leurs quatre enfants à être née ici. Yuri et Nadia n'ont pas hésité, pour gagner la liberté, à fuir avec leurs trois enfants en bas âge sur une charrette, à traverser des montagnes pour gagner la Hongrie…

— Non…, répondit Brody, fasciné par ce qu'elle lui racontait. Je l'ignorais.

— Ils ont eu faim, ils ont eu froid, ils ont eu peur. Et quand ils sont arrivés en Amérique, pays étranger aux coutumes et à la langue étranges, ils ont dû affronter la solitude et la pauvreté. J'ai dû entendre cette histoire des dizaines de fois, mais elle me fait toujours autant pleurer...

De nouveau gagnée par l'émotion, Kate se leva et commença à empiler leurs assiettes.

— Pourquoi me raconter cela ? s'étonna Brody.

— Pour vous faire comprendre que le courage existe sous différentes formes. La force physique et la force de caractère en sont le carburant, mais l'amour en est le moteur. A celui qui possède les deux, rien n'est impossible. Cela méritait bien quelques larmes...

En la regardant débarrasser, Brody hocha la tête d'un air pensif.

— Vous savez quoi ? reprit-il enfin. J'étais persuadé que ce jour serait à marquer d'une pierre noire, mais grâce à vous je viens de changer d'avis.

— Merci...

Décidant qu'après tant de gravité un peu de légèreté s'imposait, Kate lui adressa son sourire le plus radieux et poursuivit gaiement :

— Vous savez quoi ? Nous allons vite débarrasser et faire la vaisselle et ensuite je vous inviterai à danser. La manière de danser d'un homme m'apprend bien des choses à son sujet, et je n'ai pas encore eu l'occasion de vous tester dans ce domaine...

Se levant à son tour, Brody s'approcha lentement d'elle et lui prit la vaisselle des mains.

— Dans ce cas, dit-il avec un sourire mystérieux, pourquoi attendre ?

En se laissant entraîner par la main vers le salon, Kate sentit sa tension monter d'un cran. Pour un homme qui affirmait avoir renoncé à flirter, Brody n'avait pas perdu certains réflexes...

Après avoir glissé un C.D. dans le lecteur, il la prit dans ses bras en murmurant :

— Il se trouve que j'écoutais cette petite chose hier en pensant à vous...

La musique se mit à couler des haut-parleurs, un slow imparable et sexy qui prenait aux tripes et portait le sang à ébullition.

— A croire que c'est le destin qui m'a mis ce disque entre les mains, reprit-il en l'attirant plus fermement dans le piège de ses bras.

Le cœur de Kate marqua une pause.

— Alors grand merci au destin...

Abandonnée contre lui, joue contre joue grâce au renfort de ses talons hauts, elle eut l'impression de se laisser porter par une vague puissante et douce et ferma les yeux.

— Bien joué, O'Connell ! lui susurra-t-elle dans le creux de l'oreille. Très bien joué...

— C'est comme le vélo — ça ne s'oublie pas...

La prenant par surprise, il la fit voltiger au bout de son bras comme pour un rock endiablé. Kate poussa un petit cri effarouché et se laissa entraîner de nouveau contre lui, tout contre lui, là où plus rien n'existait que les diamants verts de ses yeux rivés aux siens...

Elle ne s'était pas attendue à ce qu'il danse si bien, ce qui ne faisait que le rendre plus irrésistible encore. Elle ne s'était pas attendue à ce qu'il sente si bon, ni à ce que son corps réagisse avec tant de spontanéité au contact du sien. Si ce slow ne finissait pas bientôt, songea-t-elle, elle serait perdue corps et âme et ne pourrait plus, comme elle l'avait prévu, rentrer chez elle sans rien lui demander de plus qu'un baiser.

Le nez enfoui dans les cheveux de Kate, Brody éprouvait la sensation de revivre. Certes, il avait presque oublié ce que c'est que de tenir une femme dans ses bras. Mais il était persuadé que le fait de serrer contre lui cette femme-là précisément expliquait bien plus le trouble qui s'était emparé de lui. Les formes, la douceur, le parfum de Kate l'enivraient. Ses lèvres, presque d'elles-mêmes, descendirent le long de ses cheveux, s'attardèrent sur sa joue, avant de fondre sur sa bouche pour en prendre possession.

Emportée par ce baiser à des hauteurs vertigineuses, Kate s'accrocha de toutes ses forces aux épaules de Brody. Il lui semblait à ce point ne faire plus qu'un avec lui que lorsque la musique enfin se tut et que retentirent les premières notes du morceau suivant, elle se garda bien de desserrer son étreinte, de peur de tomber comme une loque sur le sol.

— C'était merveilleux..., murmura-t-elle, les yeux rivés aux siens.

Ses jambes étaient en coton. Son esprit était en plein brouillard. Son cœur battait à tout rompre et un sang brûlant pulsait dans ses veines. Pire que tout, ces appétits qu'elle s'était imaginé jusqu'alors tenir si bien sous contrôle se déchaînaient au fond de son ventre...

— Je vais devoir y aller..., parvint-elle néanmoins à articuler.

— Pourquoi ? s'étonna Brody sans relâcher la ferme emprise de ses bras.

— Parce que le timing n'est pas bon. Ce soir, vous aviez besoin d'une oreille attentive, d'une amie.

Soulagée autant que déçue, Kate sentit les mains de Brody glisser le long de son dos et ses doigts venir se nouer aux siens.

— Vous avez raison, reconnut-il. Le moment n'est pas des mieux choisis. Il est plus raisonnable de ne pas brusquer les choses…

— On gagne toujours à être raisonnable…

— C'est vrai…

Comme à regret, il l'entraîna vers la cuisine pour qu'elle puisse y récupérer son manteau.

— Cela fait tellement longtemps, reprit-il, que je m'applique moi-même à rester raisonnable…

Se retournant d'un bloc, Brody saisit Kate par les épaules et l'attira contre lui.

— Vous avez raison…, répéta-t-il en la crucifiant de son regard de jade. J'avais besoin d'une amie ce soir.

Très lentement, ses lèvres de nouveau s'abaissèrent à la rencontre de celles de Kate, s'y attardèrent, jusqu'à ce qu'elle pousse un petit gémissement de plaisir.

— Mais j'ai aussi besoin de vous…, conclut-il en enfouissant avec un soupir de bonheur son visage dans ses cheveux. Restez avec moi, Kate… Ne me laissez pas.

7.

En pénétrant dans sa chambre à la suite de Kate, Brody sentit la honte le submerger. Les murs mis à nu attendaient toujours d'être rebouchés. Un rouleau de fil électrique était posé sur un sac d'enduit, dans un coin de la pièce. Il n'y avait pas de rideaux aux fenêtres, et les portes battantes de la salle de bains attenante se trouvaient dans son atelier pour y être décapées. Le parquet ancien, bien que splendide, était encrassé par plusieurs couches de vernis. Le poncer pour en retrouver la teinte d'origine figurait très bas dans la liste de ses priorités...

Le lit, quant à lui, faisait heureusement son petit effet. Il l'avait acheté sur un coup de tête, séduit par les barres de cuivre cintrées qui s'entrelaçaient comme de la vigne vierge à sa tête. Mais en jetant un œil à la literie défaite, Brody se sentit rougir et comprit qu'il lui faudrait à l'avenir offrir à Kate mieux que des draps dépareillés et un couvre-lit rapiécé...

— Pas exactement le palais des *Mille et Une Nuits*..., grogna-t-il en évitant soigneusement son regard.

Avec un sourire indulgent, Kate prit le temps de déambuler dans la pièce, surprise de se découvrir aussi nerveuse qu'à son premier flirt.

— Paris ne s'est pas fait en un jour…, dit-elle en caressant du bout du doigt le bois des fenêtres rendu à sa nudité d'origine. C'est une belle pièce. L'important est de la voir telle qu'elle sera et non telle qu'elle est.

— Je voulais d'abord terminer la chambre de Jack, tenta-t-il de se justifier. Ensuite, j'ai trouvé plus utile d'achever la cuisine et de rendre vivables la salle à manger et le living-room. Je n'ai rien fait d'autre que dormir ici. Jusqu'à ce soir…

A ces mots, Kate sentit un frisson lui parcourir l'échine. Il aurait voulu lui faire comprendre qu'aucune autre femme avant elle n'avait visité sa chambre qu'il ne s'y serait pas pris autrement.

Le cœur battant, elle se retourna et s'approcha de lui, gagnée par une timidité qui ne lui ressemblait pas.

— Cette cheminée est magnifique, dit-elle. Vous comptez vous en servir ?

— Je l'utilise déjà, répondit Brody. Elle tire très bien et c'est une bonne source de chaleur. Je pensais y installer un insert pour plus d'efficacité, mais…

Soudain conscient de ce qu'il était en train de faire, Brody s'arrêta net. Qu'est-ce qui lui prenait de discuter bâtiment alors que la plus belle femme du monde était dans sa chambre, près de lui, n'attendant qu'un geste de sa part pour le rejoindre dans son lit ?

— Mais ce ne serait pas aussi joli…, finit-elle à sa place.

Tout en soutenant son regard, Kate entreprit de déboutonner lentement — beaucoup trop lentement — la chemise de Brody.

— Exactement…, approuva-t-il, le souffle coupé. Voulez-vous que je fasse une flambée ?

— Plus tard... Pour l'instant, contentons-nous d'une autre source de chaleur.

— Kate...

Avec l'impression d'entendre son pouls battre à ses tympans comme un tambour, Brody saisit ses poignets pour la retenir.

— S'il m'arrive de me montrer maladroit, reprit-il, n'en cherchez pas plus loin la cause...

Du regard, il lui désignait le bandage de sa main gauche.

Qu'il pût être aussi nerveux qu'elle l'était elle-même rassura Kate. Cela les mettait au moins sur un plan d'égalité...

— Un homme aussi adroit de ses mains que vous l'êtes devrait être capable de baisser une fermeture Eclair, même blessé...

Vivement, elle lui tourna le dos et releva ses cheveux de manière à dégager sa nuque.

— Pourquoi ne pas essayer ? conclut-elle d'un air mutin.

Brody s'exécuta avec une savante lenteur, exposant centimètre après centimètre la peau dorée de Kate. Mais quand la courbe de ses épaules apparut à ses yeux, il put résister à l'envie d'en suivre le contour du bout des lèvres. Arquant le dos, Kate frémit et poussa un soupir étranglé.

Avec une impatience fébrile, Brody la fit pivoter sur ses talons et s'empara de sa bouche pour un long baiser passionné. Ses mains caressaient doucement le visage de Kate, sa nuque, ses épaules, ses cheveux, afin d'honorer comme il se devait sa beauté exotique, lentement, patiemment.

Kate, qui s'était attendue au déferlement sensuel qui les avait emportés tous deux dans la cuisine de ses parents, était bouleversée par tant de tendresse et de douceur.

— N'hésitez pas à me dire…, susurra-t-il en laissant dériver ses lèvres vers son oreille, … si jamais je fais quelque chose qui vous déplaît.

Surprise de le découvrir si précautionneux, Kate renversa la tête en arrière pour l'inciter à poursuivre son exploration le long de son cou.

— Tant que vous ne vous arrêterez pas, répondit-elle, rien ne pourra me déplaire…

Ses mains habiles, fortes, patientes, ne cessaient de caresser le moindre espace de peau dénudée, comme s'il avait voulu tel un sculpteur modeler sa chair.

— Cela fait des jours et des jours que je rêve de vous toucher ainsi, grogna-t-il entre deux baisers. J'ai failli devenir dingue…

— Pour l'instant, murmura-t-elle, le souffle court, c'est vous qui êtes en train de me rendre folle…

Les doigts impatients, Kate acheva de déboutonner sa chemise. Pressée de pouvoir enfin laisser courir ses doigts le long des muscles durcis qu'elle devinait sous son T-shirt, elle tira sur celui-ci pour le faire sortir de sa ceinture.

Brody s'empara de ses mains et les porta à ses lèvres. Cela faisait trop longtemps qu'il n'avait pas connu les bras d'une femme, et il n'avait pas l'intention de perdre le contrôle de la situation.

— Laissez-moi faire…

Tout en douceur, il fit glisser le long des bras de Kate les manches de sa robe et regarda le vêtement tomber à ses pieds. Elle était si mince, d'apparence si fragile, qu'il eût été facile d'oublier la musculature de fer dissimulée sous sa fine peau dorée. Les courbes de son corps, éminemment féminines, attiraient le regard et les caresses d'un homme plus sûrement qu'un aimant attire le fer.

Le souffle de Kate se bloqua dans sa poitrine quand les doigts de Brody s'aventurèrent du côté de ses seins, glissèrent le long de la bordure de dentelle de son soutien-gorge, avant de s'introduire dessous. Ses paumes calleuses firent durcir instantanément ses mamelons, la faisant frémir de plaisir.

Intrigué de la sentir trembler sous ses caresses, Brody fixa son visage d'un air étonné, tandis que ses mains reprenaient leur délicieux voyage le long de ses côtes, sur le contour de ses hanches, dans le pli de l'aine et en haut de ses cuisses.

— Vos jambes m'ont beaucoup fait rêver, avoua-t-il à mi-voix, s'amusant à glisser un doigt sous ses bas. Vous savez ce que l'on dit des jambes de ballerines…

— Tout ce que je vous demande, chuchota-t-elle les yeux clos, c'est de ne pas prêter attention à mes pieds. Les danseurs ont des pieds incroyablement laids…

— Les danseurs, corrigea-t-il, ont le pied façonné par des années de pratique de leur art. Et ce qu'ils leur permettent de faire peut être incroyablement sexy… Plus tard, peut-être pourriez-vous me faire une démonstration de vos talents, comme vous l'avez fait pour Rod l'autre jour. J'ai failli en avaler ma langue…

— Et encore, répondit-elle en riant, vous n'avez rien vu…

Profitant de ce qu'il lui en laissait la possibilité, elle fit passer le T-shirt de Brody par-dessus sa tête et put enfin laisser libre cours à sa propre envie d'explorer du bout des doigts son torse sculpté. Tant et si bien que lorsqu'ils s'écroulèrent tous deux sur le lit, ils étaient l'un et l'autre pantelants de désir.

146

Sans interrompre le ballet de leurs caresses, ils roulèrent demi-nus d'un bord du lit à l'autre. Si cela avait dû être une danse, Kate aurait dit qu'il s'agissait d'une valse — de longs pas circulaires sur un rythme à trois temps. Tout dans leur étreinte, le moindre baiser, la moindre caresse, était pour elle sujet d'émotion et d'émerveillement.

Sous ses doigts, son corps semblait s'épanouir. Par sa tendresse, il faisait éclore l'amour dans son cœur comme un miracle tranquille. Son seul espoir était qu'il pût lui aussi vivre en retour les mêmes émotions. Sa bouche se porta au niveau de ses seins, musardant autour du fin rempart de dentelle qui les protégeait encore, et la valse se fit tango endiablé.

Brody éprouvait la sensation de se remplir des odeurs, des textures, des saveurs du corps de Kate. Ce cocktail ensorceleur lui embrumait l'esprit, faisant de lui l'esclave de sa beauté. Il se découvrait un besoin vital de caresser, de goûter, de sentir chaque recoin de ce corps de déesse offert à ses assauts.

Totalement livré à la frénésie érotique qui s'était emparée de lui, c'est ce qu'il fit, de manière implacable et méthodique, sans laisser à Kate le moindre espoir de lui échapper. Et lorsqu'il sentit entre ses bras ce corps idéal se tordre sous la morsure de l'orgasme, quand il entendit son souffle précipité se fondre en un sanglot, Brody recueillit comme un trésor sans prix la beauté irréelle du visage transfiguré de Kate.

Ce fut le signal de départ d'une autre course, d'un autre challenge — toujours plus loin, plus fort, plus vite. Sans se préoccuper du sort qu'il leur réservait, il se débarrassa des derniers remparts qui protégeaient encore la nudité de Kate. Une faim comme il en avait rarement connue lui mordait les tripes — une faim de chair nue, chaude, offerte.

Après avoir recouvré ses esprits, Kate se mit elle aussi au diapason du désir qui faisait vibrer son corps. Récupérant l'avantage, elle immobilisa Brodoy sur le matelas pour le dénuder à son tour. Ses doigts s'impatientèrent sur la braguette de son jean. Ses mains tirèrent d'un coup sur la ceinture. Un petit cri lui échappa.

Profitant de sa surprise pour reprendre le dessus, Brody la fit rouler sur le lit et se défit rageusement du pantalon qui lui entravait les jambes. Le cœur battant à tout rompre au fond de sa poitrine, l'esprit entièrement habité par elle, le sexe tendu par un désir trop grand pour lui, il reprit de ses mains, de sa bouche, de sa langue, son voyage sans fin dans les vallées de son corps. Kate se tortillait en gémissant, s'arc-boutant sur le lit pour implorer plus, murmurant des paroles inarticulées pour l'inviter à conclure.

Avec une patience de saint, Brody attendit de n'en pouvoir plus d'attendre pour lui donner satisfaction. Allongé sur elle, les yeux plongés dans ses yeux, guidé par Kate au plus intime de son être, il plongea en elle avec un cri de bonheur qui fit écho au sien.

Un long moment, ils restèrent ainsi sans bouger, désireux de ne rien perdre de cet instant unique. Kate fut la première à soulever ses hanches, pour l'entraîner dans la danse immémoriale du plaisir. Chair contre chair. Cœur contre cœur. Les yeux dans les yeux et les doigts emmêlés. Et quand la vague de l'orgasme culmina pour les emporter tous deux, Brody prit les lèvres de Kate pour compléter leur union.

Kate reposait les yeux clos, les lèvres étirées en un sourire de bien-être, appréciant la sensation du corps nu de Brody pesant de tout son poids sur elle. Après l'apogée de plaisir qu'ils venaient de vivre, tout en elle était tranquille et apaisé. Seul son cœur persistait à battre à coups redoublés, et l'effort fourni n'y était pas pour grand-chose. Il était merveilleux de se sentir en vie, de se sentir amoureuse — réellement amoureuse, et non pas amusée à l'idée de l'être, comme cela lui était arrivé plusieurs fois.

Kate laissa échapper de ses lèvres un long soupir. Plus tard, se promit-elle, il serait bien assez tôt pour tenter d'analyser ce qui lui arrivait et essayer d'en deviner les conséquences. Mais, pour l'heure, elle voulait se contenter d'apprécier le moment présent — de l'apprécier *lui*.

Avant Brody, jamais personne ne lui avait fait vivre autant d'émotions, de sensations, de sentiments en si peu de temps. Le destin faisait bien les choses. A leur première rencontre, elle avait compris dans quelque recoin secret de son être que ce serait lui — et elle ne s'était pas trompée. Même s'il lui restait encore à lui faire accepter cette évidence. Car, à présent qu'elle était certaine d'avoir mis la main sur l'homme de sa vie, conclut-elle en lui caressant doucement le dos, il était hors de question pour elle de le lâcher.

— Pour un homme qui proclamait ne plus être dans le coup…, s'amusa-t-elle à mi-voix.

Brody, qui en était encore à chercher à savoir s'il possédait encore un cerveau en état de fonctionner, émit un vague grognement qui la fit rire et resserrer l'étreinte de ses bras autour de lui. Au prix d'un gros effort, il parvint à tourner la tête, se retrouva le visage enfoui dans ses cheveux, et décida que c'était l'endroit idéal où l'y laisser…

— Tu veux que je bouge ?

— Non !

— Bien. Dans ce cas, donne-moi juste un coup de coude si je me mets à ronfler…

— O'Connell…

— Je plaisantais.

Prenant appui sur un coude, il releva la tête et la soulagea d'une partie de son poids.

— Comme tu es belle...

— J'en ai autant à ton service !

Kate leva une main pour jouer, fascinée, avec les cheveux de Brody. Ils n'étaient pas vraiment blonds, songea-t-elle rêveusement, pas vraiment châtains non plus, mais une merveilleuse combinaison de ces deux couleurs — un peu à l'image de leur propriétaire.

— Sais-tu que j'ai rêvé de me retrouver dans cette position dès le premier instant où je t'ai vu ? demanda-t-elle en redressant la tête pour lui mordiller la lèvre inférieure. Et pourtant, je ne peux pas dire que ce soit une habitude chez moi...

— J'ai eu exactement la même réaction, reconnut Brody. D'un regard, tu as su réveiller une libido depuis longtemps assoupie... C'est bien pourquoi je t'en ai voulu !

— Ce qui n'a fait que renforcer ma détermination à te séduire malgré toi..., assura Kate avec un sourire triomphant.

Brody pencha la tête pour l'embrasser.

— Et tu as bien fait, renchérit-il. D'ailleurs, puisque nous voilà enfin dans cette position...

Ses lèvres affamées dérivèrent, le long de son cou, jusqu'à ses seins dont elles s'amusèrent à titiller les pointes déjà dressées. Le petit cri de protestation de Kate mourut en grognement indistinct lorsqu'elle sentit son sexe de nouveau durcir en elle, ses hanches se remettre à onduler en rythme.

— Tu n'as rien contre une prolongation ? murmura-t-il. J'ai beaucoup, beaucoup de retard à rattraper...

Avec un frisson d'excitation, Kate verrouilla ses bras autour de ses épaules, ses jambes autour de ses hanches.

— Certainement pas ! répondit-elle avant de se laisser emporter par la passion. Tout le plaisir est pour moi…

Brody s'aperçut rapidement qu'il n'était guère aisé pour un père célibataire d'entretenir avec une femme une relation suivie, du moins la composante physique et sexuelle de celle-ci. Dans sa vie de tous les jours, rien n'avait vraiment changé. Il lui fallait simplement déployer des trésors d'ingéniosité pour concilier les impératifs de sa vie de père avec ceux de sa vie d'homme.

Il était reconnaissant à Kate d'apprécier la présence de Jack et de ne pas lui en vouloir de passer plus de temps avec lui qu'en sa compagnie. Si elle avait été le genre de femme à ne pas supporter la concurrence d'un enfant, les choses auraient été vite réglées et il n'y aurait plus eu entre eux aucune relation — sexuelle ou autre — à entretenir.

Pour être honnête avec lui-même, il lui fallait bien reconnaître qu'il avait une liaison, ce qui constituait une première pour lui. Avec Connie, il ne s'était pas agi de cela. Les jeunes n'ont pas de liaison, ils tombent amoureux. Et s'il était une chose dont Brody voulait à tout prix se garder, c'était bien de faire de son aventure avec Kate une histoire d'amour.

Ils s'aimaient bien. Ils étaient attirés l'un par l'autre. Ils appréciaient les bons moments qu'ils passaient ensemble. Mais ni lui ni elle n'avaient laissé transparaître qu'il pût y avoir autre chose entre eux que du désir et de la tendresse. Et il en était très bien ainsi… Avant toute chose, Brody était père d'un jeune garçon qui aurait besoin de lui de nombreuses années encore. Une jeune femme aussi brillante que Kate avait bien mieux à faire, selon lui, qu'à lier son existence à celle d'un homme en charge d'un enfant de six ans.

Cela tombait bien, songea-t-il en mettant en place un dernier morceau de moulure, car il n'attendait quant à lui rien de plus de leur relation que ce qu'elle lui apportait déjà. Dans le cas contraire, il n'osait imaginer les aménagements, les renoncements, les compromis qu'il aurait fallu consentir dans sa vie — et à quel prix. Un homme adulte et en parfaite condition avait bien le droit d'entretenir une liaison avec une jeune femme belle et consentante sans s'encombrer l'esprit de plans d'avenir. Ainsi, tout le monde y trouverait son compte et personne n'aurait à souffrir.

Après avoir fait claquer encore deux ou trois fois son pistolet à pointes, Brody se redressa et contempla le résultat de ses efforts. Le nouveau bureau de Kate, dont il achevait les finitions, était à son image — beau, raffiné, élégant. Cette pensée lui fit prendre conscience qu'il n'avait cessé, en travaillant, de songer à elle. L'envie d'être à son côté, comme souvent au cours de la journée, lui tenailla les tripes. Où était-elle ? Que faisait-elle ? Auraient-ils l'occasion de s'isoler une heure tous les deux, avant qu'il n'ait à rentrer pour aider Jack à préparer cet exposé sur les dinosaures qu'il devait rendre le lendemain ?

Sexe, menuiserie et dinosaures…, songea-t-il en quittant la pièce avec le sourire. La vie d'un père célibataire était parfois faite de drôles de mélanges.

Examinant avec attention les terribles mâchoires articulées du prédateur de plastique, Kate hocha la tête d'un air satisfait.

— Il va adorer celui-ci.

Tout en remettant en place sur l'étagère quelques jouets qui n'en avaient nul besoin, Annie approuva gravement :

— Offrir un dinosaure à un garçon, c'est être sûr de ne pas se tromper. Et ce Jack O'Connell, si mignon soit-il, ne fera pas exception.

— Mmm…

— Son père n'est pas mal non plus.

— Tu as raison, reconnut Kate. Ils ont tous les deux tiré le gros lot à la loterie de la beauté. Et pour répondre à la question que tu ne me poseras pas : oui, je sors toujours avec Brody.

Par-dessus ses lunettes en demi-lune, la vendeuse de *Funny House* lui lança un regard offusqué.

— Je n'ai rien dit ! Ce n'est pas mon genre de me mêler des affaires des autres.

— Non, dit Kate en fourrant le dinosaure sous son bras. Tu te contentes de fouiner.

D'un baiser sur la joue d'Annie, elle fit taire ses protestations.

— Et c'est pour cela que je t'adore, conclut-elle. Un dernier mot à dire à maman et je m'en vais…

— Tu ne veux pas que j'emballe ce monstre ?

— Non. Enveloppé, ce serait un cadeau. Présenté ainsi, je peux le faire passer pour un soutien dans un projet scolaire…

Annie se mit à rire avant d'en revenir à sa caisse.

— Toujours aussi avisée…

Suffisamment, songea Kate en s'éloignant, pour savoir ce qu'elle voulait et comment l'obtenir… Cela faisait quinze jours — elle les avait comptés avec soin — que Brody et elle avaient fait l'amour pour la première fois. Depuis, ils n'avaient eu qu'une autre soirée à passer tous les deux, et quelques heures à la sauvette ici ou là. Elle voulait beaucoup plus que cela et ne se résolvait pas à voir en Jack un obstacle à ses projets.

Deux coups brefs contre la porte de la réserve, et Kate ouvrit pour passer sa tête dans l'entrebâillement sans attendre de réponse. Sa mère était à son bureau, les cheveux relevés en chignon et le combiné collé à son oreille. Après l'avoir invitée à entrer d'un signe du doigt, elle prit congé de son correspondant.

— Je vous en remercie... Comme convenu, j'attends la livraison la semaine prochaine.

Après avoir raccroché avec un soupir, elle prit le temps de taper quelques mots sur le clavier de son ordinateur avant de se tourner en souriant vers sa fille.

— Ton timing est parfait. J'ai désespérément besoin d'un bon thé et d'une conversation qui ne concerne pas les jouets.

— Ravie de te rendre service..., répondit Kate en déposant le dinosaure sur le bureau. Je prépare le thé.

Le regard de Natasha, pétillant de malice, courut de la figurine de plastique au visage de sa fille.

— C'est pour Jack ? s'enquit-elle.

— Mmm. Il a un exposé à faire sur les dinosaures. J'ai pensé que celui-ci l'aiderait à gagner quelques points et l'amuserait bien longtemps après.

— C'est un merveilleux petit garçon...

— Oui, c'est bien mon avis.

Kate versa le thé chaud dans deux tasses et reprit :

— Brody a fait du bon boulot avec lui, même s'il disposait d'un matériau de première qualité...

— Sans compter, renchérit Natasha, qu'il n'est pas facile d'être père célibataire.

— Rassure-toi, j'ai l'intention de ne pas le laisser finir le travail tout seul.

154

Kate alla déposer une tasse devant sa mère et prit place avec la sienne sur un siège face à elle.

— Je suis amoureuse de Brody, maman…, reprit-elle avec un sourire ému. Et je compte bien l'épouser.

— Oh, Kate !

Les yeux déjà mouillés de larmes, Natasha se dressa d'un bond pour aller s'accroupir devant sa fille et la serrer dans ses bras.

— C'est merveilleux ! Je suis tellement heureuse pour toi, pour nous tous. Je n'arrive pas à y croire… Tu seras la plus belle des mariées. Quelle date avez-vous fixée ? Il y a tellement à faire ! Ton père va en être malade…

S'amusant de sa précipitation, Kate posa son thé sur le bureau et lui prit les mains.

— Attends un peu ! protesta-t-elle en riant. Nous n'avons pas fixé de date, parce que je ne l'ai pas encore convaincu de me demander en mariage…

— Mais…

— D'autre part, je ne peux pas le faire moi-même. Sur ce chapitre, Brody est plutôt… classique. Tout ce que j'ai à faire, c'est lui donner un petit coup de pouce pour l'amener à passer à la phase suivante.

Troublée, Natasha s'assit sur ses talons et dévisagea sa fille avec inquiétude.

— Katie… Un mariage n'est pas un projet que l'on peut faire avancer étape par étape… J'ai toujours applaudi ton pragmatisme et ta détermination à atteindre tes buts. Mais en ce qui concerne l'amour, la logique a rarement son mot à dire…

A présent au bord des larmes elle aussi, Kate hocha la tête d'un air obstiné.

— Je le sais bien, dit-elle, mais que puis-je y faire si je l'aime ? Sans compter que je sais maintenant vouloir être aussi une mère pour Jack… A mes yeux, il est bien plus que le merveilleux petit garçon dont tu parlais. D'une certaine manière, il me fait craquer autant que son père, lui aussi…

Natasha se remit sur ses pieds et fit un pas vers son bureau pour y récupérer le dinosaure, qu'elle se mit à étudier en souriant rêveusement. Dans sa mémoire flottait le souvenir d'une petite fille blonde prénommée Freddie, serrant contre elle sa poupée de chiffon en s'accrochant affectueusement à son cou.

— Je vois ce que tu veux dire…, assura-t-elle. Je sais ce que c'est, moi aussi, de se sentir la mère d'un enfant qui n'est pas le sien. Je suis persuadée que tu feras une bonne mère pour Jack, et une merveilleuse épouse pour Brody.

— Alors pourquoi t'inquiètes-tu ?

— Parce que tu es ma petite fille chérie ! s'insurgea Natasha en reposant le jouet. Et parce que je ne veux pas te voir souffrir. Tu te sens prête à ouvrir ton cœur, à partager ta vie, mais cela ne signifie pas que Brody est prêt à le faire lui aussi…

— Il tient à moi.

Les inquiétudes de sa mère ne pouvaient que raviver le doute qui taraudait Kate. Comme pour s'en convaincre elle-même, elle répéta, avec une énergie superflue :

— Je sais qu'il tient à moi ! Il est juste prudent, à cause de Jack…

— Brody est un homme bon…, approuva Natasha. Mais t'a-t-il dit qu'il t'aime, lui aussi ?

Avec un soupir de frustration, Kate se leva et se mit à déambuler dans la pièce.

— Non, reconnut-elle. Mais cela ne veut pas dire qu'il ne m'aime pas… Peut-être faut-il lui laisser le temps de s'en apercevoir. Je suis prête à être patiente, maman. Très patiente. Mais cela…

Sa voix se brisa dans un sanglot, et elle courut se réfugier dans les bras de sa mère.

— Mais cela, conclut-elle, ne m'empêche pas d'être morte de peur !

— Mon pauvre bébé…, murmura Natasha en lui caressant les cheveux. Souvent l'amour n'est pas une sinécure…

Une dizaine de fois au cours de l'après-midi, Kate dut résister à l'envie de se précipiter sur le chantier, autant pour y constater l'avancée des travaux que pour satisfaire son envie de serrer Brody dans ses bras. Heureusement, il lui fallut répondre aux nombreux coups de fil que la publicité qu'elle avait fait paraître pour annoncer l'ouverture de son école avait suscités.

L'école de danse Kimball n'ouvrirait qu'en avril, et elle pouvait déjà compter sur six inscriptions. Qui plus est, rendez-vous était pris la semaine suivante avec un journaliste intéressé par son aventure. Nul doute qu'un article bien placé dans le journal local susciterait de nouveaux coups de fil et de nouvelles inscriptions.

Plus que quelques semaines, songea-t-elle en rangeant sa voiture derrière la camionnette garée dans l'allée devant chez Brody, et une nouvelle étape de sa vie professionnelle commencerait pour elle. Quant à sa vie privée, elle n'avait nulle intention de la laisser à la traîne…

Il vint lui ouvrir pieds nus, dans un jean troué aux genoux sous un T-shirt maculé de peinture, et Kate dut se retenir pour ne pas lui sauter au cou tant elle le trouvait sexy dans cette tenue.

— Désolée de passer à l'improviste, s'excusa-t-elle. J'ai quelque chose à remettre à Jack pour l'aider à apprivoiser les dinosaures…

Sans grand succès, Brody tenta d'essuyer ses doigts maculés d'encre sur son jean.

— Aucun problème…, assura-t-il en s'effaçant sur le seuil. Nous sommes en plein chantier dans la cuisine.

— Rien n'est trop beau pour réussir un exposé…

En lui emboîtant le pas après avoir refermé la porte, Brody s'étonna qu'elle eût gardé à la mémoire ce devoir dont il se rappelait à peine lui avoir parlé.

Sur le seuil de la cuisine, elle s'immobilisa et observa la scène d'un œil attendri. A genoux sur une chaise au bord de la table, Jack était fort occupé à colorier sur une feuille de la taille d'un poster ce qui ressemblait à l'ébauche d'un cochon — tendance Salvador Dali.

Plusieurs gros livres traitant de la préhistoire étaient ouverts devant lui, parmi de nombreuses sorties d'imprimante probablement recueillies sur Internet. Quelques répliques de dinosaures en caoutchouc et un amoncellement de feutres, ciseaux, bâtons de colle et crayons en tout genre complétaient l'équipement.

Dans un coin de la pièce, une paire de godillots de chantier voisinait avec des baskets d'enfant. Non loin de là, sur un comptoir, Kate aperçut un pichet à demi rempli d'un liquide d'un vert agressif. Aux traces qui maculaient les lèvres de Jack, elle devina qu'il devait s'agir d'une boisson et non de peinture.

Au premier pas qu'elle fit pour rejoindre Jack, sa semelle faillit rester collée au carrelage.

— Un petit accident de limonade, expliqua Brody en réponse au regard intrigué qu'elle lui lançait. J'ai peut-être nettoyé un peu vite les dégâts…

— Salut, Kate ! s'exclama joyeusement Jack en la voyant approcher. Je dessine des dinosaures…

— C'est ce que je constate, beau Jack. Comment s'appelle celui-ci ?

— C'est un sté… go… saure ! Regarde, il est là dans le livre. Mais moi et p'pa, on sait pas très bien dessiner…

— Peut-être, admit-elle en admirant le vert fluo dont il était en train de couvrir l'animal, mais tu sais très bien colorier !

Jack se rengorgea et se remit à l'ouvrage.

— Facile ! Suffit de pas dépasser les traits. C'est pour ça qu'on les a faits épais…

— Bien vu…

Postée derrière lui, Kate étudia un long moment le poster. Elle vit les fines lignes bleues que Brody avait tracées en haut de la feuille pour délimiter le titre. Jack avait appelé son travail « Une parade de dinosaures ». Ce qui paraissait on ne peut plus approprié étant donné la longue procession de monstres, collés ou dessinés, qui serpentait en diagonale sur la feuille.

— Tu t'en sors vraiment bien ! le félicita Kate. Si bien que tu n'auras peut-être pas besoin de ce que je t'ai amené pour t'aider.

Dévoré par la curiosité, Jack se tourna vers elle.

— C'est quoi ?

D'un grand geste théâtral, elle sortit de son sac le dinosaure.

— C'est un T-Rex ! s'exclama-t-il, aux anges, en sautant sur ses jambes. Regarde, p'pa ! Il mangeait tout sur son passage. C'était le roi des dinos…

Brody hocha la tête avec respect et posa la main sur l'épaule de son fils.

— Très impressionnant ! reconnut-il.

159

— Je peux le prendre à l'école ? Regarde, ses jambes et sa tête bougent... Et même sa bouche !

— J'ai pensé, intervint Kate, qu'il te serait bien utile pour animer ton exposé. Accroché à sa patte, tu as un petit livret qui explique tout sur lui.

— Ce qui s'appelle joindre l'utile à l'agréable..., commenta Brody. Jack, ne crois-tu pas qu'un gros merci s'impose ?

Tout en faisant avancer la figurine sur le poster, Jack obtempéra sans se faire prier.

— Merci, Kate ! Merci mille fois ! Il est vraiment super...

— Ça ne me donne pas droit à un petit baiser ?

Hilare, le garçon plaqua ses deux mains sur sa bouche et détourna la tête.

— D'accord. Alors, j'embrasserai ton père...

Sans laisser à Brody le temps de réaliser ce qui lui arrivait elle fondit sur sa bouche et y déposa un baiser. Quand Jack était auprès d'eux, elle avait remarqué qu'il évitait soigneusement tout contact physique avec elle. Cela, décida-t-elle en passant un bras conquérant autour de sa taille, n'avait déjà que trop duré... Tout en ne perdant pas une miette du spectacle, Jack manifesta bruyamment son dégoût.

— Une femme doit savoir prendre ses baisers où elle peut ! proclama Kate en relâchant son étreinte. A plus tard, les hommes...

Laissant Brody, statufié sur place, se débrouiller seul avec son fils, elle se dirigea vers la sortie.

— Tu peux pas rester ? se désola Jack. On doit manger des sandwichs pour le dîner !

— Désolée de manquer ça, répondit-elle par-dessus son épaule, mais j'ai un rendez-vous en ville.

160

Ce qui était la stricte vérité, mais n'expliquait pas tout. Kate avait en effet décidé que son guet-apens serait d'autant plus efficace que sa visite serait courte.

— Ce week-end, lança-t-elle sur le seuil avant de s'éclipser, si vous n'êtes pas trop pris, nous pourrions peut-être aller au ciné tous les trois ?

— Super ! lança Jack, déjà consolé.

— A demain, Brody… Non, non, ne te dérange pas. Je connais le chemin.

Un silence parfait, troublé seulement par le bruit du feutre de Jack sur la feuille, s'appesantit sur la cuisine bien longtemps après que Kate eut claqué la porte derrière elle. Quand son fils, enfin, se risqua à le rompre, Brody comprit que ses ennuis ne faisaient que commencer…

— Papa ?

— Mmm…

— Ça t'a plu, que Kate t'embrasse ?

Songeant avec fatalisme qu'il ne lui était à présent plus possible de reculer, Brody prit une chaise et vint s'asseoir face à son fils.

— Même si cela te semble bizarre pour le moment, commença-t-il prudemment, tu dois comprendre qu'en grandissant les garçons finissent par aimer embrasser les filles… et se laisser embrasser par elles.

— Juste par les plus jolies ?

— Non… Enfin, pas vraiment. Les hommes et les femmes s'embrassent quand ils s'aiment, qu'ils soient beaux ou pas.

Un sourire radieux apparut sur les lèvres du garçon. Ses yeux pétillèrent de joie.

— Et nous, on l'aime Kate. Pas vrai, p'pa ?

— Bien sûr qu'on l'aime !

Soulagé de voir s'éloigner la menace de questions nettement plus précises, Brody sourit à Jack et lui ébouriffa affectueusement les cheveux.

— Papa ? reprit celui-ci.

— Oui, Jack ?

— Est-ce que vous allez vous marier, toi et Kate ?

Brody ne fut pas plus choqué que si son fils venait brutalement de lui ôter sa chaise sous lui.

— Bon sang, Jack ! Où es-tu allé pêcher une idée pareille ?

Surpris, Jack darda sur lui deux grands yeux pleins d'innocence.

— Tu viens de dire que tu l'aimes ! protesta-t-il. Et puis vous aimez vous embrasser, et ce sont les gens mariés qui s'embrassent, comme les parents de Rod...

— C'est un peu plus compliqué que ça..., marmonna Brody, incapable de soutenir son regard. Il arrive que l'on s'embrasse sans être mariés et puis... le mariage est une chose vraiment sérieuse. Les gens qui se marient doivent être sûrs de bien se connaître, et de s'aimer vraiment...

— Mais tu la connais, Kate ! Et puis tu l'aimes... Pas vrai que tu l'aimes ?

Brody ouvrit la bouche, puis la referma sans avoir prononcé le moindre mot. Comme il était étrange, songea-t-il, de constater combien il était plus facile de se mentir à soi-même que de mentir à son fils... La réponse la plus simple — et la plus honnête — aurait été de lui dire qu'il n'en savait rien. Un gros point d'interrogation lui obscurcissait l'esprit dès qu'il était question de Kate Kimball.

— Les choses sont un peu compliquées, Jack.

— Pourquoi ?

Brody se laissa aller à soupirer, regrettant presque de ne pas avoir eu à répondre plutôt à des questions franches et directes sur le sexe.

Quand il se décida enfin à parler, il le fit en fixant son fils droit dans les yeux.

— J'aimais beaucoup ta maman. Tu le sais, n'est-ce pas ?

Jack hocha solennellement la tête et dit :

— Elle était très jolie, elle aussi. Vous vous aimiez très fort, et si elle avait pas dû monter au ciel, vous vous aimeriez encore...

— Tu as tout compris... Quand ta maman est morte, j'ai dû me concentrer pour surmonter mon chagrin sur l'amour que je te porte à toi. Et cela a très bien marché. On s'en est bien sortis, tous les deux. Pas vrai ?

— Tu l'as dit ! On forme une équipe, tous les deux.

Reconnaissant ses propres paroles dans la bouche de son fils, Brody se mit à rire et lui tendit ses doigts pour une franche poignée de main.

— Exact ! lança-t-il. Alors maintenant, voyons ce que cette équipe peut faire de ces dinosaures...

— O.K. !

Docilement, Jack ramassa son crayon et se remit à colorier. Il aimait bien l'idée qu'il formait avec son père une équipe, mais il ne détestait pas non plus imaginer qu'un jour Kate se joindrait à eux...

8.

Soigneusement, Brody mit en place un des éléments bas de la future cuisine de Kate et en vérifia le niveau. En tendant l'oreille, il pouvait entendre les bruits de chantier du rez-de-chaussée, où deux membres de son équipe mettaient la dernière main aux travaux. Au premier, il restait encore pas mal à faire, mais les choses commençaient à prendre tournure. Il y œuvrait avec d'autant plus d'ardeur que l'endroit allait avoir fière allure. L'appartement idéal pour un célibataire, songea-t-il, ou à la rigueur pour un couple sans enfants.

Est-ce que vous allez vous marier, toi et Kate ? Tout en vissant le piètement du petit placard pour en rectifier le niveau, Brody soupira bruyamment. Depuis qu'il la lui avait posée, la question de Jack ne cessait de revenir le hanter. Il était pourtant simple d'écarter d'emblée une telle éventualité. Il ne pensait pas au mariage, ne pouvait même pas se permettre d'y penser. Il avait un fils à éduquer, et son affaire commençait tout juste à démarrer. Même si l'envie lui en était venue, il était tout simplement irréaliste à ce stade de se compliquer encore l'existence.

Il avait déjà commis l'erreur, autrefois, de se marier précipitamment. Il ne le regrettait pas, ne l'avait jamais regretté, mais il lui fallait bien pourtant tirer les leçons du passé. Qu'avait-il à gagner à se précipiter dans une direction aussi hasardeuse alors que sa vie commençait tout juste à prendre tournure ? Assurément rien d'autre que des ennuis, songea-t-il en fixant le vide.

De toute façon, Kate Kimball ne pouvait pas songer au mariage, elle non plus. Fraîchement débarquée à Shepherdstown, elle avait son école de danse à mettre sur pied et bien d'autres chats à fouetter. De plus, que pouvait-il avoir à faire avec une femme qui parlait le français, qui était allée en Europe et aux quatre coins du monde, qui tutoyait les plus grands artistes ? Pour quelle raison une telle femme aurait-elle souhaité lier son existence à celle d'un simple charpentier enraciné avec son fils dans une petite ville de Virginie-Occidentale ?

Connie et lui, conclut-il pour lui-même, avaient été suffisamment jeunes et amoureux pour se lancer dans l'aventure sans réfléchir. Mais les choses avaient bien changé. Il était à présent, tout comme Kate, un adulte responsable. Ils étaient assez intelligents, l'un comme l'autre, pour apprécier ce que leur liaison avait à leur offrir, sans se croire obligés pour autant de se passer la bague au doigt...

La main qui vint soudain se poser sur son épaule tira Brody de ses pensées et le fit sursauter. Laissant tomber son tournevis, il se dressa sur ses jambes.

— Bon sang, O'Connell ! Je t'ai foutu les jetons ?

Avec un soupir de soulagement, Brody sourit à Jerry Skully. Le père de Rod était un ami d'enfance. A trente ans passés, il conservait une allure juvénile et un sourire de gamin farceur.

— Je ne t'avais pas entendu arriver.

— Sans blague ! s'amusa-t-il. J'ai dû t'appeler une douzaine de fois. Avoue plutôt que tu planais...

Les mains sur les hanches, Jerry se mit à déambuler dans la pièce d'un air important. Un type en costume-cravate, songea Brody, paraîtrait toujours incongru, quoi qu'il fasse, sur un chantier…

— Besoin d'un job ? lança-t-il. J'ai un marteau en trop…

Tous deux rirent de bon cœur à cette blague éculée entre eux. Depuis toujours, Jerry était un crack en mathématiques, incapable de changer une ampoule sans suivre à la lettre un mode d'emploi…

— Où en sont ces étagères que tu devais monter ? demanda Brody avec un sourire entendu.

— Elles sont montées, répondit Jerry en lui rendant son sourire. Beth m'a soutenu que le Saint-Esprit s'en était chargé… Tu ne serais pas au courant, par hasard ?

— Je ne travaille pas avec le Saint-Esprit. Il est trop cher.

— Dommage… En tout cas, je lui suis drôlement reconnaissant. Grâce à lui, Beth me fiche la paix.

Concluant ces remerciements déguisés par un clin d'œil complice, Jerry reprit son inspection des lieux.

— Ça prend tournure, en bas…, lança-t-il. Carrie ne cesse de nous harceler, Beth et moi, avec cette histoire de cours de danse. Apparemment, l'école pourra ouvrir le mois prochain, comme prévu…

— Apparemment. Cet étage n'est pas terminé et il nous faut encore arranger les extérieurs, mais l'école en elle-même est pratiquement achevée.

Brody se pencha pour mettre en place l'élément suivant de la cuisine intégrée et reprit :

— Qu'est-ce que tu fais là au beau milieu de l'après-midi ? Ta banque te paie donc à ne rien faire ?

166

— Les banquiers travaillent plus dur que tu ne le penses...

— Cause toujours, col blanc !

Se tournant vers Jerry, Brody renifla ostensiblement d'un air dégoûté.

— C'est du parfum que je sens là ?

— De l'after-shave, paysan ! Je rentre d'un rendez-vous écourté chez un client. Je me suis dit que je pourrais en profiter pour venir te casser les pieds et faire d'une pierre deux coups. Tu ne le sais peut-être pas, mais c'est nous qui finançons ce projet.

— Tu n'as pas à t'en faire. Ta cliente a embauché le meilleur entrepreneur du coin.

— Et d'après ce que je me suis laissé dire, conclut Jerry d'un air entendu, elle ne s'est pas contentée de l'embaucher...

Brody soupira et lança par-dessus son épaule :

— Petites villes, grandes langues...

Jerry le rejoignit et s'appuya de l'épaule contre le mur pour le regarder travailler.

— Connaissant Kate Kimball, reprit-il, ce n'est pas moi qui te jetterais la pierre. Tu as déjà vu un ballet ?

— Non.

— Moi, oui. Ma petite sœur — tu te rappelles de Tiffany ? — a pris des leçons de danse pendant des années. Elle a fini par danser *Casse-Noisette*. Mes parents m'y avaient traîné. On y trouve quelques bons moments — des souris géantes, des combats à l'épée. Mais le reste, tu vois, tous ces gars en collant en train de faire virevolter des filles en tutu...

— Je vois.

— Au fait, sais-tu que Tiffany est revenue, après deux ans passés dans le Kentucky ? Elle s'est décidée à divorcer du pauvre type qu'elle avait commis l'erreur d'épouser. Elle va rester chez nous un moment, le temps de faire surface.

Absorbé par son travail, Brody hocha la tête.

— Alors je me disais, poursuivit Jerry, puisque te voilà de nouveau disponible pour ces dames, que tu pourrais peut-être sortir un peu avec elle... Histoire de lui changer les idées. Une petite toile, un restaurant...

— Mmm.

Inquiet à l'idée d'avoir commis une erreur, Brody se pencha pour étudier attentivement le plan posé à ses pieds.

— Ce serait chouette pour elle, tu sais..., persévéra Jerry. Tiff n'a pas rigolé tous les jours avec son mari. Elle a bien mérité qu'un type la traite décemment...

— Sûr...

— Tu sais, elle avait un petit béguin pour toi quand nous étions gamins. Alors c'est promis ? Tu lui passes un coup de fil, un de ces quatre ?

A ces mots, Brody parut sortir d'un songe.

— Un coup de fil ? s'étonna-t-il en se tournant vers son ami. A qui ça ?

— Mais à Tiff, bien sûr ! Ma sœur. Tu l'appelles pour l'inviter à sortir, et tu...

— Pourquoi devrais-je faire ça ?

— O'Connell ! Tu étais d'accord...

Comprenant enfin de quoi il retournait, Brody lâcha son niveau et se redressa pour lui faire face.

— Pas si vite ! protesta-t-il. D'une certaine manière, je suis engagé avec Kate...

— Et alors ? fit Jerry. Tu n'es pas marié avec elle. Vous ne vivez pas ensemble. Où est le problème ?

Le problème, songea Brody, était qu'il n'avait pas la moindre envie de lancer une invitation à la sœur de Jerry. Mais cela, il pouvait difficilement le lui dire.

— Ecoute, Jerry. Tu sais que je ne suis pas... disponible pour les femmes.

— Et pourtant, tu sors avec Kate Kimball !

— Non, je ne sors pas avec elle. Je veux dire... Nous avons juste...

Alors qu'il détournait le regard, à la recherche d'une idée pour finir sa phrase sans trop mentir, Brody aperçut sur le seuil de la pièce Kate qui les observait.

— Hum ! fit-il d'un air gêné. Hello, Kate !

— Hello, répondit-elle d'une voix glaciale. Désolée de vous interrompre...

Sachant reconnaître une situation potentiellement explosive, Jerry battit en retraite vers la sortie.

— Salut, Kate ! lança-t-il. Content de vous revoir.

Puis, avec un coup d'œil nerveux à sa montre :

— Sapristi ! Il est déjà cette heure-là ? Il faut que j'y aille. Je te rappelle, Brody...

Sans demander son reste, Jerry s'engouffra dans la cage d'escalier. Ne sachant que faire d'autre, Brody ramassa son tournevis sur le sol et se tourna vers Kate.

— C'était Jerry Skully, l'informa-t-il piteusement.

— Oui, je connais Jerry.

Préférant ne pas s'appesantir sur le sujet, Brody s'empressa de préciser :

— Je pense avoir fini terminé ce soir de poser les meubles de cuisine. Tu as fait le bon choix avec le merisier... Dans la chambre, la cloison du cabinet de toilette est posée. Plus qu'une couche d'enduit à passer.

— Merveilleux...

Kate avait la sensation de sentir sa colère bouger dans son ventre comme un nid de vipères sifflantes. Elle n'avait pas la moindre intention de les calmer pour les empêcher de piquer Brody...

— Ainsi, dit-elle d'une voix étrangement calme, nous ne sortons pas ensemble. Nous avons juste...

Les bras croisés, elle s'avança de quelques pas pour se planter au milieu de la pièce.

— Quelle aurait été la fin de ta phrase, si tu ne m'avais pas aperçue ? *Couché ensemble ?* Voire un autre terme plus cru mais tellement plus expressif ?

— Jerry m'a pris de court...

— Vraiment ! Est-ce la raison pour laquelle tu lui as si clairement indiqué que nous étions *d'une certaine manière* engagés ensemble ? Je n'avais pas réalisé que tu avais tant de mal à définir la nature de nos relations. Ni que ces relations — de quelque nature qu'elles soient — puissent t'embarrasser auprès de tes amis.

— Attends un peu ! s'écria Brody en reposant sans douceur son tournevis dans sa caisse à outils. Si tu voulais espionner notre conversation, tu aurais dû le faire depuis le début... Jerry voulais que je sorte avec sa sœur, et j'essayais de lui faire comprendre pourquoi ce n'était pas une bonne idée.

— Je vois.

A cet instant, Kate aurait pu avaler d'un trait une pleine boîte de clous et les lui recracher à la figure.

— Pour ta gouverne, dit-elle d'une voix sifflante, je n'espionnais pas votre conversation. Je suis ici chez moi, et j'ai le droit d'entrer où bon me semble quand bon me semble.

170

Kate franchit les derniers mètres qui les séparaient et martela ses paroles en lui enfonçant plusieurs fois l'index dans la poitrine.

— Et laisse-moi te dire une chose, O'Connell... Je ne suis pas du genre à coucher à droite à gauche !

— Arrête ! gémit-il. Qui a dit une chose pareille ?

— Quand je *sors* avec un homme, reprit-elle, je sors avec cet homme-là, et pas avec un autre. Point final. Et s'il n'est pas capable de faire de même, j'attends au moins qu'il ait l'honnêteté de me le dire...

— Je n'ai pas...

— De plus, l'interrompit-elle, je n'apprécie pas plus que cela d'être une excuse que tu sors de ton chapeau pour éviter de rendre service à un ami. Et puisque *d'une certaine manière* nous ne sortons pas ensemble, tu peux te sentir libre d'inviter la sœur de Jerry Skully et même toutes les femmes de cette ville si ça te dit !

Sans lui laisser le temps de protester, Kate tourna les talons et se dirigea vers l'escalier, laissant flotter derrière elle un chapelet de jurons en ukrainien.

Une heure plus tard, comme si la colère et la frustration avaient pu lui donner des ailes, Brody achevait de mettre en place le dernier élément de cuisine. Il avait déjà rejoué une douzaine de fois dans sa tête la pénible scène qui venait de l'opposer à Kate, et chaque fois lui venaient de nouveaux arguments irréfutables et définitifs. A la première occasion, se promit-il, il se ferait un plaisir de les lui assener...

Il n'allait certainement pas se mettre à plat ventre devant elle, songea-t-il en se penchant à l'intérieur d'un placard pour y vérifier les supports d'étagères qu'il venait

171

de poser. Il n'avait rien à se faire pardonner. En fait, cette dispute tombait à point pour lui rappeler à quel point il était heureux de mener sa vie en solo…

En se retournant pour sortir du placard, Brody faillit entrer en collision avec Spencer Kimball, qu'il n'avait pas entendu approcher.

— Que se passe-t-il sur ce chantier ? s'impatienta-t-il. Je vais finir par poser des panneaux : « Interdit aux femmes et aux gratte-papier »…

Sous le coup de la surprise, Spencer fronça les sourcils. Depuis qu'il connaissait Brody, c'était bien la première fois qu'il le voyait s'énerver.

— Désolé…, s'excusa-t-il. J'en conclus que je ne suis pas le premier à vous casser les pieds aujourd'hui.

Déterminé à poursuivre son travail contre vents et marées, Brody alla chercher la pile d'étagères qu'il avait préalablement taillées.

— Non, répondit-il en mettant en place la première d'entre elles. C'est moi qui suis désolé. J'ai eu une dure journée…

— Apparemment vous n'êtes pas le seul. J'ai trouvé Kate dans son bureau, mais elle ne m'a pratiquement pas dit bonjour…

Délibérément, Brody s'absorba dans la mise en place ses étagères.

— Dois-je en conclure, reprit le père de Kate, que vous vous êtes disputés, tous les deux ?

— Nous n'en avons pas eu le temps ! Elle s'est jetée sur moi sans raison pour me réduire en pièces avant que j'aie pu réaliser ce qui m'arrivait…

Le menton pincé entre le pouce et l'index, Spencer hocha la tête d'un air amusé.

172

— Je vois…, grogna-t-il. Au risque de fourrer mon nez dans une affaire qui ne me concerne pas, sachez que dans notre famille les femmes ont toujours une raison pour sauter à la gorge de leurs hommes. Savoir si cette raison est valable ou non est une autre histoire.

— Les femmes…, marmonna Brody. Les ennuis ne sont jamais loin quand on les laisse s'approcher…

— Difficile cependant de faire sans elles, vous ne croyez pas ?

— Je me débrouillais très bien, tout seul avec Jack, avant que votre fille ne débarque… Pour quelle raison les femmes compliquent-elles toujours tout, avant de vous faire passer à vos propres yeux pour le dernier des imbéciles ?

— Mon garçon, commenta Spencer avec gravité, voilà des générations que les hommes se posent cette question. Il n'y a qu'une seule réponse : *parce que.*

Sans pouvoir s'empêcher d'en sourire, Brody recula pour vérifier d'un coup d'œil le niveau des étagères.

— De toute façon, dit-il avec fatalisme, cela n'a plus d'importance à présent que votre fille m'a jeté…

— Vous ne me paraissez pas être le genre d'homme à se laisser écarter si facilement. Quant à ma fille, cela ne lui ressemble pas non plus de se montrer aussi inconséquente dans ses relations. Elle peut se laisser aller à la colère, certes, mais c'est ce qui fait une partie de son charme. Et croyez-moi, vous vous y ferez vite…

Muni d'une feuille de papier de verre et d'un chiffon humide, Brody s'attela aux dernières retouches à faire dans la cuisine. Il aurait pu laisser ce travail à l'un de ses ouvriers, mais il avait besoin pour se calmer de s'occuper les mains.

173

— Elle m'a insulté en ukrainien ! grogna-t-il par-dessus son épaule. Je n'ai pas compris un traître mot, mais cela n'avait pas l'air très amical…

— Vraiment ! s'exclama Spencer, de plus en plus amusé. Alors, vous avez réellement dû la mettre en colère. Sans doute vous a-t-elle menacé d'aller vous faire frire à la broche sur les feux de l'enfer… C'est un traitement que sa mère aimerait souvent me faire subir à moi aussi.

Spencer marqua une pause. Durant un instant, seul se fit entendre le bruit du papier de verre frottant le bois.

— Brody ? fit-il enfin. Puis-je vous demander si vous avez des sentiments pour ma fille ?

Les paumes soudain moites, Brody cessa de poncer et se redressa pour faire face à son visiteur.

— Monsieur Kimball, dit-il d'un ton déterminé, je…

— Spence…, l'interrompit-il, je sais que c'est une question délicate, mais j'aimerais une réponse.

— Avant que je vous la donne, grommela Brody, cela ne vous dérangerait pas de vous éloigner de cette caisse à outils ? Il y a dedans quelques instruments tranchants…

Spencer plongea ses mains au fond de ses poches et promit :

— Vous avez ma parole que je ne vous provoquerai pas en duel au tournevis. Quelle que soit la réponse…

— D'accord. J'ai des sentiments pour Kate, même s'ils restent pour le moment assez flous. Mais cela n'enlève rien au fait que je ne peux pas m'engager avec elle. Je ne suis pas en position de le faire.

— Puis-je vous demander pourquoi ?

— Cela me paraît évident, non ? Je suis veuf et père célibataire. Je me débrouille pour assurer à mon fils une vie décente, mais ce n'est rien à côté de ce à quoi Kate est habituée, ou de ce à quoi elle peut prétendre…

Pivotant sur ses talons, Spencer se mit à déambuler dans la pièce, caressant du plat de la main les surfaces nettes et satinées de la nouvelle cuisine.

— Les Stanislaski vous ont fait passer un sale quart d'heure, n'est-ce pas ?

— Je vous demande pardon ?

— Comme beaucoup de familles, répondit Spencer en s'amusant de sa surprise, la nôtre peut se montrer intrusive en voulant trop protéger les siens. Mais, vous le découvrirez vite, nous respectons les choix et les sentiments des uns et des autres... Nous sommes bien placés pour savoir que juger un homme ou une femme à sa condition est une erreur. Je suis issu d'une famille fortunée, tout comme Sydney Hayward, la femme de mon beau-frère Mikhail. Mais mon beau-père, Yuri, était charpentier, tout comme vous. Zack, le mari de ma belle-sœur Rachel, gère une brasserie à New York. Quand à Nick LeBeck, qui a épousé ma fille Freddie, il a failli faire carrière dans un gang de rue...

Après une courte pause ponctuée d'un soupir, il cessa sa déambulation et conclut :

— Puisque vous avez des sentiments pour Kate, laissez-moi vous donner un avis non sollicité. Vous en ferez ce que vous voudrez... Ne la laissez pas fulminer dans son coin. Quel que puisse être le problème qui vous oppose, tenez-lui tête et ne vous laissez pas faire. Si elle avait réellement voulu se débarrasser de vous, elle l'aurait fait avec politesse et civilité.

Décidant qu'il avait donné à Brody suffisamment de grain à moudre, Spencer gagna le seuil de la pièce et se retourna.

— Ainsi, dit-il en contemplant le chantier d'un œil pensif, voilà à quoi je dois m'attendre quand Nat aura réussi à vous faire refaire notre cuisine. Croyez-moi, ce n'est pas vous qui avez les pires problèmes...

Quand Spencer Kimball eut quitté la pièce, Brody resta un long moment à fixer l'encadrement vide de la porte. S'il n'avait pas rêvé toute cette scène, le père de Kate venait de lui conseiller d'aller se disputer avec sa fille... Quel genre de famille était-ce là ?

Ses parents à lui ne se disputaient jamais — du moins, pour ce qu'il en savait. Sans doute l'obéissance absolue de sa mère aux règles fixées par son mari rendait-elle inutile toute dispute. Quant à Connie, il ne s'était jamais véritablement querellé avec elle. Bien sûr, il leur était arrivé d'avoir des points de désaccord, qu'ils avaient surmontés la plupart du temps en les ignorant. Coupés de leur famille et solitaires comme ils l'étaient l'un et l'autre, comment auraient-ils pu se permettre de briser une harmonie conjugale qui était tout ce qui leur restait ?

La colère, conclut-il en commençant à ranger ses outils, ne lui avait jamais attiré autre chose que des ennuis, avec son père comme à l'école ou au cours de son apprentissage de charpentier. Pour éviter d'avoir à en pâtir, il avait appris à la maîtriser, à agir avec sa tête plutôt qu'avec ses tripes. Ce qui ne faisait parfois que la rendre plus incontrôlable, comme le prouvait sa récente altercation avec Bob O'Connell...

Une chose était certaine en tout cas : il n'aurait pas l'esprit en paix tant qu'il n'aurait pas tiré les choses au clair avec Kate. Avant de la rejoindre dans son bureau, Brody alla faire le point avec ses hommes sur le travail en cours et les libéra avant l'heure. Pour ce que Kate et lui avaient à se dire, songea-t-il, un auditoire curieux et attentif n'était pas absolument nécessaire...

176

Avec un grognement de satisfaction, Kate assena un grand coup sur la tête d'un clou, songeant avec une sombre jubilation que Brody O'Connell — le porc ! — n'était pas le seul à savoir se servir d'un marteau.

Galvanisée par la fureur qui bouillonnait toujours en elle, elle venait de passer deux heures à aménager méticuleusement son bureau. Tout serait parfaitement en place lorsqu'elle en aurait terminé. Rien ni personne — et surtout pas Brody O'Connell, le fourbe ! — ne l'en empêcherait.

Elle avait placé son bureau exactement où elle l'avait voulu. Ses tiroirs étaient pleins des brochures, du papier à en-tête et des formulaires d'inscription qu'elle avait fait imprimer. Le secrétaire à cylindre dans lequel s'accumuleraient bientôt les dossiers d'inscription de ses élèves avait une belle teinte de bois blond. Elle l'avait déniché dans une salle des ventes, tout comme le tapis fané à motifs de roses et les sièges qui faisaient face à son bureau. Ses locaux professionnels, avait-elle décidé, ne seraient pas décorés avec moins de soin et de goût que ses quartiers privés.

Après avoir accroché le dernier des cadres qu'elle avait choisis, Kate fit un pas en arrière pour juger de l'effet produit et hocha la tête avec satisfaction. Les clichés noir et blanc montraient danseurs et danseuses dans toute la variété de leurs activités — exercices à la barre, entraînements au sol, performances sur scène, habillage en coulisse. De la sueur. De la persévérance. Beaucoup de joie. Quelques larmes… Jour après jour, ces photos lui rappelleraient ce qu'elle avait fait — et ce qui lui restait à faire.

Passant à un autre pan de mur, Kate saisit un clou, le positionna sur la marque tracée au crayon, lui donna un coup de marteau sec et précis. Ces photos, conclut-elle pour elle-même, lui permettraient également de ne pas perdre de vue ce qu'il lui fallait ne plus faire. Par exemple, penser à Brody O'Connell — le salaud ! Un second coup de marteau, plus violent que le précédent, acheva d'enfoncer le clou.

Qu'il aille donc s'afficher au bras de Tiffany ! Comment aurait-elle pu oublier la pulpeuse sœur de Jerry Skully ? Au collège, elle avait toujours été une classe au-dessus de la sienne, à rire et faire des mines aux garçons, habillée de manière provocante et la bouche tartinée de rouge à lèvres... Qu'il aille donc la faire danser — et beaucoup plus, sans doute —, elle en avait terminé avec lui.

— Si tu m'avais dit que tu comptais recouvrir les murs ainsi, commenta soudain la voix de Brody dans son dos, je n'aurais pas surveillé de si près la finition de l'enduit...

Avant de lui répondre, Kate prit le temps de mettre le cadre soigneusement en place et saisit un autre clou.

— J'avais cru comprendre que tu plaçais ta fierté à faire en sorte que tout soit parfait. De toute façon, j'ai le droit de faire ce que je veux de ce mur, puisque j'en ai payé le moindre centimètre carré !

— Exact, grommela-t-il. Si tu veux le transformer en passoire, c'est ton problème.

Piqué par la curiosité, Brody pénétra dans la pièce pour étudier les photos. En dépit de sa mauvaise humeur, il devait reconnaître qu'elles faisaient leur petit effet. Même si pour rien au monde il ne l'en aurait félicitée, Kate avait su les disposer de manière cohérente mais non rigide. Sur nombre d'entre elles, on pouvait la découvrir enfant, puis jeune fille, puis danseuse accomplie. L'une d'elles attira son attention. Assise en tailleur sur le sol, la petite fille qu'elle avait été donnait avec application de grands coups de marteau sur ses chaussons de pointes.

178

— Et moi qui pensais, dit-il en désignant le cliché, que ces chaussures servaient à danser...

Kate, qui n'avait pas manqué de surveiller du coin de l'œil sa déambulation dans la pièce, répondit d'une voix glaciale :

— Pour ton information, les pointes ont besoin d'être cassées pour ne pas blesser le pied des danseurs. C'est une des méthodes pour y parvenir. A présent, si tu veux bien m'excuser, je dois terminer l'aménagement de mon bureau. J'ai quelques rendez-vous demain après-midi.

— Dans ce cas, rétorqua-t-il, cela te laisse tout le temps nécessaire.

D'autant plus, ajouta Brody pour lui-même, que le bureau était déjà opérationnel et accueillant, ce qui de la part de Kate n'était pas pour le surprendre.

— Puisque tu ne comprends pas, insista-t-elle en enfonçant rageusement un nouveau clou, disons que je n'ai aucune envie de discuter avec toi, et que de toute façon je ne te paie pas pour cela.

En deux pas, Brody la rejoignit et lui prit le marteau des mains.

— Ne commence pas avec ça ! s'emporta-t-il. Ta signature au bas d'un chèque ne te donne pas tous les droits sur un plan plus personnel.

Parce qu'elle ne pouvait prétendre le contraire, Kate détourna le regard.

— Tu as raison, reconnut-elle. Mais sur ce plan-là, je considère qu'il n'y a plus rien entre nous.

D'un pas décidé, Brody marcha jusqu'à la porte coulissante, qu'il referma d'un geste.

— Pourquoi fais-tu ça ? demanda Kate.

— Pour préserver notre intimité. Ce qui dans cette maison ne semble pas gagné d'avance...

179

— Rouvre cette porte tout de suite ! s'emporta-t-elle. Et fais-moi le plaisir de disparaître...

— Tais-toi ! rétorqua-t-il. Et assieds-toi.

Les yeux de Kate s'agrandirent démesurément, plus sous l'effet de la surprise que de la colère. Sans plus se préoccuper d'elle, Brody alla déposer le marteau hors de portée sur une étagère et revint la prendre par les épaules pour la forcer à s'asseoir.

— A présent, gronda-t-il, tu vas m'écouter !

Kate, qui commençait à se relever, fut repoussée sans ménagement sur sa chaise. La colère qui l'animait aurait pu exploser si sa surprise de découvrir Brody tellement remonté n'avait pas été si grande.

— Tu l'as prouvé, lança-t-elle d'une voix sifflante, tu es grand et fort. Ne te crois pas obligé de prouver en plus que tu es stupide !

— Et toi, ne me force pas à dire que tu te comportes comme une gamine trop gâtée. Essaie encore une fois de te lever, et je t'attache sans hésiter sur cette chaise ! J'étais plongé dans mes pensées quand Jerry est arrivé sans crier gare. Il m'a pris de court. Lui et Beth sont des amis qui m'ont maintes fois rendu service depuis que je suis revenu à Shepherdstown avec Jack. Je leur suis plus que redevable...

— Et tu comptes te débarrasser de ta dette en flirtant avec Tiffany Skully !

Avec un long gémissement, Brody passa la main dans ses cheveux et se mit à déambuler dans la pièce.

— Je n'ai pas la moindre intention de sortir avec la sœur de Jerry ! cria-t-il. Quand il a commencé à agiter cette idée stupide, j'étais tellement pris par mon travail que je ne l'ai pas écouté. Quand je me suis aperçu de ce qui se passait, j'ai fait de mon mieux pour refuser sans le heurter. Lui et Tiff ont toujours été proches et il s'inquiète pour elle. Que devais-je lui répondre ? « Ta sœur ne m'intéresse pas le moins du monde » ?

— Pourquoi pas ? répondit-elle, relevant fièrement le menton. Mais là n'est pas le problème.

— Alors quel est-il ?

— Le problème est que tu lui as répondu — sans te forcer, manifestement — qu'il n'y a rien d'autre entre nous qu'une coucherie. Le problème est que j'attends plus que cela d'une relation avec un homme — respect, fidélité, loyauté, affection. J'attends d'un homme qu'il soit capable de reconnaître sans avoir à tourner sept fois sa langue dans sa bouche qu'il me fréquente, et qu'il se soucie de moi.

— Bon sang, Kate ! Cela fait dix ans que je n'ai pas eu de relation suivie avec une femme. Tu ne penses pas que cela mérite un peu d'indulgence ?

— Non, je ne le pense pas. En avons-nous terminé ?

Entre ses dents, Brody laissa échapper un juron étouffé. La saisissant aux épaules, il la força à se lever.

— Non, nous n'en avons pas terminé ! Je n'ai pas regardé une autre femme ni eu envie de le faire depuis que j'ai posé les yeux sur toi. Et puisque tu y tiens, je vais faire en sorte que personne dans cette ville ne puisse plus l'ignorer. J'ai de l'affection, de l'admiration, du respect pour toi. Et je n'apprécie pas de passer à mes propres yeux pour un imbécile parce qu'il m'arrive de me montrer maladroit...

— Très bien ! Dans ce cas, restons-en là.

— Si je pouvais en rester là, je ne serais pas là en face de toi à avoir envie de t'étrangler...

— Tu m'as ignorée ! s'emporta Kate. Puis insultée. A présent, tu me maltraites... C'est plutôt moi qui devrais t'étrangler !

Entraînant Kate vers la porte par l'avant-bras, Brody fulmina à mi-voix :

— Je n'ai pas l'intention de m'excuser de nouveau.

— T'excuser de nouveau ? répéta-t-elle. Parce que tu t'imagines l'avoir déjà fait ? Que fais-tu ?

— Tiens-toi tranquille !

Après avoir ouvert la porte, Brody l'entraîna *manu militari* dans le corridor. En vain, Kate tenta de se libérer.

— Si tu ne me lâches pas tout de suite, menaça-t-elle, je...

Le souffle coupé, Kate fut incapable de conclure sa phrase. Sans effort, Brody venait de la charger sur son épaule... D'un bras, il emprisonna ses jambes tandis que l'autre ouvrait à la volée la porte d'entrée. Trop choquée pour résister, Kate tenta de récupérer un peu de dignité en chassant ses cheveux de son visage.

— As-tu complètement perdu la tête ? demanda-t-elle quand ils parvinrent sur le trottoir, après avoir dévalé les marches du porche.

— Complètement ! Dès que je t'ai vue...

Sur le trottoir d'en face, Brody vit une jeune femme sortir d'un immeuble et la héla.

— Madame, s'il vous plaît ?

Surprise, la voisine tourna la tête vers eux et cligna des yeux.

— Euh... oui ?

— Voici Kate Kimball..., dit-il en désignant les jambes emprisonnées sous son bras. Et je suis Brody O'Connell. Je voulais que vous sachiez que nous sortons ensemble.

Indécise, la voisine hocha vaguement la tête.

— Très bien, dit-elle. Mes félicitations...

— Je vous remercie.

Sans demander son reste, après un dernier sourire gêné, la jeune femme tourna les talons et s'éloigna.

Brody reposa Kate sur ses pieds.

— Satisfaite ? demanda-t-il. Ou dois-je poursuivre avec chaque habitant de cette ville ?

Incapable d'exprimer autrement son indignation, Kate le fusilla du regard et tourna les talons.

— Apparemment, marmonna Brody, cela n'a pas suffi...

9.

Brody retint la porte du plat de la main une seconde avant qu'elle ne lui claque au nez.

— Pas si vite ! gronda-t-il en forçant le passage.

Kate recula de quelques pas dans le hall.

— Va-t'en ! cria-t-elle. Nous n'avons plus rien à nous dire. Tu n'es qu'une brute ! Comment oses-tu me maltraiter ainsi, me couvrir de ridicule en pleine rue ?

Brody prit le temps de refermer doucement la porte derrière lui et de s'y adosser.

— Te couvrir de ridicule ? répéta-t-il. Mais je n'ai fait que répondre à tes vœux — assumer notre relation aux yeux de tous, sans... Comment disais-tu, déjà ? Ah oui : sans tourner ma langue sept fois dans ma bouche.

Kate se rendit compte qu'un pas après l'autre Brody était en train de le faire battre en retraite. Ce qui lui faisait le plus peur n'était pas tant le fait qu'il finisse par la coincer contre un mur que le frisson de bonheur anticipé que cette perspective lui procurait...

— Brody..., lança-t-elle d'une voix incertaine. Que penses-tu être en train de faire, exactement ?

— Je m'autorise à être moi-même, répondit-il avec une sombre délectation. Pour la première fois depuis longtemps. Voyons à présent si tu y trouves à redire...

184

— Si tu crois que tu peux…

Les mains larges et fortes de Brody emprisonnèrent ses bras, l'empêchant de poursuivre. Sans effort, il la souleva pour amener son visage à hauteur du sien.

— Tu ferais bien de te calmer…, menaça-t-elle en s'efforçant de ne pas ciller sous son regard de braise.

— Et toi, grogna-t-il, tu ferais bien de te taire.

Comme un rapace sur sa proie, la bouche de Brody fondit sur celle de Kate, étouffant ses protestations.

— Alors ? demanda-t-il quand le baiser eut pris fin. Si tu dois me dire non, c'est maintenant ou jamais…

— Brody, je…

Ce fut tout ce qu'il lui permit de dire avant de lui voler un autre baiser.

— Oui ou non ? insista-t-il, le souffle court.

— Je ne…

Les lèvres de Brody s'égarèrent le long du cou de Kate. Ses dents mordillèrent sa peau.

— Oh, Seigneur… Je…

Le corps parcouru de violents frissons, Kate était incapable de penser clairement. Il devait y avoir au moins une douzaine de raisons pour ne pas lui céder, mais il serait toujours temps de s'en inquiéter plus tard.

— Veux-tu que je m'en aille ? murmura Brody à son oreille. Oui ou non ?

Kate s'entendit gémir. Ses mains étaient partout à la fois sur son corps, possessives, affamées.

— Non ! cria-t-elle enfin en s'accrochant à lui.

Les doigts enfouis dans ses cheveux, elle plaqua violemment sa bouche contre la sienne et lui rendit baiser pour baiser, caresse pour caresse, soupir pour soupir.

Kate ne sut jamais qui le premier des deux attira l'autre sur le sol. Ce qui n'avait aucune importance, puisqu'ils en mouraient d'envie l'un comme l'autre. Il lui aurait été de même difficile de dire qui des deux était le plus acharné à déshabiller l'autre. Mais cela aussi importait peu. Tout ce qui comptait pour elle, c'était de désirer cet homme rude et en colère avec autant d'ardeur que l'homme doux et patient qu'il pouvait être aussi. C'était pour lui que son corps comme une fleur s'épanouissait. Pour lui que son cœur battait à ses oreilles comme un tambour, si fort qu'il lui semblait étonnant qu'il n'ait pas déjà explosé…

Brody avait oublié qu'on pouvait aimer ainsi, désirer ainsi, prendre et donner ainsi, sans limites ni restrictions. Plutôt que de l'ôter, il arracha en haut des cuisses de Kate le mince triangle de dentelle, dernier rempart qui le séparait encore d'elle. Dans un fouillis de membres emmêlés sur le tapis, la suite fut une course éperdue au plaisir. Ses ongles plantés dans son dos, l'urgence qu'il découvrait dans ses beaux yeux chavirés par le désir, ses jambes verrouillées autour de ses hanches lui interdisaient tout relâchement de leur étreinte. Et lorsque l'orgasme peu après les surprit tous deux au même instant, ils crièrent à l'unisson leur plaisir.

Kate se laissa glisser sur le tapis, où elle demeura allongée, à bout de souffle, trempée de sueur, anéantie mais comblée. Jamais elle ne s'était livrée à aucun homme avec autant d'enthousiasme. Il l'avait conquise comme un barbare conquiert une citadelle. Elle l'avait laissé faire, n'en éprouvait aucun remords, et se sentait merveilleusement bien…

Aussi épuisé que Kate, Brody l'observa quelques instants en souriant.

— J'ai bien peur d'avoir déchiré ton corsage, dit-il. Ainsi que cette chose.

Ramassant sur le sol ce qui restait de la culotte en lambeaux de Kate, il l'éleva devant lui.

— Mais si tu t'attends à des excuses, reprit-il, tu vas devoir t'en passer.

Amusée, Kate releva fièrement le menton.

— Je n'ai rien demandé de tel...

— Heureusement... Sinon, j'aurais été obligé de te charger une fois de plus sur mon épaule — nue cette fois — pour aller dénicher un autre voisin. Puisque tu te montres raisonnable, je te prête ma chemise, j'en ai toujours une de rechange dans la camionnette.

Assise sur le tapis, Kate accepta la grosse chemise à carreaux qu'il lui tendait et la passa sur ses épaules.

— Nous sommes toujours fâchés ? s'enquit-elle.

— En ce qui me concerne, non. Alors à toi de voir.

En s'habillant, Kate chercha le regard de Brody. Son visage était serein, ses yeux clairs, et sa voix parfaitement égale. Comme pour prendre la parole, elle ouvrit la bouche avant d'y renoncer.

— Qu'allais-tu dire ? insista-t-il. Parle ; au point où nous en sommes, il serait dommage de ne pas aller jusqu'au bout...

— Tu m'as fait de la peine.

Tant cet aveu lui avait coûté, Kate baissa les yeux. La colère était décidément un sentiment bien plus facile à manier que le ressentiment.

Brody hocha la tête d'un air triste.

— Je m'en suis aperçu, reconnut-il. Et de cela, je peux te demander de m'excuser. Si cela peut t'aider, sache que tu m'as fait de la peine aussi...

A son tour, Kate hocha pensivement la tête et le regarda finir de se rhabiller.

— Brody ? fit-elle quand il eut fini. Que sommes-nous en train de faire, à ton avis ?

— Je suppose, répondit-il sans hésiter, que nous apprenons à nous connaître. Je ne suis pas embarrassé par la nature de nos relations, Kate. Je ne veux pas que tu penses cela. Simplement, il m'est un peu difficile d'y voir clair en ce moment.

— Restons-en là pour le moment, suggéra-t-elle. Et attendons que les choses s'éclaircissent pour toi...

Pour ne pas lui laisser voir les larmes qui lui avaient embué les yeux, Kate s'affaira à boutonner sa chemise. Il lui était beaucoup plus pénible qu'elle n'aurait pu l'admettre de constater qu'elle était déjà amoureuse de lui, sans que cet amour fût payé en retour.

Les vacances de Noël à peine terminées, Brody fut affolé de constater que celles de Pâques étaient déjà là. Comment cela avait pu se produire, il n'en avait pas la moindre idée... De son temps, les journées d'école ne s'étaient certes pas écoulées à une telle vitesse.

Pour ne rien arranger, les Skully avaient décidé de profiter du congé scolaire pour emmener leurs enfants à Disney World. Jack, ne comprenant pas pourquoi ils n'auraient pas pu y aller eux aussi, avait bien failli en faire une crise. D'abord compatissant, Brody avait dû se montrer plus ferme, avant d'avoir recours à l'arme absolue des parents acculés — « c'est comme ça et pas autrement ! » — quand son fils avait refusé d'entendre raison.

En conséquence, cela faisait deux jours qu'il avait un gamin boudeur sur les bras, en plus de se sentir plus coupable et incompétent en tant que père qu'il ne l'avait jamais été. Une combinaison qui se révélait pour le moins explosive dans la salle de bains qu'il était occupé pour l'heure à carreler.

— Tu veux jamais aller nulle part ! se plaignit Jack.

La petite pile de jouets qu'il avait été autorisé à emmener l'ennuyait mortellement et il n'avait pas la moindre idée de ce qu'il aurait pu faire pour s'amuser. Habituellement, il adorait accompagner son père sur les chantiers. Mais alors que son meilleur copain était à Disney World en train de s'éclater sur Space Mountain, comment aurait-il pu s'en satisfaire ? C'était une sacrée tuile, selon l'expression qu'il avait entendue dans la bouche des ouvriers de son père.

Voyant celui-ci continuer à poser son carrelage sans lui prêter la moindre attention, Jack se mordit la lèvre inférieure et se lança :

— Comment ça se fait que je peux pas aller chez mamie ?

— Je t'ai déjà dit que ta grand-mère était occupée ce matin ! s'impatienta Brody. Dans une heure ou deux, quand elle aura terminé, elle passera te prendre et vous pourrez aller chez elle.

« Dieu merci ! » ajouta-t-il en son for intérieur.

Utilisant un de ses robots comme marteau, Jack entreprit d'écrabouiller à grand bruit ses jouets.

— Je veux pas rester ici en l'attendant ! s'exclama-t-il. Je m'ennuie et c'est pas juste… Pourquoi je devrais m'ennuyer quand tout le monde s'amuse tellement ? Moi, je peux *jamais* rien faire…

D'un geste rageur, Brody plongea sa spatule dans le seau de ciment-colle.

— Ecoute, garçon… J'ai à faire ici un travail pour lequel on me paie. Un travail qui te permet de manger tous les jours à ta faim…

Dégoûté de lui-même, Brody comprit que ces paroles auraient tout aussi bien pu sortir de la bouche de son père...

— Je suis cloué ici, ajouta-t-il néanmoins. Alors toi tu l'es aussi. Maintenant tu te tais, Jack ! Tu te tais, ou tu n'iras *réellement* nulle part...

— Papy m'a donné cinq dollars ! expliqua le garçon en étouffant à grand-peine un sanglot. Tu vois, t'as pas besoin d'acheter à manger pour moi.

— Super ! Fantastique ! Je prends ma retraite dès demain.

— Mamie et papy peuvent m'emmener à Disney World ! s'entêta Jack. Et toi, tu peux pas...

— Ils ne t'emmèneront nulle part ! aboya Brody, mortifié par les paroles accusatrices de son fils. Et tu auras bien de la chance d'aller à Disney World avant l'âge de trente ans ! A présent, tu te tais.

— Je veux mamie ! hurla Jack en trépignant sur place. Je veux rentrer à la maison ! Et d'abord, je t'aime plus !

Kate apparut sur le seuil de la pièce sur ces entrefaites. Un coup d'œil à la mine défaite de Brody et au petit garçon pleurant toutes les larmes de son corps sur le sol lui suffit à prendre la mesure du désastre.

— Que se passe-t-il, Beau Jack ? demanda-t-elle en s'approchant de lui.

— Je veux... aller... à... Disney World !

Entre deux hoquets, il avait eu bien du mal à finir sa phrase. Sans tenir compte de Brody qui se levait pour s'occuper de son fils, Kate s'accroupit à côté de lui.

— Je voudrais bien y aller moi aussi. Je ne connais personne qui ne voudrait pas être là-bas plus que n'importe où dans le monde...

— Mon papa... il a pas envie !

190

— Bien sûr que si ! Les papas adorent s'amuser, encore plus que les enfants. C'est pourquoi il est si dur pour eux d'avoir à travailler pendant les vacances…

— Kate…, intervint Brody dans son dos, je peux m'occuper de cela.

— Je n'en doute pas…, répondit-elle en soulevant Jack dans ses bras.

Avec un soupir à fendre l'âme, l'enfant enfouit son visage dans son cou.

— A mon avis, reprit-elle, Beau Jack est fatigué de travailler. Pas vrai, mon chéri ? Pourquoi n'irions-nous pas nous reposer un petit moment chez moi, pendant que ton papa finit ce qu'il a à faire ?

— Ma mère vient le chercher dans une heure ou deux, expliqua Brody. Laissez-moi…

Le voyant tendre les bras pour le récupérer, son fils s'accrocha de tous ses membres, comme un petit singe, au corps de Kate. Dans sa poitrine, Brody sentit son cœur sombrer à des profondeurs abyssales…

Comprenant sa détresse, Kate eut envie d'embrasser dans la même étreinte réconciliatrice le père et le fils. Mais à cet instant, ce dont ils avaient besoin était bien plus de prendre un peu de distance…

— Laissez-moi m'occuper de lui.., dit-elle d'une voix convaincante. De toute façon, je n'ai plus rien à faire ici pour aujourd'hui.

Marquant une pause, Kate fit comprendre à Brody en le mimant avec les lèvres qu'une sieste ferait le plus grand bien à son fils.

— J'appellerai votre mère chez elle, reprit-elle, pour lui demander de passer prendre Jack chez moi.

— Je veux… allez chez Kate ! gémit à cet instant celui-ci dans son cou.

— D'accord ! consentit Brody à regret. Allez-y...

Chargée de son précieux fardeau, Kate descendit avec la plus grande prudence l'escalier.

— Mon papa a crié sur moi...

La voix misérable de Jack lui fit venir les larmes aux yeux.

— Oui, je sais..., dit-elle en déposant un baiser sur sa joue humide et chaude. Et je crois que tu as un peu crié sur lui, toi aussi. Si tu veux mon avis, il doit être à cet instant aussi triste et malheureux que toi...

Un long soupir échappa aux lèvres du garçon, qui cala plus confortablement sa tête sur l'épaule de Kate.

— C'est sa faute..., reprit-il. Il a pas voulu aller à Disney World, comme Rod et ses parents.

— C'est vrai, reconnut Kate. Mais c'est plutôt moi qui en suis responsable.

Surpris, Jack redressa la tête.

— Ah oui ? s'étonna-t-il. Pourquoi ?

— Tu sais que ton papa effectue un gros travail pour moi. Et je lui ai fait promettre que tout serait fini à une certaine date. Sachant que je pouvais lui faire confiance, j'ai moi-même promis des choses à d'autres gens qui comptent sur moi maintenant. Ainsi, si ton papa ne tient pas sa promesse, je ne pourrai pas moi non plus tenir la mienne, et tout le monde en serait très mécontent. Ce n'est pas ce que tu veux, n'est-ce pas ?

Plus misérable que jamais, Jack secoua la tête.

— Ne sois pas triste, Beau Jack... Chez moi, je te raconterai l'histoire d'un autre Jack — et d'un haricot magique.

— Je pourrai avoir un cookie ?

— Et comment !

192

Le cœur débordant d'amour maternel, Kate serra Jack très fort dans ses bras avant de sortir.

Lourds de chagrin et de sommeil, les yeux de Jack se fermèrent d'eux-mêmes avant la fin de l'histoire. Le laissant endormi sur le sofa du salon, Kate tira sur lui un plaid et le contempla dans son sommeil. La scène qu'elle venait de surprendre lui rappelait à quel point la paternité n'était pas une longue partie de rigolade en toute complicité. Elever seul un enfant, c'était aussi avoir à dire non — même quand on aurait tellement voulu pouvoir dire oui.

Doucement, afin de ne pas le réveiller, Kate se pencha pour déposer un baiser sur les cheveux du garçon endormi et murmura :

— Il t'aime plus que tu ne peux le savoir, Beau Jack… Un jour tu t'en apercevras.

Et ce jour-là, conclut Kate pour elle-même, elle espérait bien être à leurs côtés pour le voir… Si toutefois Brody O'Connell voulait bien finir par comprendre lui aussi à quel point il était aimé…

La sonnerie du téléphone la tira brutalement de ses pensées. Avant qu'elle ait pu retentir une seconde fois, Kate se précipita pour décrocher.

— Allô ? dit-elle en emportant le portable hors de la pièce pour ne pas réveiller Jack.

Quand elle reconnut l'accent rocailleux à l'autre bout de la ligne, un sourire radieux illumina ses traits.

— Davidov ! s'exclama-t-elle joyeusement. Qu'est-ce qui me vaut l'honneur d'un appel du maître en personne ?

Plus tard, en attendant les parents de Brody, Kate se surprit à refaire son maquillage et arranger sa coiffure. Pour cette première rencontre avec ceux dont elle voulait faire ses beaux-parents, comment aurait-elle pu ne pas souhaiter leur faire bonne impression ?

Après une heure de sieste réparatrice, Jack s'était réveillé en pleine forme. Au terme d'une partie de cache-cache dans le jardin, suivie d'une terrible bataille de figurines et d'un carambolage monstrueux de voitures miniatures, ils s'étaient installés dans la cuisine pour un goûter improvisé.

— Maintenant, se lamenta Jack en grignotant des tranches de pomme et de fromage, mon papa est fâché contre moi...

— Je ne pense pas, le rassura Kate. Je crois qu'il est surtout embêté de ne pouvoir t'accorder ce qui te ferait le plus plaisir. Tu sais, je ne connais pas de parents qui ne voudraient pas voir leurs enfants heureux. Mais ça leur est impossible, de temps en temps, de leur donner ce qu'ils désirent.

Kate conservait au fond de sa mémoire le souvenir de scènes identiques à celle qui avait opposé Jack à Brody. Chaque fois, elles s'étaient conclues pour elle par la même culpabilité qui rongeait Jack à cette minute.

— Parfois, poursuivit-elle sur un ton très doux, c'est parce qu'ils estiment de leur devoir de parents de dire non. Et d'autres fois, c'est parce qu'ils ne peuvent pas faire autrement. Mais pour n'importe quel père digne de ce nom, voir son petit garçon pleurer, crier et trépigner fait toujours mal au cœur.

— Tu crois ? s'inquiéta Jack en levant vers elle deux grands yeux paniqués et déjà pleins de larmes. Moi je voulais pas faire de la peine à p'pa...

— Je le sais bien, Beau Jack. Et je parie que si tu vas lui dire que tu es désolé, vous vous sentirez tous les deux nettement mieux.

— Ton papa... il a déjà crié contre toi ?

— Oui. Ça m'a toujours rendue aussi malheureuse que toi. Mais en y réfléchissant, je le méritais...

— Et moi ? Je l'ai mérité ?

Kate fit mine d'y réfléchir un instant, sans quitter du regard les deux lacs d'innocence qu'étaient les yeux de Jack fixés sur elle.

— J'ai bien peur que oui, répondit-elle enfin. Mais il y a une chose que j'ai toujours sue, même quand mon papa s'emportait contre moi.

— C'est quoi ?

— J'ai toujours su qu'il m'aimait... Tu sais que ton papa t'aime très fort, n'est-ce pas, Beau Jack ?

Rougissant légèrement, Jack hocha solennellement la tête.

— Tous les deux, dit-il fièrement, on forme une équipe...

— Et quelle équipe ! renchérit Kate.

Pour s'occuper les mains, Jack s'amusa à dessiner des visages dans son assiette avec les tranches de pomme et de fromage. Plus il y pensait, plus il trouvait Kate gentille. Et jolie aussi... Elle aimait jouer à des jeux et lire des histoires. Il aimait qu'elle l'embrasse et l'entendre rire quand il prétendait le contraire... Son père aimait bien l'embrasser, lui aussi. Il l'avait dit, et il ne mentait jamais.

Alors, conclut-il avec un sourire, s'ils finissaient par se marier tous les deux, tout serait pour le mieux. Kate serait sa mère à lui, et la nouvelle femme de son père — même s'il trouvait cette idée stupide pour le moment. Ils vivraient tous les trois heureux dans leur grande maison. Et peut-être pourraient-ils aussi aller de temps en temps à Disney World...

— Jack ? demanda soudain Kate. Qu'est-ce qui te fait sourire ainsi ?

— Je me demandais si…

Le carillon de la porte d'entrée, faisant bondir Kate sur ses jambes, l'empêcha d'en dire plus.

— Ce doit être tes grands-parents, expliqua-t-elle avec un sourire nerveux. Je vais leur ouvrir.

Après avoir repeigné avec ses doigts les cheveux de Jack, elle se hâta vers le hall d'entrée. La main posée sur la poignée, elle s'autorisa une longue inspiration. Puis, se maudissant d'être tellement impressionnée par cette visite, elle ouvrit la porte aux parents de Brody.

— Bonjour ! lança-t-elle en s'effaçant sur le seuil. Ravie de faire votre connaissance… Jack est dans la cuisine, en train de prendre son goûter.

Mary O'Connell était en train d'observer discrètement le hall spacieux dans lequel ils venaient de pénétrer.

— C'est si gentil de vous être occupée de lui, dit-elle.

— Ce fut un plaisir pour moi, de passer un peu de temps avec Jack, répondit Kate en souriant. Suivez-moi… Vous prendrez bien un peu de café ?

— Nous ne voudrions pas vous déranger, intervint Bob O'Connell.

Il n'en était quant à lui pas à sa première visite chez les Kimball et n'était pas aussi impressionné que sa femme. Difficile pour un plombier d'admirer l'intérieur de ses clients après avoir réparé leurs toilettes…

— Il n'y a pas de dérangement, assura Kate. Le café est déjà prêt. A moins que vous ne soyez pressés…

— Effectivement, reprit Bob, nous…

Sa femme le fit taire d'un coup de coude et conclut pour lui :

— Nous avons le temps. Merci beaucoup…

— Brody devrait bientôt refaire la cuisine de ma mère, expliqua Kate en les entraînant à sa suite. Mes parents apprécient beaucoup son travail.

— Il a toujours été tellement habile de ses mains ! commenta Mary pour couvrir le grognement de Bob.

— J'ai pu m'en rendre compte dans cette vieille bâtisse que j'ai achetée, renchérit Kate.

Avec un sourire amusé, Bob songea que ce n'avait pas été la seule façon pour elle de se rendre compte de l'habileté manuelle de Brody. Mais apercevoir son petit-fils depuis le seuil de la cuisine lui fit aussitôt oublier tout ce qui n'était pas son visage épanoui et rayonnant de petit garçon.

La lèvre supérieure ourlée d'une moustache de lait chocolaté, Jack dégustait son bol avec application.

— Hello, partenaire ! s'exclama-t-il joyeusement. Où as-tu caché la vache en chocolat ?

Jack dégringola de son tabouret et se précipita vers ses grands-parents. Kate les laissa à leurs effusions pour préparer de quoi leur servir le café.

— Nous la cachons dans la remise du jardin…, expliqua-t-elle ce faisant. Ma mère va la traire deux fois par jour.

Jack s'était rassis à table avec ses grands-parents.

— La mère de Kate, leur expliqua-t-il vivement, possède tout un magasin rempli de jouets. Elle m'a promis que, pour mon anniversaire, on pourrait y aller et que je pourrais choisir celui qui me plaît…

— Vraiment ! s'enthousiasma Mary.

Puis, se tournant vers leur hôtesse, elle ajouta :

— A ce propos, comment va votre mère ?

— Très bien, répondit Kate en posant son plateau sur la table. Je vous remercie…

D'un œil approbateur, Mary la regarda disposer sur la table les tasses, la crème et le sucre, favorablement impressionnée par l'efficacité de la jeune femme et par la gentillesse avec laquelle elle tendit une serviette à Jack pour qu'il s'essuie la bouche. Manifestement, songea-t-elle, la petite dernière des Kimball avait tout ce qu'il fallait pour faire une excellente mère. Quant à savoir si elle serait également une bonne épouse pour son fils, elle se faisait fort de le découvrir...

— Tout le monde en ville parle de l'ouverture de votre école..., dit-elle en acceptant la tasse qu'elle lui tendait. Vous devez être sur des charbons ardents !

— Vous ne croyez pas si bien dire, avoua Kate avec un sourire crispé. Mais je n'ai pas trop à m'en faire. Bien que les cours ne commencent que dans quelques semaines, j'ai déjà de nombreuses inscriptions...

— Shepherdstown n'a rien à voir avec New York..., commenta Bob en plongeant deux sucres dans sa tasse.

N'ignorant rien de la façon de penser du père de Brody, Kate répondit d'une voix parfaitement égale :

— Sans aucun doute. J'ai beaucoup aimé vivre et travailler à New York. Mais c'est ici que je me sens véritablement chez moi et que j'ai à présent envie de m'établir. Pensez-vous qu'une école de danse n'a pas sa place à Shepherdstown, monsieur O'Connell ?

Surpris de cette attaque, Bob haussa les épaules et marmonna :

— Qu'est-ce que vous voulez que j'en sache ?

— Moi, reprit Kate après avoir siroté son café, je suis persuadée qu'une telle école est une nécessité ici. Shepherdstown est une petite ville, certes, mais c'est aussi une ville universitaire, qui brasse pas mal de gens venus des quatre coins du pays.

— Je peux avoir un cookie ? demanda soudain Jack, peu intéressé par la conversation.

Pour aller lui en chercher un, Kate se retourna et poussa un petit cri d'effroi en voyant la silhouette de Brody s'encadrer soudain dans la porte vitrée donnant sur le jardin.

— Vous m'avez fait peur ! lui reprocha-t-elle après être allée lui ouvrir.

— Désolé...

Il paraissait essoufflé, plus sous l'effet d'une vive excitation qu'à cause d'un effort physique.

— J'ai tenté de vous appeler pour vous prévenir de ne pas passer, expliqua-t-il en se tournant vers ses parents, mais vous étiez déjà partis.

— On nous a demandé de passer à 3 heures, dit Bob d'une voix morne, nous passons à 3 heures...

— Bien sûr. Mais j'ai changé mes plans entre-temps.

Les yeux de Brody se posèrent sur son fils, qui depuis son entrée dans la pièce contemplait fixement son assiette.

— Tout s'est bien passé, avec Kate ? demanda-t-il gentiment.

Jack hocha la tête et risqua un coup d'œil en direction de son père.

— Je suis désolé d'avoir été méchant, gémit-il. Et aussi de t'avoir fait mal au cœur...

Brody le rejoignit et s'accroupit près de lui pour serrer entre ses mains son visage aux yeux brillants de larmes contenues.

— Et moi, dit-il, je suis désolé de ne pouvoir aller avec toi à Disney World en ce moment. Et aussi de m'être emporté.

Un sourire incertain illumina les traits du garçon.

— Tu n'es plus fâché contre moi ?

— Non, je ne le suis plus.

Soulevant son fils dans les airs, Brody le serra très fort contre lui avant de le reposer sur ses pieds.

— Je peux retourner travailler avec toi ? demanda Jack avec un peu d'appréhension. Je promets d'être sage.

— Tu le pourrais, répondit son père, si je retournais travailler aujourd'hui...

Derrière eux, la voix sévère de Bob O'Connell s'éleva soudain.

— Un homme qui débauche au milieu de l'après-midi ne peut pas se vanter d'avoir gagné son pain...

Par-dessus son épaule, Brody lui lança un regard dédaigneux.

— Exact..., grogna-t-il, le visage figé. Mais il est vrai aussi qu'un homme qui ne prend pas une heure ou deux ici ou là pour s'occuper de son fils ne peut pas se vanter d'être un bon père...

D'un bond, Bob se dressa sur ses jambes et tapa du poing sur la table.

— Tu as toujours eu le ventre rempli !

— C'est vrai, rétorqua Brody. Mais j'aimerais que mon fils puisse un jour dire de moi un peu plus que cela !

Effrayé comme chaque fois qu'il devait assister à une scène entre son père et son grand-père, Jack enfouit son visage dans le cou de Brody. Celui-ci, pour le réconforter, lui caressa les cheveux et lui dit :

— J'ai quelque chose pour toi. Ce n'est pas Disney World, mais je pense que tu vas l'apprécier bien plus qu'un petit tour de Space Mountain...

Ragaillardi par cette perspective, Jack se redressa, tout sourires, et se mit à trépigner dans les bras de son père, tellement qu'il lui fallut le déposer sur le sol.

— Qu'est-ce que c'est ? s'impatienta-t-il en tirant sur les poches de Brody. Une nouvelle figurine ?

— Non...

— Un camion ? Une voiture ?

200

— Tu es loin du compte… Ton cadeau ne tiendrait pas dans une de mes poches. Il t'attend sous le porche.

Il n'avait pas fini de prononcer le dernier mot que son fils courait déjà vers la porte. Et lorsqu'il l'ouvrit, jeta un œil à l'extérieur, releva les yeux vers son père, l'expression de joie extatique que Brody y découvrit suffit à le consoler de tous ses malheurs…

— Un chien ! Un chien ! s'écria Jack en prenant dans ses bras la boule de fourrure noire qui tentait d'escalader sa jambe en jappant plaintivement. Il est à moi ? Je peux vraiment le garder ?

— On dirait plutôt que c'est lui qui veut te garder ! s'exclama Brody en voyant le jeune chien lécher avec application la figure de son nouveau maître.

Riant aux éclats, Jack se précipita vers sa grand-mère, son chien dans les bras.

— Regarde, mamie ! J'ai un chien. Et il s'appelle Spike, comme je l'ai toujours voulu…

Conquise elle aussi, Mary tendit la main pour caresser l'animal.

— Il est vraiment mignon…, s'attendrit-elle. Oh ! Regardez-moi ces petites pattes… Mais d'ici peu, j'ai bien peur qu'il soit aussi grand que toi. Il te faudra vraiment en prendre soin…

— Promis ! Regarde, Kate ! Regarde Spike…

Incapable de résister, Kate s'accroupit près de Jack et eut droit à son tour à quelques coups de langue.

— Il est si doux…, murmura-t-elle, et si joyeux !

Tournant la tête, ses yeux croisèrent ceux de Brody, les découvrant aussi embués que les siens.

Encore sous le choc de son altercation avec son fils, Bob O'Connell était le seul à faire grise mine.

— C'est une bonne chose pour un garçon d'avoir un chien, admit-il d'une voix cassante. Mais qui va s'en occuper quand Jack ira à l'école et que tu seras toute la journée sur tes chantiers ? Le problème, avec toi, c'est que tu ne réfléchis jamais à rien. Tu te contentes de faire ce qui te plaît, quand ça te plaît, sans te soucier des conséquences.

Mortifiée, Mary posa la main sur son avant-bras.

— Bob, je t'en prie...

— J'ai un grand jardin clôturé, répondit Brody en prenant garde à ne pas s'énerver. Et il m'arrive d'avoir des chiens dans les jambes sur certains chantiers. Spike me suivra jusqu'à ce qu'il puisse rester seul.

Peu décidé à céder du terrain, Bob avança d'un pas pour venir le toiser les yeux dans les yeux.

— Est-ce pour faire plaisir à ce gamin que tu lui offres ce chien, ou pour soulager ta conscience de ne pouvoir lui offrir de vacances ?

— Je veux plus aller à Disney World ! dit Jack d'une petite voix tremblante. Je veux rester à la maison, avec papa et Spike...

Affichant son sourire le plus rassurant, Kate posa ses mains sur les épaules de Jack et suggéra :

— Pourquoi n'irais-tu pas faire un tour dans le jardin avec Spike ? Les chiens aiment courir autant que les enfants, et cela vous permettrait de faire connaissance. Tiens, mets ton manteau avant de sortir...

Brody se retint d'exploser de colère tant que Kate n'eut pas soigneusement refermé la porte derrière Jack.

— Même si cela ne te regarde pas, expliqua-t-il enfin, sache que j'ai réservé ce chien dans une portée chez un voisin il y a déjà trois semaines de cela. Je m'apprêtais à le lui offrir pour Pâques, mais puisque Jack avait besoin d'un peu de réconfort aujourd'hui et que le chiot était sevré...

— Qu'est-ce que cela change ? l'interrompit Bob. Tu ne lui apprendras pas le respect en le récompensant de t'avoir tenu tête.

— Le respect ! fulmina Brody. C'est tout ce que tu m'as jamais appris, et regarde où cela nous a menés !

Le visage ravagé par l'angoisse, Mary tenta de s'interposer entre eux.

— S'il vous plaît..., gémit-elle. Ce n'est ni l'endroit ni le moment de...

— Toi, ne t'en mêle pas ! lui ordonna sèchement son mari. Personne ne me dira où et quand je peux m'exprimer...

Faisant volte-face pour en revenir à son fils, il lança avec véhémence :

— Quant à toi, mon seul regret est de ne t'avoir pas botté les fesses plus fort et plus souvent... Tu en as toujours pris à ton aise avec la discipline, cherchant les ennuis et les trouvant plus souvent qu'à ton tour, sans te soucier du souci que tu causais à ta pauvre mère... Si je t'avais serré un peu plus, tu ne te serais peut-être pas sauvé avant même d'être un homme pour mener la grande vie en ville !

Dressés l'un devant l'autre et les yeux dans les yeux, les deux hommes étaient prêts à en venir aux mains.

— Je ne me suis pas sauvé pour mener la grande vie en ville..., rétorqua Brody d'une voix sifflante. Je me suis sauvé pour me libérer de toi !

Soudain très pâle, Bob accusa le coup.

— Alors pourquoi être revenu ? demanda-t-il. Pour pouvoir confier ton gosse à des voisins et continuer à vivre ta vie à ta guise ? Pour couvrir ta famille et ton nom de boue en couchant avec des femmes à deux pas de la chambre où dort ton fils ?

Si sa propre colère avait été moins grande, Kate aurait peut-être évité d'intervenir dans une dispute opposant deux hommes prêts à se battre. Mais en l'occurrence, elle n'hésita pas une seconde...

— Une petite minute, monsieur O'Connell... Il se trouve que Brody ne couche pas avec *des* femmes, mais qu'il couche — comme vous le dites si bien — avec *moi*. Je suis donc bien placée pour vous dire, même si cela ne vous concerne en rien, que ces *coucheries* ne se sont jamais produites quand Jack était dans les parages ! Si vous n'êtes pas capable de voir que Brody préférerait se couper un bras plutôt que de porter tort d'une manière ou d'une autre à son fils, alors vous n'êtes pas seulement aveugle, mais aussi stupide. Vous devriez avoir honte de lui parler comme vous le faites, de ne pas avoir le courage de reconnaître que vous êtes fier de lui, de ce qu'il a su faire de son existence, et de la belle vie qu'il veut offrir à Jack.

— Tu perds ton temps, marmonna Brody en se tournant vers elle. Il n'écoute rien...

Pivotant sur ses talons, Kate le fusilla du regard.

— Ne crois pas t'en tirer à si bon compte ! s'écria-t-elle en pointant sur sa poitrine un doigt accusateur. Toi aussi tu ferais mieux de te taire. Tu n'avais aucun droit de parler à ton père comme tu l'as fait. Un père reste un père et son fils ne peut lui manquer de respect. Devant ton propre enfant, qui plus est ! Tu ne vois donc pas à quel point il est effrayé de vous voir vous jeter à la gorge l'un de l'autre comme deux chiens enragés ?

Les toisant tous deux d'un regard supérieur, Kate attendit une réponse qui ne vint pas. Brody, à présent aussi gêné que son père, baissait piteusement les yeux.

— Je vous laisse, lança-t-elle en se dirigeant vers la porte. Je vais jouer avec Jack dans le jardin. Battez-vous si cela vous chante… Ce n'est pas moi qui vous en empêcherai.

Kate était encore sous le coup de l'indignation quand Brody la rejoignit quelques minutes plus tard dans le jardin. Silencieux à côté d'elle, il regarda Jack tenter d'apprendre à son chien à rattraper une balle rouge.

— Je voudrais m'excuser d'avoir provoqué une telle dispute dans ta maison, dit-il enfin.

— Ma maison a connu d'autres disputes familiales, grommela-t-elle sans le regarder. Et je suppose qu'elle en connaîtra d'autres.

— Tu avais raison, reprit-il, en ce qui concerne Jack et la nécessité de ne pas nous quereller devant lui.

En butte à son silence obstiné, Brody enfouit ses mains au fond de ses poches et soupira.

— Kate… C'est ainsi que les choses se passent entre mon père et moi. Depuis toujours.

Cette fois, elle se tourna vers lui pour lui répondre.

— Et pour cette raison, c'est ainsi qu'elles sont censées se passer pour toujours ? Si tu es arrivé à modifier ton existence sur certains points, tu peux aussi la changer sur celui-ci. Il faut simplement le vouloir très fort.

— Si cela pouvait être aussi simple… Le fait est que nous ne nous supportons qu'à distance. Ma hantise est que Jack puisse un jour ressentir la même chose envers moi. Peut-être est-ce pour cela que je le gâte trop…

Kate émit un claquement de langue agacé.

— Arrête avec ça ! s'impatienta-t-elle. A-t-il l'air d'un petit garçon épanoui, en bonne santé et heureux de vivre, oui ou non ?

Souriant de voir son fils rouler dans l'herbe en hurlant de rire avec son nouveau compagnon, Brody hocha la tête.

— Tu sais que tu es un bon père ! argumenta Kate avec passion. Celui qui dit le contraire est un menteur. Et tu l'es sans avoir à fournir le moindre effort, parce que tu aimes Jack sans conditions ni restrictions. Cela te sera sans doute moins facile d'arriver à être un bon fils. Parce qu'il y a beaucoup d'entraves à l'amour que vous vous portez, ton père et toi.

Brody faillit éclater d'un rire amer mais se retint de justesse.

— Il n'y a jamais eu d'amour entre mon père et moi.

— Tu te trompes. Vous ne vous disputeriez pas ainsi s'il n'y en avait pas.

Brody haussa les épaules, préférant se taire. Kate ne pouvait pas comprendre. Comment l'aurait-elle pu avec la famille qui était la sienne ?

— En tout cas, conclut-il gaiement, c'est bien la première fois que je vois une femme lui tenir tête et lui river son clou. Je ne sais pas s'il va s'en remettre… Moi, je commence à y être habitué.

— Tant mieux ! s'exclama-t-elle en riant. Car si tu ne veux pas que je remette cela, tu as intérêt à aller présenter tes excuses à ta mère au plus vite. La pauvre femme a failli en avoir une attaque. Dans cette histoire, je crois que c'est elle qui est la plus à plaindre…

— Effectivement, grogna Brody, tu ne me passes rien. Puis-je au moins prendre quelques minutes pour m'amuser avec mon chien ?

— Ton chien ? s'étonna-t-elle. Quel chien ?

— Celui de Jack, corrigea Brody. Mais Jack et moi, on forme...

— ... une équipe ! compléta Kate à sa place. Ça, je commence à le savoir...

10.

De nouveau, Kate dressa un plan d'attaque, prit son temps, et choisit le meilleur moment pour le mettre à exécution. Ce fut par une nuit où Jack dormait chez ses grands-parents, un vendredi où elle était seule avec Brody dans sa grande maison, et qu'ils redescendaient l'un et l'autre du septième ciel après avoir fait l'amour.

— J'ai quelque chose pour toi..., lui murmura-t-elle à l'oreille.

Allongé de tout son long sur le lit, la tête de Kate, aussi nue que lui, reposant sur son épaule, Brody demanda en lui caressant les cheveux :

— Qu'est-ce que ça peut être ? J'ai déjà eu un excellent dîner, une bonne bouteille, et une nuit avec la plus belle femme du monde... Que désirer de plus ?

Avec un petit rire coquin, Kate déposa un baiser sur le bout de son nez et se glissa hors du lit.

— Tu vas voir...

Sans rater une miette du spectacle, il la regarda marcher de son pas dansant jusqu'à ses vêtements abandonnés sur le sol. Il ne se lassait pas de la voir déambuler chez lui, dans cette chambre qu'il avait passé quelques nuits à arranger depuis qu'il y faisait bien plus que dormir — Dieu merci ! Les murs étaient terminés et repeints. Kate préférant les couleurs vives, il avait choisi un bleu profond, sur lequel contrastait le bois blond des fenêtres. Bientôt, il passerait au plancher. Il ne leur resterait plus qu'à choisir rideaux et tentures et leur petit nid d'amour serait achevé.

Mais pour l'instant, les mains croisées derrière la nuque, il appréciait déjà de voir la lumière ondoyante du feu de cheminée caresser la peau soyeuse et dorée de Kate. Après être allée ramasser son sac, elle fit un détour avant de regagner le lit pour passer la chemise de Brody sur ses épaules.

— Rappelle-moi de t'offrir une demi-douzaine de chemises de flanelle, dit-il. Pour avoir le plaisir de te voir déambuler avec rien d'autre sur la peau...

— Je les accepterai avec plaisir...

Assise au bord du lit, Kate fourragea dans son sac dont elle sortit une enveloppe qu'elle déposa sur la poitrine de Brody.

— Comme tu vas me faire le plaisir d'accepter ceci, reprit-elle avec un petit sourire.

Intrigué, il se redressa contre les oreillers et ouvrit l'enveloppe. Les deux billets d'avion qu'il en tira ne firent que le rendre un peu plus perplexe.

— Qu'est-ce que c'est ?

— Deux allers-retours pour New York, vendredi prochain. Un pour toi, un pour Jack.

Prudemment, les yeux de Brody glissèrent des deux billets au visage de Kate.

— Pour quelle raison ?

— Parce que je dois y aller et que j'ai vraiment envie que vous y veniez avec moi. Tu es déjà allé à New York avec Jack ?

— Non, mais...

— Raison de plus ! l'interrompit-elle. Quel plaisir pour moi de vous offrir cette première... Avant de protester, laisse-moi t'expliquer. J'ai reçu l'autre jour un appel de Davidov, le chorégraphe de mon ancienne compagnie. Il organise une représentation exceptionnelle samedi pour une œuvre de charité. Or, il se trouve que la ballerine qui devait danser le pas de deux de *La Rose rouge* — un ballet qu'il dansait autrefois avec sa femme — s'est blessée. Pas grièvement, Dieu merci, mais elle ne pourra pas assurer la représentation et il m'a demandé de la remplacer.

Jusque-là, songea Kate en reprenant son souffle, tout se déroulait pour le mieux. Elle n'avait pas laissé le temps à Brody d'exprimer la moindre réserve, et elle comptait bien poursuivre sur cette lancée.

— Pour moi, reprit-elle, c'est faisable. J'ai dansé cette chorégraphie de nombreuses fois. Je ne pouvais donc raisonnablement refuser. Et puis, une chose en entraînant une autre, il m'a demandé de donner aussi un extrait du *Don Quichotte* qu'il m'avait fait créer il y a quelques années. Je partirai dès mardi pour participer aux dernières répétitions et me remettre en forme.

A l'idée qu'il ne la verrait pas durant quelques jours, Brody sentit la déception le gagner.

— Je suis sûr que tu seras merveilleuse, assura-t-il. Et j'apprécie beaucoup ton geste. Mais je ne peux pas prendre Jack sous mon bras et partir au pied levé pour New York...

— Pour quelle raison ?

La question de Kate le déstabilisa autant que sa surprise, feinte ou réelle.

— Eh bien... l'école, pour commencer. Celle de Jack et la tienne, qu'il me faut encore terminer.

— Si vous partez vendredi après la classe, expliqua Kate avec assurance, vous serez à New York pour le dîner. Ma sœur est prête à nous accueillir. Samedi, vous pourriez visiter la ville et faire un petit tour au sommet de l'Empire State Building. Le soir, vous venez assister au ballet. Et dimanche, nous aurons le temps d'aller refaire un petit tour en ville tous les trois avant d'aller déjeuner à Brooklyn, chez mes grands-parents. Tout de suite après nous prenons l'avion, et lundi matin, tout le monde se retrouve à son poste...

Voyant qu'il s'apprêtait à formuler une nouvelle objection, Kate s'empressa d'ajouter :

— Et en ce qui concerne Spike, emmène-le bien sûr. Freddie a un jardin et ses enfants vont l'adorer.

A court d'objections, Brody soutint le regard amusé de Kate et soupira. Il se faisait l'impression d'être au fond d'une boîte dont elle aurait refermé lentement le couvercle.

— Kate ! parvint-il à protester faiblement. Tu ne te rends pas compte... Un week-end à New York !

Amusée, elle se pencha pour déposer sur ses lèvres un baiser.

— Du calme, O'Connell... C'est une petite aventure, mais cela n'a rien d'un voyage sur la planète Mars. Jack va adorer. Sans compter que...

En bonne tacticienne qu'elle était, elle avait gardé l'argument imparable pour la fin.

— Sans compter, reprit-elle d'un air mutin, qu'il pourra rendre à Rod la monnaie de sa pièce lorsqu'il lui chantera les louanges de Disney World. Qu'est-ce qu'un petit tour en Space Mountain à côté du lieu même où King Kong a connu une fin tragique ?

Le point qu'elle venait de marquer était capital, mais Brody s'efforça de le lui cacher. A présent, il n'était plus au fond d'une boîte, mais pendu au bout d'une ligne dont il venait de gober l'hameçon... Pour la forme, il fit une ultime tentative.

— Ne le prends pas mal, mais... tu sais que je ne suis pas un fan de ballets.

— Quel dommage ! minauda Kate en battant des paupières. Lequel t'en a dégoûté à ce point ?

— Facile ! rétorqua-t-il. Je n'ai pas besoin d'assister à une exécution capitale pour savoir que je n'aimerais pas cela.

— Tu n'as qu'à te dire que tu te sacrifies pour Jack. Deux jours de bonheur intégral pour ton fils contre deux heures à périr d'ennui — ce n'est pas cher payé. Tu ne m'as jamais vue sur une scène, ajouta-t-elle en mêlant ses doigts aux siens. J'aimerais tellement que tu puisses le faire tant que j'en suis encore capable.

Vaincu, Brody n'avait plus qu'à sonner la retraite.

— Tu as vraiment pensé à tout, pas vrai ?

— Il ne me semble pas avoir oublié grand-chose... Alors nous sommes d'accord ?

Pour sceller le pacte, Brody rangea les billets dans l'enveloppe.

— J'ai hâte d'annoncer la nouvelle à Jack, dit-il. Quand il va savoir ça, il ne va plus toucher terre !

Le grand jour venu, Jack se retrouva effectivement plus excité qu'il ne l'avait jamais été avant même leur arrivée à la porte d'embarquement.

— P'pa ! chuchota-t-il en tirant sur la manche de son père. Tu pourrais pas demander que Spike voyage avec nous ? Je suis sûr qu'il va mourir de peur...

— Jack..., protesta Brody d'une voix conciliante, je t'assure que Spike ne risque vraiment rien dans cette cage. Rappelle-toi — il a tous ses jouets avec lui et ces deux autres chiens qui voyagent aussi dans la soute pour lui tenir compagnie.

Mais Jack, déjà, était passé à autre chose. Les yeux ouverts comme des soucoupes posés sur tout, il ne ratait pas une miette de la procédure d'embarquement. L'apogée de son excitation fut atteinte lorsque, à leur arrivée dans l'avion, ils croisèrent le capitaine et son copilote en train de gagner leur cabine.

— Regarde ! murmura-t-il, éperdu d'admiration. Le pilote...

Une hôtesse, qui avait assisté avec attendrissement à la scène, se fit un plaisir de lui proposer une visite de la cabine de pilotage. Quand Jack en ressortit cinq minutes plus tard, impressionné d'avoir pu parler au capitaine et muni d'une casquette aux armes de la compagnie, sa décision était prise : quand il serait grand, il serait pilote de ligne...

Durant les cinquante minutes suivantes, sans jamais décoller le nez du hublot près duquel il était assis, Jack bombarda son père d'un flot de questions. Au moment d'atterrir à New York, Brody était lessivé mais ravi de constater que son fils vivait grâce à Kate un des grands moments de sa jeune existence. A présent, songeait-il en bouclant sa ceinture, tout ce qu'il lui restait à faire, c'était de survivre aux deux jours qu'il allait devoir passer en immersion totale dans la famille Stanislaski. Et si cela ne suffisait pas à venir à bout de lui, il restait encore le spectacle de danse...

Un quart d'heure plus tard, un sac de voyage dans une main et celle de son fils soigneusement serrée dans l'autre, Brody cherchait Kate du regard dans le hall de l'aéroport. Et lorsqu'en lieu et place de celle qu'il espérait il vit approcher un grand homme blond et élancé, il fouilla désespérément dans sa mémoire pour y retrouver le nom du beau-frère de Kate.

— Nick LeBeck..., dit celui-ci en lui tendant la main, comme s'il avait pu deviner l'indécision de Brody. Je suis le mari de Freddie, la sœur de Kate. C'est chez nous que vous logez. Elle est désolée de ne pas avoir pu venir vous chercher elle-même, mais les répétitions ont pris du retard et Davidov leur mène la vie dure.

— Merci de vous être dérangé, répondit Brody en acceptant la main qu'il lui tendait. Nous aurions pu prendre un taxi...

— Aucun problème. Vous avez d'autres bagages ?

— Juste Spike, le chien de Jack.

Souriant, Nick LeBeck se pencha pour serrer la main du garçon.

— Hello, Jack ! Max est fou de joie à l'idée de te revoir. Freddie a préparé un bon dîner pour fêter votre arrivée. Tu aimes la soupe de têtes de poissons ?

Les yeux de Jack s'agrandirent sous l'effet de la surprise. Inquiet de commettre un impair, il lança à la dérobée un regard à son père et secoua la tête.

— Tant mieux ! s'exclama Nick en riant. Ce n'est pas du tout ce qui est prévu au menu. A présent, allons libérer Spike...

Se retrouver plongé dans une ville inconnue, invité à partager la maison et l'intimité de gens qui lui étaient étrangers, ne fut pas pour Brody aussi pénible qu'il l'avait imaginé.

Jack, quant à lui, se sentit tout de suite à l'aise. Comme s'ils s'étaient quittés la veille, il renoua avec Max, l'aîné des LeBeck, une complicité basée sur le rire et la passion des jeux vidéo.

Mais le héros de la soirée fut sans conteste Spike, à qui les enfants firent fête, et qui fit forte impression en se laissant aller, dans l'excitation du moment, à uriner sur le tapis du salon…

— Je suis vraiment désolé…, s'excusa Brody. Ce chien est une véritable calamité.

Avec un sourire bienveillant, Freddie lui tendit une serpillière humide.

— Ce n'est rien, assura-t-elle. Je vous assure que ce tapis en a vu d'autres. Alors détendez-vous…

Et à la grande surprise de Brody, il y parvint sans trop de difficulté. Il était intéressant de regarder Jack prendre sa place au sein d'une famille, de l'observer évoluer au milieu d'autres enfants. Le voir aux petits soins avec Kelsey, la sœur de Max âgée de trois ans, comme s'il avait voulu exercer ses muscles de grand frère, était particulièrement troublant. Lui-même fils unique, Brody était bien placé pour savoir à quel point le manque d'une fratrie peut marquer un enfant.

Nick, en apparaissant sur le seuil de la pièce, vint le tirer de ses pensées.

— Besoin d'un peu d'air ? dit-il avec un clin d'œil.

— Volontiers…

Quittant son fauteuil, Brody le rejoignit.

— Soyez sages, les enfants ! lança Nick avant de refermer la porte derrière eux. Et n'oubliez pas : celui qui casse est celui qui paie !

Brody se laissa guider vers le salon de musique, au milieu duquel trônait un vieux piano qui n'avait rien d'un objet de luxe et tout d'un outil de travail trop utilisé. De

215

confortables fauteuils de cuir entouraient une table basse couverte de partitions en désordre.

Au-dessus, sur une étagère, brillaient les multiples trophées qui avaient couronné au fil des ans les comédies musicales dont Nick signait les musiques et Freddie les livrets. Avec fierté, Kate avait raconté à Brody les détails de leur brillante carrière. Mais bien loin de se laisser impressionner, il s'était tout de suite senti à l'aise auprès de cet homme d'un abord agréable, aux manières simples et naturelles.

D'un geste de la main, son hôte l'invita à s'asseoir et alla ouvrir un réfrigérateur dissimulé dans un meuble.

— Vous voulez une bière ? demanda-t-il.

— Si vous me prenez par les sentiments...

Nick décapsula les deux canettes, en tendit une à son invité et vint prendre place dans un fauteuil face à lui. En silence, ils savourèrent tous deux longuement leur première gorgée de bière.

— Après ce voyage, dit-il enfin, je suppose qu'un quart d'heure sans enfant n'est pas pour vous déplaire...

— Jack a dû battre aujourd'hui son record, expliqua Brody avec une grimace. Entre le moment où je l'ai récupéré à la sortie de l'école et celui où nous avons atterri à *La Guardia*, il n'a pas cessé une seconde de parler.

— Estimez-vous heureux ! renchérit Nick. Je me rappelle avoir été enfermé dans un avion avec Max et Kelsey pour traverser l'Atlantique. Avez-vous une idée du nombre de questions que deux enfants peuvent poser au cours d'un vol de neuf heures ? Laissez tomber... Cela ne ferait que nous saper le moral !

Ils en rirent tous deux et firent honneur à leur bière avant que Brody ne reprenne :

— C'est une bien belle maison que vous avez là. En songeant à New York, on s'imagine plus volontiers d'immenses gratte-ciel ou de petits appartements dont les fenêtres donnent sur la façade de brique de l'immeuble d'en face...

— Nous avons connu cela aussi, répondit Nick non sans une certaine nostalgie. Quand Freddie et moi nous sommes rencontrés, j'habitais un appartement tel que celui que vous venez de décrire, au-dessus du bar dont s'occupe mon frère dans le Lower East Side. Un bel appartement — et un fameux bar... Mais ce n'est pas le genre d'endroit où on peut élever deux enfants.

La porte de la pièce s'entrouvrit.

— Ah ! s'exclama-t-il joyeusement. Voilà la reine de la soirée...

— Désolée d'être en retard..., s'excusa Kate en les rejoignant.

Elle se pencha pour déposer un baiser sur le front de Nick, puis se retourna pour gratifier Brody d'un autre bien plus intime et prolongé.

— Et désolée aussi de n'avoir pu venir à l'aéroport, reprit-elle quand leurs lèvres se séparèrent. Davidov ne nous lâche pas une seconde.

Souriante et lasse, elle fit face à son beau-frère et demanda :

— Nick, mon héros... Si tu me trouves un verre de vin, je serai ton esclave pour toujours...

D'un bond, celui-ci fut sur ses jambes.

— Un tel marché ne se refuse pas !

— Dis à Freddie que je la rejoins dans la cuisine dès que j'aurai récupéré un peu.

— Reste assise ! ordonna-t-il en la poussant dans le fauteuil qu'il venait de quitter. Je suis sûr que même ces pieds en or qui sont les tiens ont besoin de repos.

Avec un soupir de bien-être, Kate se pencha pour ôter ses souliers tandis que Nick quittait la pièce. Dès qu'il aperçut les multiples pansements qui recouvraient ses pieds, Brody jura entre ses dents et se précipita à genoux devant elle pour les examiner.

— Bon sang, Kate ! Qu'est-ce qui t'est arrivé ?

— Rien, répondit-elle avec fatalisme. J'ai dansé.

— Jusqu'à faire saigner tes pieds ?

— Cela arrive. Avec Davidov, cela arrive même souvent…

— Il mériterait d'être fusillé !

Kate s'adossa au fauteuil et ferma les yeux.

— J'y ai pensé moi-même un bon nombre de fois, mais cela ne résoudrait rien. La danse n'est pas pour les mauviettes, O'Connell. Et savoir danser en ignorant sa douleur fait partie du métier.

— C'est ridicule !

— Non. C'est la vie.

Amusée autant que touchée par son indignation, Kate se redressa et lui embrassa le front.

— Ne t'inquiète pas…, ajouta-t-elle. Ils vont vite cicatriser.

— Comment penses-tu pouvoir danser demain avec des pieds dans cet état ?

— Magnifiquement.

Voyant Nick revenir chargé du verre de vin qu'elle lui avait demandé, Kate soupira de bonheur.

— Brody pense que Davidov devrait être passé par les armes.

Nick baissa les yeux et poussa un petit sifflement en découvrant ses pieds.

— Il n'est pas le seul... Bon sang, quelle horreur ! Tu veux de la glace ?

— Inutile. Je m'en occuperai plus tard.

— C'est moi qui vais m'en occuper ! lança Brody en se redressant. Et dès maintenant...

Sans lui laisser le temps de réagir, il la prit dans ses bras et marcha vers la porte.

— Brody ! protesta-t-elle. Qu'est-ce que tu fais ?

— Tiens-toi tranquille ! ordonna-t-il en repoussant la porte avec le pied. Puisque tu n'es pas capable de prendre soin de toi, je vais m'en charger.

Hochant la tête d'un air entendu, Nick déposa sur la table basse le verre de vin abandonné et y récupéra sa bière.

— Ce type est mûr..., murmura-t-il après l'avoir bue. Complètement mûr...

— C'était tellement romantique..., soupira Freddie, assise sur son lit.

Des heures après, elle en avait le cœur encore tout retourné en se préparant à se coucher avec son époux. Déjà, des plans de mariage avant l'été se dressaient sous son crâne. Pour plus de commodité, elle espérait bien convaincre Kate de se marier à Manhattan, où toute la famille Stanislaski n'aurait aucun mal à se réunir pour fêter dignement l'événement. La fête aurait lieu chez eux, dans cette maison trop grande qu'ils occupaient à peine, et qui pour une fois ferait le plein.

— Il est entré dans la cuisine avec cet air farouche, poursuivit-elle, serrant Kate contre lui, et m'a demandé une bassine et de quoi lui baigner les pieds...

Sans trop se faire d'illusions, Nick frappa du poing contre le mur pour faire cesser le chahut dans la chambre voisine où Max et Jack étaient censés dormir.

— Je te l'ai dit, fit-il d'un air absent. Il est cuit...

— Tu as vu, reprit sa femme, la façon qu'il a de la regarder, spécialement quand il croit que personne ne l'observe ? On dirait qu'il va la gober toute crue...

Assis de l'autre côté du lit, Nick cessa de se gratter le ventre et fronça les sourcils.

— Je te regarde comme ça, moi aussi...

Freddie haussa les épaules et se leva pour aller se brosser les cheveux devant sa coiffeuse.

— Alors, maugréa-t-elle, tu dois bien te cacher...

— Tu plaisantes ?

Scandalisé, Nick la rejoignit et la prit par l'épaule pour la faire pivoter sur ses talons.

— Regarde bien ! ordonna-t-il en pointant deux doigts sur ses propres yeux. Tu vois ?

Freddie pouffa de rire.

— Je suis liquéfiée...

— Es-tu en train d'insinuer que je ne suis pas romantique et que ce manieur de marteau me bat dans ce domaine à plate couture ?

Ravie de la tournure prise par les événements, Freddie roula des yeux effarés et lui tourna le dos pour s'asseoir devant son miroir.

— Arrête, par pitié...

L'instant d'après, elle se sentit soulevée de terre et emportée dans les bras de son mari jusqu'au lit. D'un baiser langoureux, il fit taire le cri de protestation qui lui échappa.

— Tu veux de la romance ? gronda-t-il quand leurs lèvres se séparèrent. Tu vas être servie, ma chérie...

Debout dans sa chambre, alors que dans celle de Max les enfants épuisés avaient enfin sombré dans le sommeil, Kate noua la ceinture de son déshabillé. Elle se sentait vidée corps et âme, anéantie par les quelques jours de répétition qu'elle venait de vivre, mais il lui paraissait impossible de dormir sachant qu'elle n'avait qu'un couloir à traverser pour retrouver Brody. Peut-être avait-il considéré lui-même la possibilité de la rejoindre, se dit-elle, mais cela ne l'empêchait en rien de prendre les devants...

En silence, elle se glissa hors de sa chambre et fila jusqu'à celle des enfants pour vérifier qu'ils dormaient. Même le chien, nota-t-elle, répandu comme une flaque sur une descente de lit, semblait parti pour une longue nuit de sommeil. Satisfaite, elle referma et marcha sur la pointe des pieds jusqu'à la porte de Brody. Le fait qu'aucun rai de lumière ne filtrait par-dessous ne la retint en rien. Si elle devait le réveiller, tant pis pour lui — après la semaine qu'elle venait de passer, elle estimait l'avoir bien mérité. Pesant sur la poignée, elle se faufila dans la pièce au moment où il se détournait de la fenêtre.

Depuis que les uns et les autres avaient gagné leurs chambres, Brody se livrait à son passe-temps favori — songer à Kate. Vêtu de son seul jean ouvert à la ceinture, il n'en fut pas moins ébahi de la voir apparaître sous ses yeux et s'adosser à la porte dont elle tira le verrou.

— Kate..., protesta-t-il à mi-voix. Les enfants...

— Ils sont K.O.

Kate avait profité d'une heure de pause pour s'offrir dans une boutique de Manhattan la petite extravagance de soie couleur pêche qu'elle avait revêtue à son intention. Mais en découvrant le regard de Brody posé sur elle, en entendant le bruissement du vêtement sur sa peau tandis qu'elle marchait vers lui, elle comprit que l'investissement n'avait pas été fait en pure perte.

— Je viens d'aller les voir…, expliqua-t-elle en caressant d'un doigt lascif sa poitrine nue. Ils dorment comme des souches. Et s'ils se réveillent, l'un de nous quatre les entendra et pourra s'en charger. Tu admirais la vue ?

— Elle est plutôt spectaculaire, dit-il en écartant les pans du déshabillé pour mettre à nu ses seins. Mais pas autant que celle-ci… J'étais en train de me dire que j'allais être incapable de trouver le sommeil, sachant que tu étais si proche et si inaccessible à la fois.

Kate lui prit les mains, les posa sur sa poitrine.

— Touche-moi à ta guise, murmura-t-elle. Et si nous ne dormons ni l'un ni l'autre de la nuit, tant pis…

Brody s'éveilla en sursaut, tâtonnant pour chercher Kate à son côté. Puis la confusion s'empara de lui en constatant qu'il n'était pas dans sa chambre. Un faible bruit lui fit tourner la tête, et il la vit à la faveur d'une pâle lueur tombée d'une fenêtre enfiler son déshabillé.

— Que se passe-t-il ?

— Désolée de t'avoir réveillé…, murmura-t-elle en s'approchant du lit. Je dois y aller. J'ai une classe de danse.

— Quoi ? maugréa-t-il dans un demi-sommeil. Tu enseignes la danse en plein milieu de la nuit ?

Sa remarque la fit pouffer de rire.

— Je ne vais pas donner un cours, je vais en suivre un. Et ce n'est pas le milieu de la nuit : il est presque 6 heures.

Vaillamment, Brody tenta de mettre un peu d'ordre dans ses idées, mais avec moins de quatre heures de sommeil, son cerveau refusait de lui obéir.

— Tu apprends à danser ? s'étonna-t-il. Je croyais que tu savais danser…

Kate se pencha pour effleurer ses lèvres du bout des siennes.

— Rendors-toi…, susurra-t-elle. Je t'expliquerai.

— Non, attends !

A présent parfaitement réveillé, Brody lui attrapa la main avant qu'elle ait pu s'éloigner.

— Pourquoi prends-tu des cours de danse à 6 heures du matin ?

Kate soupira et s'assit au bord du lit.

— Je prends des cours de danse, répondit-elle, parce que je suis une danseuse et que les danseuses n'ont pas intérêt s'arrêter d'apprendre, surtout quand elles ont un gala le soir même. Et s'il est fixé à 6 heures, c'est parce qu'à 10 heures j'ai une séance d'essayage, suivie d'une répétition générale. Satisfait ?

— Mmm…, bougonna Brody en lui lâchant la main pour se renfoncer dans son oreiller.

— Nick et Freddie sont à votre disposition pour vous emmener où vous voudrez en ville aujourd'hui. Peut-être pourrez-vous faire un saut au théâtre dans le courant de la journée ?

Kate attendit une réponse, qui ne vint pas. Après avoir remonté sur son épaule la couverture, elle se leva pour se préparer à affronter une difficile journée.

— Vous êtes sûre qu'il n'y a pas de problème ?

Brody considéra d'un œil dubitatif le petit groupe agité et bruyant — trois adultes, trois enfants et un chien — qui s'apprêtait à passer les portes de l'entrée des artistes du théâtre.

— Absolument aucun ! assura Freddie. Kate a préparé le terrain.

Toujours aussi peu convaincu, Brody se garda bien pourtant d'insister. Comme il n'avait pas tardé à le découvrir, il était aussi difficile d'argumenter avec l'aînée qu'avec la cadette des sœurs Kimball. Surtout en n'ayant dormi que quatre heures la nuit précédente.

Les enfants avaient bondi de leur lit peu de temps après le départ de Kate, faisant suffisamment de bruit pour réveiller toute l'île de Manhattan. Quant à ceux qui auraient choisi de faire la sourde oreille, les aboiements frénétiques et joyeux de Spike auraient suffi à les décider à se lever.

A la grande joie de Jack, ils avaient pris leur petit déjeuner dans un snack, avant d'entamer une tournée marathon de tous les hauts lieux touristiques de New York — l'Empire State Building et ses boutiques de souvenirs, la gare de Grand Central et ses boutiques de souvenirs, Central Park et ses boutiques de souvenirs…

Tant et si bien qu'en arrivant au théâtre, Brody ne rechignait finalement plus à aller déranger Kate dans son travail. Pour ce qu'il en savait, il y avait toujours des sièges où se reposer les jambes dans ce genre d'endroits… Et pas de boutique de souvenirs.

— Bouches cousues ! prévint Nick à mi-voix en s'adressant aux enfants. Sinon, je vous garantis que nous ne tarderons pas à nous retrouver dehors…

Affectueusement, il caressa la tête de Spike.

— Cela vaut aussi pour toi, boule de poil !

— Rien de plus romantique que les coulisses d'un théâtre…, soupira sa femme en venant mêler ses doigts aux siens.

Les LeBeck échangèrent un baiser qui n'était ni le premier ni le dernier de la journée, et tous se mirent en route dans un dédale de halls et de corridors. Au détour de l'un d'eux, une femme perchée derrière un comptoir les étudia derrière ses lunettes cerclées d'or et les salua d'un hochement de tête.

— Freddie, Nick…, lança-t-elle à voix basse. Ravie de vous revoir. Je vois que vous avez amené la troupe.

Freddie hocha la tête en souriant.

— Kate vous a prévenue, n'est-ce pas ?

— En effet. Un de ces enfants comprendrait-il le russe, par hasard ?

— Non.

— Tant mieux, parce que le maître est au mieux de sa forme, ce matin. Vous pouvez me laisser le chien. J'aime les animaux, et s'il se risque à passer cette porte Davidov pourrait bien n'en faire qu'une bouchée.

— C'est si grave que ça ? s'enquit Nick.

Levant les yeux au plafond, leur interlocutrice poussa un soupir de martyr.

— Bien pire encore. Comment s'appelle cette petite bête ?

— Spike, répondit Jack. Et c'est mon chien.

— Je te promets d'en prendre le plus grand soin.

Non sans une certaine réticence, le garçon lui tendit l'animal.

— D'accord. Mais si il a peur, il faudra venir me chercher.

— Marché conclu. A présent je vous laisse aller. Vous connaissez le chemin.

Mais même s'ils ne l'avaient pas connu, songea Brody, il leur aurait suffi de se guider aux éclats de voix qui leur parvenaient.

— Davidov…, commenta Freddie avec un soupir résigné. Il me semble plus prudent d'éviter la scène et de nous installer tout de suite dans la salle.

Jack tira nerveusement sur la manche de son père.

— Est-ce qu'il mange vraiment les chiens ?

— Non, le rassura Brody en lui agrippant la main. Cette dame ne faisait que plaisanter.

Du moins l'espérait-il… Car comme ils ne tardèrent pas à le découvrir, à défaut de chien le chorégraphe semblait bien décidé à tailler en pièces les danseurs qui répétaient sous ses ordres. Assis à l'avant-scène, il coupa d'un grand geste dramatique le magnétophone qui diffusait une musique lyrique et envoûtante.

— Vous ! Vous ! hurla-t-il en pointant le doigt successivement sur les deux ballerines à bout de souffle qui le dévisageaient d'un air craintif. Sortez ! Hors de ma scène, tout de suite… Allez vous passer la tête sous l'eau, vous ressemblerez peut-être un peu plus à des danseuses !

A peine ses deux victimes avaient-elles déguerpi sans demander leur reste que le chorégraphe hurlait de nouveau :

— Kimball ! Blackstone ! En scène !

En attendant son couple de danseurs vedettes, Davidov se mit à faire les cent pas, les mains croisées derrière le dos. C'était un grand homme mince en survêtement gris, qu'une crinière non domestiquée de cheveux blonds mêlés de gris faisait ressembler à un lion.

— Il fait peur…, murmura Jack.

Lorsqu'ils furent tous installés sur une rangée de sièges derrière une spectatrice solitaire, Brody le prit sur ses genoux et referma ses bras autour de lui pour le rassurer. Puis Kate fit son entrée sur scène et il dut prendre sur lui pour ne pas rester stupidement bouche grande ouverte.

— C'est Kate ! s'enthousiasma Jack. Regarde, p'pa, elle a mis son costume... Ce qu'elle est belle !

— Oui, je vois..., lui murmura-t-il à l'oreille. Mais rappelle-toi ce que Nick a dit : bouche cousue !

Les cheveux de Kate flottaient librement sur ses épaules. Son costume, d'un rouge flamboyant, était composé d'un bustier ajusté et d'une jupe faite de dizaines de foulards diaphanes qui flottaient librement autour de ses jambes . Elle était chaussée de ballerines écarlates.

Les mains sur les hanches, elle marcha sans se presser jusqu'à se retrouver nez à nez avec Davidov.

— Tout à l'heure, lança-t-elle d'un ton de défi, tu m'as ordonné de sortir de scène. Ne recommence jamais ça !

— J'ordonne de sortir ! rétorqua-t-il en soutenant son regard. J'ordonne de rentrer ! Un chorégraphe est fait pour donner des ordres et un danseur pour y obéir et danser. Alors fais ton métier et danse...

D'un signe de la main, il pria le danseur tout habillé de blanc qui avait suivi Kate de s'écarter et posa le doigt sur la touche du magnétophone.

— *La Rose rouge*, Kimball. Solo d'ouverture. Tu es payée pour être Carlotta. Alors, par pitié, *sois* Carlotta. Lumières !

Après avoir amplement pris sa respiration, Kate se mit en place, jambe gauche en arrière, les bras levés en une courbe gracieuse, le regard fier et le menton haut. Un projecteur de poursuite, comme un pinceau de lumière braqué sur elle, s'alluma dans les cintres. Les premiers accords de musique retentirent, graves et empreints de mélancolie. Kate se fit Carlotta et les laissa couler en elle.

Brody n'en croyait pas ses yeux. Il n'avait jamais rien vu de tel, n'avait même jamais imaginé que rien de tel pût exister. Feu follet couvrant la scène de sa course légère,

Kate était tout simplement... magique. Il en était encore à essayer d'intégrer ce nouvel aspect de sa personnalité qui lui avait échappé que le danseur habillé de blanc se joignit à sa partenaire.

Bientôt, la stupeur de Brody se teinta d'un certain trouble. Il n'aurait jamais imaginé non plus qu'un duo de danse pût être aussi... sexy. Mais ce duo l'était pourtant, avec une insolence revendiquée et un goût sans défaut. Archétypes de l'homme et de la femme, Kate et son partenaire transfiguraient par la grâce de leurs gestes et de leurs pas tout ce qui dans un couple peut naître de beau.

En y regardant d'un peu plus près, pourtant, Brody comprit qu'une technique sans faille et une farouche énergie portaient cet élan de beauté pure. Comme si le temps avait suspendu son cours, chacun dans la salle retenait son souffle. Ce moment de grâce dura jusqu'à ce qu'un cri de rage vienne le fracasser brutalement.

— Non ! Non ! Non ! hurlait Davidov, les mains levées en l'air comme pour implorer le ciel. Qu'est-ce que c'est que ça ? Qu'est-ce que vous me faites ? Est-ce du sang que vous avez dans les veines ou du jus de navet ? Où est le feu ? Où est la passion ?

Encore tout essoufflée de l'effort fourni, Kate lui tomba dessus sans crier gare et le secoua violemment.

— Tu veux du feu ? cria-t-elle, les yeux étincelants de fureur. Je vais t'en donner...

Davidov posa les mains sur ses hanches et la souleva de terre sans le moindre effort.

— Bien..., fit-il avec une joie manifeste. Voilà qui est mieux.

Sur un simple signe de tête de sa part, un assistant s'approcha et mit en route le magnétophone, poussant le volume de quelques crans.

228

Dans ce vacarme assourdissant, la répétition reprit, Davidov remplaçant le partenaire de Kate, avec une fougue confinant à la violence.

— Tu y es ! s'exclama-t-il quand la musique se tut. Surtout, reste en colère... A présent, tu n'as plus qu'à refaire la même chose en mieux avec Blackstone.

— Je te déteste ! hoqueta-t-elle.

— Tu te trompes de cible.

Sans ménagement, Davidov la prit par le bras et la fourra dans les bras de son partenaire.

— Si tu veux danser à la hauteur de ta réputation, c'est lui qu'il faut haïr !

Laissant le danseur étoile consterné tenter d'apaiser sa partenaire, Davidov tourna les talons et fit revenir la bande en arrière.

Dans la salle, les points serrés sur les accoudoirs, Brody était à deux doigts de grimper sur scène pour lui dire sa façon de penser.

— Qu'est-ce qu'il cherche ? s'entendit-il maugréer. Du sang ?

La femme d'une cinquantaine d'années qui était assise devant eux, élégante et distinguée, tourna la tête et lui sourit timidement.

— Vous ne croyez pas si bien dire, chuchota-t-elle. C'est exactement ce qu'il cherche.

— Mon père dit qu'il devrait être fusillé ! intervint Jack, outré lui aussi par le sort réservé à Kate.

Alors que retentissaient de nouveau sur scène les clameurs de Davidov, leur voisine se mit à rire et pivota sur son siège pour leur faire face.

— Ton père n'est pas le seul à penser ça, dit-elle. Plus les danseurs sont talentueux, plus il est dur avec eux.

Pour avoir dansé sous ses ordres, je suis bien placée pour le savoir...

Les sourcils froncés, Jack demanda :

— Est-ce qu'il criait sur vous aussi ?

— Oui. J'avais beau savoir que c'était pour tirer le meilleur de moi-même, cela me mettait toujours très, très en colère !

Les yeux de Jack, fasciné, brillaient dans l'obscurité de la salle de théâtre.

— Alors, que faisiez-vous ? demanda-t-il dans un souffle. Vous le frappiez ?

Le rire cristallin de l'inconnue retentit de nouveau.

— Non, répondit-elle. J'ai fait mieux que cela. Je l'ai épousé...

Puis, se tournant vers Brody, elle ajouta :

— Je suis Ruth Bannion, la femme de Davidov. Et vous, vous devez être cet ami dont Kate nous a parlé...

— Désolé..., marmonna-t-il. Si j'avais su...

— Ne vous excusez pas ! protesta-t-elle. Mon mari est connu pour pouvoir susciter en chacun le meilleur comme le pire. C'est ce qui fait de lui ce qu'il est. Je peux vous assurer qu'il adore Kate, et qu'il ne s'est toujours pas consolé de son départ de la troupe.

Avant de se retourner vers la scène, Ruth ajouta :

— Regardez-la bien, vous comprendrez pourquoi...

La répétition se prolongea encore un petit quart d'heure jusqu'à ce que Davidov, découragé, fasse taire la musique et maugrée :

— Restons-en là... Je ne pourrai rien tirer de mieux de vous pour l'instant. Allez vous reposer. Et fassent les dieux que vous trouviez ce soir un peu d'énergie...

Kate entendait son pouls battre comme un tambour à ses oreilles. Ses pieds, ses chevilles, tout son corps criait

230

grâce, mais il lui restait suffisamment d'énergie pour dire son fait à ce monstre qu'elle avait commis l'erreur de choisir pour maître.

Quand elle eut achevé sa tirade et qu'elle resta debout devant lui, pantelante, Davidov fronça les sourcils.

— J'ai beau être russe, gronda-t-il, je comprends parfaitement quand une Ukrainienne m'accuse d'avoir un cœur de porc...

Kate releva le menton d'un air de défi.

— Tu n'y es pas du tout ! Ce n'est pas ton cœur que je comparais à celui d'un porc, mais ton visage...

Triomphante, elle tourna les talons pour regagner les coulisses en claudiquant, sous les yeux attendris du chorégraphe épanoui et radieux.

Souriante elle aussi, Ruth Bannion se retourna et prit Jack et Brody à partie.

— Vous voyez ? Ils s'adorent tous les deux...

11.

Kate était en train d'embrasser le chorégraphe russe à pleine bouche quand Brody pénétra dans sa loge après le spectacle.

Elle ne portait pour tout vêtement qu'un peignoir de soie — court et rouge — et ne s'était pas encore débarrassée de son maquillage de scène. Ses cheveux étaient relevés en un chignon sophistiqué qu'elle avait arboré durant tout le finale, une danse espagnole en tutu écarlate des plus sexy...

Elle avait captivé la salle entière. Elle avait failli le rendre fou d'admiration et de désir, pour finir par le rendre fou de rage et de jalousie. Confusément, il se demanda lequel des deux il allait tuer en premier.

— Désolé de vous déranger !

Kate, les yeux brillants et les joues rouges, tourna à peine la tête vers lui.

— Oh ! fit-elle. Brody...

Un bras posé sur les épaules de son élève, Davidov observa froidement le nouveau venu.

— C'est le charpentier ? demanda-t-il d'une voix rocailleuse. Celui qui voulait me fusiller ? A présent, je crois qu'il a une raison supplémentaire de le faire... Il n'aime pas me voir t'embrasser.

— Ne sois pas ridicule ! protesta Kate.

Dardant sur elle un regard assassin, Brody se dit, tout compte fait, qu'il ferait aussi bien de la tuer en premier...

— Cela n'a rien de ridicule, grogna-t-il. Je n'aime pas le voir t'embrasser.

— Mais c'est absurde ! renchérit Kate en riant. C'est Davidov...

— Je sais qui c'est !

Brody prit le temps de refermer la porte avant de s'approcher lentement du chorégraphe. Quitte à verser le sang, il préférait le faire en toute intimité...

— J'ai rencontré votre femme aujourd'hui..., lança-t-il enfin sur un ton accusateur.

— Elle me l'a dit, répondit-il sans se troubler. Ruth a l'air de vous apprécier beaucoup, ainsi que votre petit garçon...

Parce qu'il lui arrivait rarement de résister à une envie qui lui passait par la tête — mais aussi parce qu'il aimait bien jeter de l'huile sur le feu —, Davidov embrassa les cheveux de Kate.

— Avant que vous ne me posiez la question, reprit-il, ma femme sait que je suis en train d'embrasser Kate de cette façon. Elle l'accepte d'autant mieux qu'elle est d'accord avec moi pour dire qu'elle a dansé ce soir mieux qu'elle ne l'a jamais fait. Raison pour laquelle je ne lui pardonne pas — et ne lui pardonnerai jamais — de me laisser tomber ainsi.

Le regard d'adoration que Kate lui lança à ces mots suffit à exacerber la jalousie de Brody.

— Je suis heureuse d'avoir pu terminer ma carrière sur une note aussi parfaite, dit-elle d'une voix émue. Tout

233

comme je suis heureuse de passer à une autre phase de mon existence.

Avec un soupir de tragédien, Davidov roula des yeux effarés.

— En tant que chorégraphe, que m'importe que tu sois heureuse pourvu que tu continues de danser.

Il porta ses mains à ses lèvres et les embrassa avec ferveur.

— Mais en tant qu'ami, conclut-il, je suis heureux que tu sois heureuse...

— Et moi, intervint Brody les poings serrés, je serais aux anges si vous reculiez d'un pas...

Les sourcils froncés, Kate le rabroua :

— La jalousie n'est pas séduisante chez un homme. Elle l'est d'autant moins quand elle est injustifiée.

— Le meurtre n'est pas séduisant non plus ! Mais il s'avère parfois nécessaire...

— Une minute !

Comme pour les séparer, Davidov s'interposa entre eux en riant.

— Si vous voulez vous disputer, attendez au moins que je sois sorti pour le faire...

Puis, se tournant vers Kate, il lui posa les deux mains sur les épaules.

— Tu sais, dit-il d'une voix voilée par l'émotion, que j'ai écrit *La Rose rouge* pour la femme que j'aime le plus au monde, ma Ruth, mon épouse adorée... Ce soir, je peux te dire que tu as incarné Carlotta aussi bien qu'elle avait su le faire elle-même.

Les lèvres tremblantes, Kate sentit les premières larmes déborder de ses paupières.

— Tu vas énormément me manquer..., reprit le chorégraphe en les essuyant du bout des doigts. Aussi, je

234

t'ordonne d'être très très heureuse dans ta nouvelle vie, sans quoi je viendrai moi-même te chercher pour te remettre sur scène.

En conclusion de son petit discours, il lui saisit le visage entre les mains et lui déposa un baiser sur le front, avant de se tourner vers Brody pour le dévisager d'un œil amusé.

— Jeune homme, dit-il en soutenant son regard sans ciller, vous avez bien de la chance d'avoir su vous faire aimer d'elle. Moi, je suis un vieil homme qui aime sa femme et lui est fidèle depuis toujours. Vous l'avez rencontrée, vous pouvez comprendre pourquoi. Ruth est un véritable trésor. Et si vous avez des yeux pour voir, vous avez pu constater ce soir que Kate en est un autre...

Ses yeux brillèrent d'une lueur malicieuse.

— Cela dit, conclut-il, je vous comprends. Si je trouve un homme en train d'embrasser ma femme, je lui brise les jambes. Mais il est vrai que je suis russe.

— Moi, répliqua Brody d'un air farouche, je commencerais plutôt par les bras. Sans doute parce que je suis irlandais...

Le rire tonitruant de Davidov remplit la petite pièce durant un long moment. Sur le chemin de la porte, avant de sortir, il assena sur l'épaule de Brody une tape vigoureuse.

— Sans rancune..., dit-il en lui tendant sa main à serrer. Finalement, moi je vous aime bien.

— N'est-il pas merveilleux ? murmura Kate quand ils se retrouvèrent seuls.

— Je te rappelle qu'il y a quelques heures tu le détestais.

En s'asseyant devant sa coiffeuse pour entamer son démaquillage, Kate agita vaguement la main.

— C'était pendant les répétitions, expliqua-t-elle avec insouciance. Je déteste toujours Davidov pendant les répétitions.

— Tout comme tu l'embrasses sur la bouche après chaque représentation ?

— Tout dépend de la représentation... Te rends-tu compte que tu viens de serrer la main d'un génie, d'un phare de la danse moderne ? Je ne serais pas la danseuse ni même la femme que je suis aujourd'hui si je n'avais pas travaillé durant des années avec cet homme. Comment veux-tu que nous ne soyons pas intimes ? Mais tu fais fausse route en pensant ce que tu penses. Il n'y a rien de sexuel entre nous. Ni aujourd'hui. Ni jamais. Davidov adore sa femme. Et moi, j'ai toujours eu pour lui le respect d'une fille pour son père.

— Es-tu en train de me dire qu'il s'agit entre vous d'une complicité artistique ?

— En quelque sorte. Toi qui aimes le base-ball, tu n'as jamais vu des joueurs se sauter dans les bras et se toucher les fesses après une belle balle ?

— Je vois mal ton frère embrasser à pleine bouche ses coéquipiers, mais je vois ce que tu veux dire.

Soulagée d'avoir éclairci ce malentendu, Kate fit pivoter son tabouret pour se retourner vers lui.

— Rassure-moi tout de suite ! supplia-t-elle. Cela s'est bien passé, n'est-ce pas ? Tu as aimé ?

— Chaque minute. Chaque seconde. Je n'ai jamais rien vu d'aussi beau... Ni d'aussi beau que toi.

L'instant d'après elle lui sautait dans les bras, maculant sa joue de l'épaisse couche de fard qu'elle n'avait pas encore ôtée.

— Oh, je suis si contente ! lança-t-elle en passant du rire aux pleurs. J'étais tellement nerveuse de savoir que mes parents, mes grands-parents et tous mes oncles et tantes étaient là. Brandon avait envoyé des fleurs !

Le cœur serré, Brody parcourut du regard la pièce emplie de centaines de roses, de télégrammes, de bouteilles de champagne, toutes ces choses excitantes et raffinées qui pourtant faisaient pâle figure à côté d'elle. Comment pourrait-elle se passer de tout cela ? se demanda-t-il soudain. Et surtout, pourquoi l'aurait-elle dû ? Il s'apprêtait à le lui demander quand la porte s'ouvrit à la volée, cédant le passage à sa famille émue et enthousiaste venue la saluer.

Kate lui parut encore plus dans son élément le lendemain à Brooklyn. La sirène flamboyante qui avait mis la veille le feu aux planches avait cédé la place à une belle jeune femme sereine et décontractée qui déambulait pieds nus, en jean et sweat-shirt, dans l'appartement de ses grands-parents.

Découvrir l'endroit et le moment où ils pourraient se retrouver seuls paraissait une gageure, mais Brody ne désespérait pas d'y parvenir. Pour l'instant, il se contentait d'observer assis dans un sofa couvert de coussins brodés le théâtre des opérations d'un œil prudent. C'était à se demander comment une maison aussi petite pouvait accueillir tant de monde à la fois sans que l'oxygène vienne à manquer...

Le niveau sonore atteignait des records. Sur un piano droit collé contre un mur, différentes paires de mains s'exerçaient sur des tempos variés allant de Beethoven à Jerry Lee Lewis. Des odeurs de cuisine alléchantes flottaient dans l'air. Versé par des mains généreuses, le vin coulait à flots et personne ne semblait tenir à rester plus de cinq minutes en place.

Son fils, lui, était heureux comme un poisson dans l'eau. En penchant la tête, il pouvait le voir au milieu d'une forêt de jambes jouer avec son copain Max aux petites autos sur le tapis fané. Un peu plus tôt, il l'avait vu assis sur les genoux de Yuri, le grand-père de Kate, et engagé avec lui dans une conversation des plus sérieuses. Et avant cela encore, il l'avait surpris occupé à se laisser glisser sur la rampe d'escalier, imitant en cela deux jeunes adolescents hilares. L'incident l'avait convaincu de la nécessité de garder un œil sur lui, même si ce n'était pas chose aisée.

— Ne vous inquiétez pas, il ne risque rien...

Une femme portant sur le visage toutes les caractéristiques de la famille Stanislaski venait de s'asseoir à son côté et lui souriait.

— Rachel..., se présenta-t-elle, voyant qu'il ne la reconnaissait pas. La tante de Kate. Difficile de se souvenir de tout le monde, n'est-ce pas ?

Fouillant désespérément dans ses souvenirs, Brody y retrouva tout ce que Kate lui avait confié sur la sœur de sa mère, la juge qui avait épousé le tenancier de cette brasserie dans le Lower East Side, lui-même demi-frère de Nick LeBeck...

— Je vois que vous y êtes..., reprit Rachel avec satisfaction. C'est mon mari que vous voyez là-bas.

Du regard, elle lui désigna un grand homme svelte, occupé à coincer sous son coude la tête d'un garçon grimaçant aux cheveux noirs et bouclés. Son sourire s'élargit encore. Elle hocha la tête d'un air indulgent et expliqua :

238

— C'est notre fils Gédéon — une vraie terreur — qu'il malmène ainsi. La grande rousse magnifique à qui il parle, c'est Sydney, la femme de mon frère Mike et la mère de la jeune Laurel — sa plus jeune fille — qui fait un câlin dans ses bras. Mike est quelque part là-bas, occupé comme d'habitude à se chamailler avec mon frère Alexi, pendant que sa femme Bess — l'autre grande rousse magnifique de la famille — se fait faire des tresses par sa fille Carmen, assistée de Kelsey, la cadette de Nick et Freddie. Quant à ce jeune costaud qui sort de la cuisine la bouche pleine, c'est Griff, l'aîné de Mike et Sydney. Vous avez suivi ?

— Euh…

Rachel éclata de rire et posa sur son genou une main compatissante.

— Vous vous y ferez vite, assura-t-elle. L'essentiel, c'est que vous sachiez que votre fils ne craint rien pour pouvoir vous détendre. Mais vous n'avez rien à boire ? Je vais vous chercher un verre de vin !

Avant qu'il ait pu l'en remercier, Rachel s'était déjà éclipsée, aussitôt remplacée par Griff, apparemment déterminé à discuter charpente. Dans ce domaine-là au moins, songea Brody en s'exécutant de bonne grâce, il ne se sentirait pas perdu…

A la place de sa tante, ce fut Kate qui apparut près du sofa quelques minutes plus tard pour lui apporter le verre de vin promis. S'asseyant sur l'accoudoir, elle le lui tendit et sirota le sien à petites gorgées en écoutant Griff faire part avec force détails de ses expériences de charpentier amateur.

— Tout va bien par ici ? demanda-t-elle quand l'adolescent lui en laissa l'occasion.

— Super ! s'exclama Brody. Il me suffit de rester tranquillement assis ici, et les candidats à un brin de discussion défilent les uns après les autres pour me tenir compagnie. Bientôt, j'en saurai plus sur la famille Stanislaski que tu n'en sais toi-même.

Comme pour lui donner raison, Alex s'écroula à cet instant dans la place laissée vacante par son neveu, parti voguer vers d'autres aventures.

— Bess et moi, commença-t-il en posant ses pieds sur la table basse, avons envie d'ajouter une pièce ou deux dans notre chalet de vacances.

Brody adressa à Kate un clin d'œil complice.

— Qu'est-ce que je te disais...

Puis, se tournant vers son nouvel interlocuteur :

— Qu'avez-vous en tête, exactement ?

Kate les laissa entre hommes et fila dans la cuisine voir si elle pouvait se rendre utile. Debout devant la table, sa mère était occupée à mettre la dernière touche à une salade monumentale. Nadia, devant les fourneaux, supervisait Adam, le plus jeune fils de Mike et Sydney, qui touillait avec application le contenu d'une grosse marmite.

— Besoin de mains supplémentaires ?

— Les coups de main ne manquent jamais dans ma cuisine ! s'exclama Nadia en ébouriffant la tignasse bouclée de son petit-fils.

Ses propres cheveux avaient à présent totalement blanchi, et d'année en année se creusaient sur son visage les stigmates du temps. Ce qui n'enlevait rien à la vivacité de son regard ni à la profonde bonté de son sourire.

— Ça devrait aller comme cela, maintenant..., dit-elle à son petit-fils. File !

— On mange bientôt ? s'inquiéta-t-il. Pendant que vous discutez, nous on commence à avoir vraiment faim...

— Très bientôt ! promit Nadia. Va déjà voir si la table est mise.

— J'y vais ! cria-t-il en bondissant hors de la pièce.

— En voilà un qui sait ce qu'il veut, commenta sa grand-mère en le regardant sortir.

Tout en touillant sa salade, Natasha se mit à rire.

— Maman…, protesta-t-elle. Tu sais bien que chez nous, tout le monde sait ce qu'il veut ! Brody survit à cette épreuve, Katie ?

Dans un bol posé sur la table, Kate chaparda un croûton avant d'aller humer le contenu des différentes marmites et casseroles.

— Très bien, répondit-elle. Toute la famille défile pour lui tenir compagnie. Pour l'instant, c'est l'oncle Alex qui lui parle travaux. Comment le trouves-tu, mamie ?

— Il a de beaux yeux, répondit celle-ci en hochant la tête d'un air approbateur. Il paraît fort, aimable, équilibré, et il a très bien su élever son fils. Tu as bon goût, ma petite Katie…

— Il faut dire que j'ai été à bonne école…

Tendrement, Kate se pencha pour déposer un baiser sur la joue de sa grand-mère.

— Merci de l'accueillir si bien…, murmura-t-elle.

Le cœur chaviré à la pensée du temps qui passe, Nadia masqua son trouble en lui donnant une petite tape sur les fesses.

— Va voir où en sont les autres…, suggéra-t-elle. Sinon, ton jeune homme et son fils vont penser que personne ne mange jamais dans cette maison.

— Avec ce que tu t'apprêtes à leur faire avaler, dit Kate en riant, le risque n'est pas bien grand…

Avant de sortir de la cuisine, Kate fit un détour par la table pour embrasser les cheveux de sa mère et voler un autre croûton.

— Une de plus…, soupira Nadia lorsqu'elle fut seule avec sa fille. Nous danserons bientôt à son mariage.

— Tu ne crois pas si bien dire, renchérit Natasha. Freddie s'est mis en tête de les marier à Manhattan avant l'été…

— Tu approuves son choix ?

Natasha soupira à son tour. Déjà, un brouillard de larmes lui voilait les yeux.

— Naturellement, répondit-elle. C'est un homme bon. Il la rendra heureuse. Et pour être honnête, je crois que si j'avais dû choisir moi-même le mari de ma fille, je n'en aurais pas choisi un autre…

Son dernier mot se brisa dans un sanglot et Nat courut se réfugier dans les bras de sa mère.

— Oh, maman…, gémit-elle en se laissant bercer comme autrefois tout contre elle. Il y a quelques années à peine, elle était encore un bébé…

— Je sais…, murmura Nadia en lui caressant les cheveux. Le temps file trop vite.

En milieu de semaine après son retour de New York, Kate eut abattu la plus grosse part du travail qui lui restait à faire.

La grande salle d'entraînement était fin prête pour accueillir ses premiers élèves. Le plancher brillait dans la lumière reflétée par les murs couverts de miroirs. Son bureau était opérationnel. Dans les vestiaires et les toilettes ne manquait pas le plus petit morceau de savon. Et depuis qu'un peintre en lettres était passé dans l'après-midi, la devanture avait pris son aspect définitif.

« Ecole de Danse Kate Kimball »

Debout sur le trottoir, Kate ne se lassait pas de lire et relire l'inscription en hautes lettres blanches. Elle lui faisait mesurer le chemin parcouru en si peu de temps. Les rêves, songea-t-elle, étaient vraiment faits pour être réalisés. Le tout était d'y croire vraiment, et d'y travailler avec opiniâtreté.

— Mademoiselle, s'il vous plaît ?

Surprise en pleine rêverie, Kate se retourna vers la jeune femme qui l'interpellait. Voyant venir à elle la voisine que Brody avait mêlée à leur dispute, son cœur se mit à battre plus fort.

— Bonjour, dit-elle en essayant de masquer son trouble.

— Bonjour…, répondit timidement celle-ci. Nous n'avons pas encore eu l'occasion de nous présenter. Je suis Marjorie Rowan.

— Kate Kimball…

Les yeux de la voisine se portèrent sur l'enseigne toute neuve.

— Oui, dit-elle en souriant. Ça, je le sais… En fait, je connais aussi votre… petit ami. Mon propriétaire l'a fait intervenir une ou deux fois pour quelques travaux dans notre immeuble.

— Hum ! fit Kate, mal à l'aise. Je vois…

— Peu importe ! reprit Marjorie Rowan. Le fait est que j'ai trouvé l'une de vos brochures chez votre mère l'autre jour. Ma petite fille, qui a huit ans, est folle de joie à l'idée de pouvoir apprendre la danse.

D'abord soulagée de ne pas avoir à faire face à des remontrances sur le thème de la nécessité d'éviter le scandale dans une petite rue tranquille, Kate connut dans un second temps la joie de pouvoir peut-être compter sur une autre élève.

— Je serais ravie de pouvoir en discuter avec vous, assura-t-elle. Et même avec elle. Les cours de premier niveau commencent la semaine prochaine. Si vous avez le temps, je peux vous faire visiter…

La jeune femme baissa les yeux et s'empourpra.

— J'espère que vous ne m'en voudrez pas… Mais Audrey — ma petite fille — était tellement impatiente que nous nous sommes permis de jeter un coup d'œil à l'intérieur par les fenêtres.

— Vous avez bien fait ! Vous connaissez donc déjà un peu les lieux. Suivez-moi, et voyons ce que nous pouvons faire pour Audrey…

Mise en confiance, la voisine lui sourit et lui emboîta le pas.

— Quand j'étais petite, expliqua-t-elle en montant les marches du porche, j'aurais bien aimé apprendre à danser, moi aussi. Hélas, mes parents ne pouvaient pas se le permettre…

— Pourquoi ne pas vous y mettre maintenant ?

— Vous plaisantez ? Je suis trop vieille…

— Vous ne serez jamais première danseuse à l'opéra…, reconnut Kate en riant. Mais, pratiquée en amateur, la danse peut être drôle et apaisante. Nul n'est jamais trop vieux pour faire bouger son corps. De plus, vous paraissez en excellente condition physique…

— Merci. J'essaie de ne pas me laisser aller.

Marjorie contempla d'un œil rêveur les barres d'exercices, les miroirs, les espaliers et les posters des dieux de la danse.

244

— Vous avez raison, dit-elle enfin. Je crois que cela me plairait… Mais je ne pense pas pouvoir nous payer des cours à toutes les deux.

— Suivez-moi dans mon bureau… De cela aussi nous allons discuter.

Une heure plus tard, Kate se rua dans l'escalier, décidée à faire partager à Brody son nouveau succès. L'école de danse Kimball comptait deux autres inscrits et un nouvel angle de développement qu'elle avait su saisir au vol — les tarifs familiaux…

Elle s'apprêtait à traverser le living-room en coup de vent quand elle se figea sur place. Accaparée par ses propres occupations, elle n'avait pas eu l'occasion de remarquer à quel point les travaux avaient avancé à l'étage. Les parquets poncés et vernis donnaient envie de s'y coucher. Sur les murs repeints jouait la lumière déversée par les fenêtres remises à neuf.

Gagnée par l'excitation, elle se précipita dans la cuisine, où toutes les surfaces rutilaient. Les placards n'attendaient plus que d'être remplis. Les appuis de fenêtre semblaient vides sans jardinières garnies de fleurs. Du bout du doigt, elle caressa l'arête adoucie du plan de travail. Brody ne s'était pas trompé à propos de la table. Il avait eu raison — *ils* avaient eu raison, corrigea-t-elle aussitôt — sur toute la ligne. La remise à neuf de l'appartement comme du reste de l'immeuble était le fruit de leurs efforts conjoints. Le résultat était une réussite complète.

Kate trouva Brody dans la chambre, occupé à installer les systèmes de fermeture d'une penderie. A ses pieds Jack était assis en tailleur, tirant la langue et s'entraînant au maniement du tournevis sur les quelques vis que son père lui avait concédées. Roulé en boule entre eux, Spike dormait comme un bébé.

— Rien de plus beau que deux hommes au travail.

Ils levèrent les yeux en même temps sur elle, et Kate sentit son cœur s'emballer.

— Hello, Beau Jack..., reprit-elle. Ton père te fait faire des heures supplémentaires ?

— J'ai dû venir l'aider parce que Rod et sa sœur devaient aller chez le dentiste, expliqua-t-il. Moi j'y suis déjà allé et j'ai pas de caries !

— Un bon point pour toi !

Puis, se tournant vers son père :

— Brody... J'ai été tellement occupée en bas que je n'ai pas remarqué à quel point tu avais avancé ici. C'est superbe ! Mieux que sur le plan...

— Il reste quelques détails à revoir, précisa-t-il sans interrompre sa tâche en cours. Et il faut finir les extérieurs. Mais on peut dire que l'essentiel est fait.

Et curieusement, songea-t-il, l'achèvement de ce chantier était loin de lui procurer la satisfaction qu'il éprouvait habituellement. En fait, il s'en ressentait même depuis quelques jours vaguement déprimé...

— Je viens juste d'inscrire deux nouvelles élèves, expliqua Kate en s'accroupissant pour saluer Spike qui venait de s'éveiller et lui faisait fête. Je me demandais s'il n'y aurait pas dans les parages deux beaux gars pour fêter ça avec moi...

Jack lâcha illico son tournevis et se dressa sur ses jambes.

— Chouette ! s'écria-t-il. Où on va ?

— Jack..., protesta son père d'une voix morne. N'oublie pas que demain il y a école.

Avisant la mine dépitée du garçon, Kate précisa :

246

— Je pensais juste à un petit dîner rapide de burgers et de frites chez MacDee…

— Elle veut dire MacDonald ! traduisit Jack en s'accrochant au cou de son père. S'il te plaît, on peut ?

— Difficile pour un homme de refuser un tel festin…, soupira Brody.

— Il veut dire oui ! s'écria Jack en s'accrochant aux jambes de Kate.

— On y va ? s'enquit celle-ci.

D'un geste de la main, Brody remit en place une mèche rebelle et laissa ses yeux s'attarder sur elle.

— J'ai quelques petites choses à finir ici, dit-il d'une voix rêveuse. Allez-y sans moi.

Depuis leur retour de New York, songea Kate en soutenant son regard, Brody semblait la regarder d'une façon différente. Suffisamment différente, en tout cas, pour que les grenouilles se remettent à sautiller dans son ventre…

— Une heure, reprit-il. Ça vous va ?

— Parfait. Nous ferons un petit détour par *Funny House*. J'ai hâte d'annoncer à ma mère la bonne nouvelle. Et ça permettra à Spike de se dégourdir les pattes.

— Bonne idée, approuva Brody en se remettant au travail. Jack ?

— Mmm ?

— Pas de jérémiades, d'accord ?

— D'accord…, maugréa le garçon.

A l'intention de Kate, il lança en aparté :

— Il veut dire que j'ai pas le droit de réclamer de jouet…

Quand il se retrouva seul dans la pièce, Brody s'assit sur ses talons, plus désemparé que jamais. De toute évidence, songea-t-il, il allait lui falloir prendre quelques

247

décisions, et vite… Le fait d'être amoureux de Kate n'était déjà pas une chose facile à vivre pour lui. Mais constater que Jack à sa façon était fou d'elle lui aussi l'emplissait d'une sombre crainte. Un homme pouvait survivre à un chagrin d'amour, mais en aucune façon il ne pouvait courir le risque de faire subir la même chose à son fils.

Il était plus que temps qu'il discute avec elle de ce qu'il convenait de faire. Mais d'abord, il lui fallait avoir une discussion à cœur ouvert avec son fils. Il lui fallait déterminer quels étaient ses sentiments exacts, et comment il appréhendait la situation. Après tout, peut-être Jack se satisfaisait-il de leur relation présente et vivrait-il mal que les choses aillent plus loin ? Cela faisait tellement longtemps qu'ils vivaient seuls, tous les deux…

Enregistrant soudain un mouvement furtif à la périphérie de son champ de vision, Brody sursauta.

— Si tu éteignais ce foutu crincrin, maugréa Bob O'Connell, tu entendrais au moins les gens venir…

— Tu sais que j'aime travailler en musique.

Mais, se redressant sur ses jambes, Brody alla éteindre la radio et s'enquit d'une voix neutre :

— Tu as oublié un outil ici ?

Depuis la pénible altercation qui les avait opposés chez les parents de Kate, ils ne s'étaient pas parlé et encore moins revus.

— Non, bougonna son père en baissant les yeux. J'avais quelque chose à te dire.

— Je t'écoute.

Bob poussa un profond soupir, puis, comme pour se donner du courage, se mit à déambuler à travers la pièce, les mains derrière le dos.

— J'ai toujours fait de mon mieux pour toi, dit-il enfin sans regarder son fils. Je n'accepte pas que tu dises le

248

contraire, parce que c'est vrai. J'ai peut-être été un peu dur, mais tu n'as jamais été un tendre non plus. J'avais une famille à nourrir. Je m'y suis pris comme on me l'avait appris. Tu dois penser que je n'ai pas passé suffisamment de temps auprès de toi...

Après un nouveau soupir à fendre l'âme, Bob se tut, plongea les mains au fond de ses poches.

— Peut-être as-tu raison, reprit-il enfin. Je n'étais sans doute pas doué pour être père... Je suis peut-être plus doué pour être grand-père. Je veux que tu saches que Jack est une vraie joie et une consolation pour moi. Je sais que c'est à toi que je le dois et que tu fais avec ce garçon un bien meilleur travail que moi avec toi. J'aurais certainement dû te le dire plus tôt, mais mieux vaut tard que jamais...

Pendant un long moment, Brody ne put rien dire, accusant le choc. Et quand il parvint enfin à aligner quelques mots, il eut l'impression qu'ils lui parvenaient de très loin.

— Tu sais, murmura-t-il, j'ai l'impression que c'est la première fois que tu me parles aussi longuement...

A ces mots, le visage de Bob se durcit et il se détourna pour gagner la porte.

— Maintenant que c'est fait, grogna-t-il, je te laisse.

— Papa !

Brody fut aussi surpris que son père du cri qui spontanément venait de jaillir de ses lèvres. Il avait beau fouiller dans sa mémoire, il ne gardait pas le souvenir d'avoir un jour appelé son père ainsi...

— Reste..., reprit-il avec un sourire incertain. Je suis content que tu sois venu. Et content que tu m'aies dit ce que tu m'as dit...

Bob se retourna, rendit à son fils son sourire, lutta pour repêcher au fond de son crâne les mots qu'il lui restait à dire et qui semblaient décidés à ne pas sortir. Pourtant, ce fut d'une voix haute et claire qu'il parvint finalement à lancer :

— Je dois aussi te demander pardon. Pour t'avoir dit ce que je t'ai dit l'autre jour. En présence de ton fils, en plus, et de ta... et de Kate Kimball. Ta mère m'a volé dans les plumes, pour ça...

Brody ouvrit de grands yeux étonnés.

— Maman ? s'étonna-t-il en riant.

Bob se mit à rire lui aussi.

— Cela ne lui arrive pas souvent, précisa-t-il, mais quand ça lui prend, je te prie de croire que c'est du sérieux... Elle dit que je me suis conduit comme un rustre, et que je lui ai fait honte jusqu'à la fin de ses jours. Depuis, c'est tout juste si elle m'a adressé deux mots...

— Kate m'a volé dans les plumes, elle aussi... A peu près sur le même registre.

— Ça ne m'étonne pas d'elle. Il fallait un sacré tempérament pour s'interposer entre nous comme elle l'a fait. Je crois que je l'aime bien. Elle saura te faire marcher droit...

— Papa..., protesta Brody. Tu ne vas pas remettre ça ? C'est à moi et à moi seul de me faire marcher droit.

Bob hocha la tête d'un air sceptique, préférant ne pas relancer la polémique. Comme par miracle, le poids qui lui oppressait la poitrine depuis des mois semblait s'être envolé.

— Je vois que les choses se terminent ici..., dit-il en reprenant sa déambulation dans la pièce. Je dois reconnaître que tu travailles bien. Pour un charpentier.

Pour la première fois de sa vie, Brody fut capable d'apprécier l'humour de son père et d'en sourire.

— Tu fais du bon boulot toi aussi, reconnut-il à son tour. Pour un plombier...

— Cela ne t'a pas empêché de me virer.

— Tu m'avais poussé à bout.

— Mon garçon, si tu prends l'habitude de virer tous ceux qui te portent sur les nerfs, tu risques de finir ta carrière tout seul... Comment va cette main ?

Brody la étendit devant lui, en fit jouer tous les doigts.

— Puisque tu parais pouvoir encore t'en servir, reprit son père, tu pourrais peut-être appeler ta mère. J'ai bien peur qu'elle ne me croie pas quand je lui dirai que nous nous sommes réconciliés...

— C'est comme si c'était fait.

Le voyant se diriger vers la porte, Brody le retint une nouvelle fois.

— Papa ?

Bob s'arrêta sur le seuil et lui lança un regard interrogateur. Surpris de la facilité avec laquelle les mots lui venaient, Brody s'entendit poursuivre :

— Je sais à quel point je t'ai déçu... D'une certaine manière, je me suis déçu aussi. Mais je crois m'être rattrapé depuis. Je l'ai fait pour Connie, pour Jack, pour moi-même également. Et même si je ne l'aurais reconnu pour rien au monde, je crois que je l'ai fait en partie pour te prouver que je valais finalement quelque chose...

Même s'il n'avait jamais été doué pour faire le premier pas, Bob O'Connell n'hésita pas une seconde à franchir celui-ci. Marchant résolument vers son fils, il lui tendit la main et dit :

— Tu as parfaitement réussi ton coup. Je suis fier de ce que tu es devenu.

— Merci.

Sans réticence aucune, Brody saisit la main que son père lui tendait et la garda un long moment dans la sienne.

— J'ai une cuisine à remodeler prochainement. Besoin d'un bon plombier. Ça te dirait d'en être ?

Un sourire radieux apparut sur les lèvres de Bob O'Connell.

— Ça se pourrait...

12.

Aussitôt que la porte de *Funny House* fut refermée derrière eux, Jack s'accrocha à la manche de Kate.

— J'ai pas fait de jérémiades, pas vrai ?

— Des jérémiades ! protesta-t-elle en lui lançant un regard consterné. Tu plaisantes, Beau Jack... Ma mère et moi avons pratiquement dû *te supplier* pour que tu daignes accepter cet avion.

— C'est vrai..., constata-t-il avec un sourire ravi. Tu le diras à papa ?

— Je te le promets. De toute façon, il sera le premier à vouloir jouer avec. Il est vraiment beau, tu sais ?

Avec force bruitages, Jack le fit planer en l'air.

— Encore plus beau que celui qu'on a pris pour aller à New York ! s'enthousiasma-t-il. Tu as aimé ta carte ? Je l'ai faite moi-même...

— Je l'ai adorée.

Kate tapota la poche où elle conservait la missive dans laquelle Jack l'avait représentée en train de danser *La Rose rouge*. A peine rentré, il avait de lui-même tenu à prendre ses crayons pour la remercier ainsi que toute sa famille de New York.

— C'était très gentil de m'écrire, renchérit-elle, ainsi qu'à Nick, Freddie et mes grands-parents.

— Ils ont dit que je pouvais revenir quand je voulais. Yuri m'a même expliqué que je pourrai dormir chez lui la prochaine fois.

— Ça te plairait ?

— Oh, ouais ! Tu sais qu'il arrive à bouger ses oreilles ?

— Je sais.

— Kate ?

— Mmm ?

Kate se pencha pour aider Spike qui s'était emmêlé les pattes dans sa laisse. Quand elle releva les yeux, Jack la dévisageait d'un drôle de regard, intense et sévère à la fois, qui n'était pas sans lui rappeler celui de Brody.

— Que se passe-t-il, Beau Jack ?

— On pourrait pas... s'asseoir quelque part ? J'ai des trucs à te dire.

Comprenant que l'affaire était sérieuse, elle hocha gravement la tête et le hissa sur le muret d'un jardin. Après avoir aidé le chien à prendre place à côté de lui, elle l'y rejoignit et demanda :

— Quel genre de trucs ?

— Eh bien voilà. Je me demandais...

Jack renonça à poursuivre, préférant regarder Spike, qui avait sauté d'un bond sur le sol, courir après les oiseaux dans l'herbe devant eux. C'était la première fois qu'il avait quelque chose d'aussi grave à dire à quelqu'un, et il ne savait pas trop comment s'y prendre. A New York, il en avait longuement discuté avec son copain Max. Et, de retour à Shepherdstown, Rod avait dû l'écouter lui aussi. C'était un secret. Ils avaient juré de le garder en crachant par terre.

— Kate ? reprit-il enfin. Tu l'aimes bien, mon papa, n'est-ce pas ?

254

— Bien sûr que je l'aime ! Je l'aime beaucoup...

— Et tu aimes aussi les enfants — comme moi je veux dire.

— J'aime les enfants, confirma-t-elle. Et toi plus qu'aucun autre encore.

En riant, elle lui passa un bras autour des épaules et ajouta :

— On est amis, tous les deux.

Prenant son courage à deux mains, Jack se lança.

— Papa et moi aussi on t'aime. Beaucoup. Alors je me demandais...

Il la fixa de ses yeux emplis d'innocence et Kate eut le pressentiment de ce qu'il allait dire.

— Je me demandais, conclut-il, si tu voudrais pas te marier avec nous...

— Oh ! Jack...

Kate sentit son cœur s'envoler vers les cimes, puis sombrer dans les profondeurs.

— Si tu le faisais, expliqua le garçon avec entrain, tu pourrais vivre avec nous dans la grande maison. Elle est un peu vieille, mais papa aura bientôt arrangé ça. Et puis on a du terrain, et tout ce qu'il faut. Même qu'on va planter un jardin bientôt. Tous les matins, tu pourrais prendre ton petit déjeuner avec nous et puis rouler jusqu'à ton école pour apprendre aux gens à danser. Ce n'est pas très loin, tu sais...

Conquise, Kate posa sa joue sur sa tête, à deux doigts de se mettre à pleurer.

— Et puis papa est vraiment gentil. Il crie presque jamais. Il a plus de femme, parce qu'elle a dû aller au ciel. J'aurais aimé qu'elle reste, mais ça n'a pas été possible.

Tendrement, Kate lui caressa les cheveux.

— Je sais, Beau Jack. Moi aussi j'aurais aimé que ta maman puisse rester près de toi.

— Peut-être que papa ne veut pas te demander en mariage parce qu'il a peur que tu partes toi aussi pour le ciel… C'est ce que Rod croit. Mais toi, tu resteras toujours avec nous, pas vrai ?

Ravalant ses larmes, Kate prit entre ses mains son visage de petit garçon inquiet et planta son regard dans le sien.

— Jack…, murmura-t-elle, je te promets que je ferai tout pour rester sur cette terre le plus longtemps possible. As-tu parlé à ton papa de tout ceci ?

— Non ! répondit-il avec une moue boudeuse. Parce que c'est à l'homme de faire sa demande. C'est Max qui me l'a dit. Papa et moi on t'achètera une bague parce qu'il dit aussi que les filles ont besoin d'en avoir une pour se marier. Tu pourras m'embrasser tant que tu veux, et je promets d'être toujours très sage. Toi et papa, vous pourrez faire des bébés, comme quand les gens se marient. J'aimerais tellement avoir un frère — mais si c'est une sœur, ça va aussi. Et puis on s'aimera tous comme dans une vraie famille. Alors, tu veux bien te marier avec nous ?

Dans ses rêves les plus fantaisistes, Kate n'aurait jamais imaginé être un jour demandée en mariage par un garçonnet de six ans assis sur un muret par un bel après-midi de printemps. Rien n'aurait pu être à ses yeux plus touchant…

— Jack, dit-elle lorsqu'elle eut retrouvé l'usage de la parole, je vais te confier un secret : que nous soyons une famille ou pas, je t'aime déjà comme mon fils…

Une joie intense fulgura dans les yeux du petit garçon.

— Promis ?

— Juré ! D'un amour un peu différent, j'aime aussi déjà ton papa. Alors je te promets de réfléchir très fort à ce que tu viens de me dire. Ainsi, si je finis par te répondre oui, tu sauras que c'est vraiment ce que je désire le plus au monde. D'autre part, si je te disais oui, tu comprends bien que tu ne seras plus seulement le fils de ton père.

Jack hocha vivement la tête.

— Je comprends. Je serai le tien aussi. Et tu seras ma mère.

— C'est bien cela. Je serai ta nouvelle maman.

— Et tu le veux ?

Kate sauta à bas du mur et souleva Jack pour le reposer sur le trottoir.

— Cela ne dépend pas que de moi, répondit-elle. Je ne peux rien faire de plus pour le moment que te promettre d'y réfléchir très fort.

— Cela va prendre longtemps ?

Kate se pencha et lui déposa un baiser sur le front.

— Pas cette fois. Mais pendant ce temps, tu dois me promettre de garder encore un peu le secret.

Solennellement, Jack leva la main droite et cracha sur le sol.

Il ne fallut que vingt-quatre heures à Kate pour se décider. Après tout, n'avait-elle pas la réputation d'être une femme qui savait ce qu'elle voulait ? Sans doute le timing n'était-il pas celui qu'elle aurait choisi. Pour une fois, le cours des choses semblait décidé à déborder le plan net et précis qu'elle avait tracé. Mais ne fallait-il pas savoir se montrer flexible, dans la vie, pour ne pas rater les occasions qui se présentaient ?

Tout d'abord, elle imagina faire sa demande à Brody au cours d'un dîner aux chandelles dans un restaurant très chic et très romantique. Mais, dans un lieu public, il lui aurait été difficile de pousser cette tête de mule d'Irlandais dans ses retranchements si cela finissait par s'avérer nécessaire…

Alors, elle joua avec l'idée d'attendre le week-end pour l'attirer dans un guet-apens chez lui — musique douce, cuisine ukrainienne, lumière tamisée et slows langoureux… Il lui fallut bien également écarter cette solution. Si Jack parvenait à tenir sa langue vingt-quatre heures de plus, elle pourrait s'estimer heureuse.

Ce qui la convainquit finalement de parer au plus pressé et d'aller à l'essentiel. Il n'y aurait pas de clair de lune ni de violons. Brody ne la prendrait pas dans ses bras pour lui dire qu'il l'aimait et lui demander de passer le reste de sa vie près de lui. Le moment ne serait sans doute pas aussi parfait et délicieux qu'elle l'aurait souhaité. Mais à ce point de leur histoire, les résultats comptaient bien plus que l'ambiance… Alors pourquoi attendre ?

Décidant que le timing n'était pas si mauvais après tout, Kate grimpa en fin d'après-midi l'escalier de son école dans l'espoir de trouver Brody au premier. Alors que s'achevait le chantier qui les avait réunis, n'était-il pas judicieux de le demander en mariage en ce lieu ? Convaincue d'avoir opté pour la meilleure solution, elle n'en fut que plus déçue de ne découvrir à l'étage que des pièces vides.

Un coup d'œil à sa montre lui en fit comprendre la raison. La sortie des classes avait sonné, et c'était un de ces jours où Brody allait attendre son fils chez lui. Elle se ruait hors de chez elle pour aller le retrouver quand elle tomba nez à nez avec son père.

— Hey ! protesta Spencer en la retenant pour l'empêcher de tomber. Il y a le feu chez toi ?

— Désolée, papa ! Je dois aller de toute urgence chez Brody…

— Pourquoi ? Vous vous êtes encore chamaillés ?

— Non, non…

En toute hâte, elle lui donna un baiser sur la joue et se libéra de son emprise.

— Tu comprends, expliqua-t-elle en se précipitant vers les marches du porche, je dois lui demander de m'épouser !

Sa fille avait beau être plus jeune et plus rapide que lui, Spencer la rejoignit et la retint par le bras avant même qu'elle atteigne le trottoir.

— Tu peux me répéter ce que tu viens de dire ?

— Je dois lui demander de m'épouser ! dit-elle en jetant un nouveau coup d'œil affolé à sa montre. Ne t'en fais pas, je sais ce que je fais…

— Katie…

— Je l'aime. J'aime Jack. Je n'ai pas le temps de t'en dire plus, je dois vraiment y aller maintenant.

Spencer dévisagea sa fille, plongea au fond de ses yeux, et les découvrit pleins d'étoiles. Le cœur serré, il lui sourit et la lâcha.

— Va, dit-il simplement. C'est comme s'il avait déjà la bague au doigt…

Submergée à son tour par l'émotion, Kate se jeta au cou de son père et lui murmura à l'oreille :

— Souhaite-moi quand même bonne chance…

Il s'exécuta et la regarda s'éloigner en courant. Quand elle fut hors de portée de voix, il ajouta :

— Adieu, mon bébé.

*
**

Brody avait fait une halte à l'épicerie pour y acheter du pain de mie, des œufs et du lait. En effet, depuis qu'il avait goûté à celui de Nadia, Jack avait développé une véritable passion pour le pain perdu…

En se garant devant chez lui, il constata qu'il lui restait dix minutes avant l'arrivée du bus. Résigné à attendre, il descendit de la camionnette et en fit sortir Spike. Amusé, il le regarda grimper en haut de la colline et en redescendre en un temps record. Le printemps était déjà là, songea-t-il en observant les premiers bourgeons qui verdissaient les arbres. Cela amenait quelque chose dans l'air qui n'y était pas auparavant. L'espoir, peut-être…

Sa maison, en dépit du terrain en friche qui l'entourait encore, commençait à ressembler à ses yeux à un vrai foyer. Bientôt, il pourrait tendre un hamac entre deux arbres. Et installer une balancelle sousle porche. Aux premiers jours de vrai beau temps, se promit-il, il irait aussi acheter à Jack une petite piscine gonflable. Par les chaudes soirées d'été qui les attendaient, il s'installerait sur la balancelle pour regarder son fils s'ébrouer dans l'eau. Kate, à son côté, en rirait avec lui.

Une fois de plus, il s'amusa de constater qu'il ne pouvait plus faire de plan d'avenir sans aussitôt y associer Kate. Cela n'était plus pour lui faire peur, mais il lui fallait malgré tout prendre garde à ne pas brusquer les choses. Il ne savait toujours pas dans quel état d'esprit se trouvait Jack. C'était le premier point à éclaircir. Après, seulement, il tenterait de voir si Kate était prête à passer à l'étape suivante.

Bâtir une relation, conclut-il avec amusement, ressemblait assez à construire une maison… A présent que des fondations solides avaient été creusées, il fallait déterminer quel type de murs ils allaient monter. Il avait déjà le plan en tête — Kate, lui et Jack, ainsi que les enfants qui naîtraient de leur union. Une maison ne se concevait pas sans enfants...

Kate se montrerait peut-être réticente à envisager le mariage si vite, avec son projet d'école de danse qui sortait à peine de terre. Peut-être lui faudrait-il un peu de temps pour s'habituer à l'idée de devenir du jour au lendemain la mère d'un garçon de six ans. Il était prêt à lui en accorder. Enfin, pas trop quand même... Il le savait par expérience, il n'était jamais bon de laisser s'éterniser les travaux sur un chantier une fois la première pierre posée.

La chose la plus urgente à faire, décida-t-il en marchant vers sa boîte aux lettres, était de parler à Jack. Il le ferait dès ce soir, après le dîner. Il lui tardait à présent de voir les choses avancer.

Après avoir ramassé son courrier, il retournait vers sa camionnette lorsque la voiture de Kate pila net à côté de lui. Posant rapidement la pile de lettres sur le tableau de bord, il se tourna vers elle et lui sourit.

— Hey ! s'exclama-t-il. Je ne m'attendais pas à te voir ce soir...

Kate descendit de son véhicule et s'amusa à ramasser le bâton que Spike venait de déposer à ses pieds. Quelques instants, elle joua avec le jeune chien avant de lancer le bâton suffisamment loin pour le maintenir occupé un bon moment. En la voyant faire, Brody se prit à rêver d'une vie où ils se retrouveraient tous les soirs ainsi, et comprit qu'il ne pourrait lui laisser autant de temps qu'il l'avait pensé...

— J'ai manqué ton départ de l'école..., expliqua-t-elle en le rejoignant. Tu ne m'as pas embrassée en partant. Alors je suis venue réparer cet oubli.

261

Surpris par ce prétexte, Brody vit les deux mains de Kate se poser sur son ventre et remonter jusqu'à sa poitrine, habitude qui avait le don de précipiter son rythme cardiaque.

— La porte de ton bureau était fermée, dit-il. J'ai pensé que tu étais occupée.

— Il n'est pas trop tard pour réparer cet oubli…, murmura-t-elle en approchant ses lèvres des siennes. Embrasse-moi.

Trop rapidement au goût de Kate, il lui donna satisfaction. Sans lui laisser le temps de s'écarter d'elle, elle noua ses bras autour de lui et susurra :

— C'est tout ? Tu peux faire mieux…

— Kate…, protesta-t-il avec agacement. Un bus rempli d'enfants risque d'apparaître au bout de cette allée d'un instant à l'autre.

— Embrasse-moi mieux que ça ! insista-t-elle.

Un poing agrippé au dos de son chemisier, l'autre refermé dans ses cheveux, Brody l'embrassa avec une passion qu'elle ne put cette fois plus mettre en doute.

— Mmm…, grogna-t-elle quand le baiser prit fin. C'est déjà mieux. Sais-tu ce qui est censé occuper l'esprit d'un jeune homme, au printemps ? A part le base-ball…

Un sourire candide au coin des lèvres, Brody fit mine d'y réfléchir.

— Je ne vois pas, répondit-il enfin. Le jardinage ?

Kate salua la plaisanterie d'un rire un peu nerveux et noua ses doigts sur la nuque de Brody. Dans son ventre, les grenouilles s'entraînaient pour les jeux Olympiques, mais cela n'avait rien de désagréable.

— Dans ce cas, reprit-elle, envisageons les choses sous un autre angle. Sais-tu ce qui hante les rêves d'une jeune femme, au printemps ?

— Kate… C'est pour jouer aux devinettes que tu as fait toute cette route ?

— Oui. Plus au moins. Brody…

Elle se mordit la lèvre inférieure, poussa un gros soupir, et lâcha enfin :

— Voudrais-tu m'épouser ?

Brody sursauta. L'esprit en déroute, il lui semblait que des milliers d'abeilles bourdonnaient au fond de ses oreilles. Songeant qu'il devait entendre des voix, que c'était la seule explication possible, il recula d'un pas pour récupérer ses esprits. Cela n'avait aucun sens. Comment Kate pouvait-elle apparaître sous ses yeux pour lui demander sa main, alors qu'il méditait depuis cinq minutes sur le meilleur moyen de lui demander la sienne ?

— Eh bien ! s'exclama-t-elle pour masquer son désarroi. Ce n'est pas très flatteur pour moi… A te voir, on jurerait que je te propose de sauter au fond d'un ravin !

Peut-être était-il en train de rêver, songea-t-il, mais Kate paraissait quant à elle tout à fait réelle. Et on ne peut plus sérieuse… Comment pouvait-elle lui jouer un tour pareil ? Dans ses rêves les plus secrets, c'était lui qui devait lui demander de l'épouser !

— Qu'est-ce qui te prend ? demanda-t-il enfin.

Il était conscient que ce n'était pas le meilleur début possible pour une discussion constructive, mais il n'en trouvait pas d'autre.

— Une femme n'est pas censée se jeter à la tête d'un homme pour lui proposer le mariage…

— Pourquoi ?

— Mais parce que…

Brody se tut. Sous le coup de la frustration, il passa une main lasse dans ses cheveux et fit un tour sur lui-même.

Comment pouvait-il penser clairement avec toutes ces abeilles qui bourdonnaient au fond de son crâne ?

— Parce que ça ne se fait pas, voilà ! conclut-il lamentablement.

— Eh bien moi je l'ai fait !

Comprenant que la moutarde lui montait au nez et qu'elle était à deux doigts de perdre patience, Kate inspira longuement avant d'argumenter, en pointant les étapes de sa démonstration sur ses doigts tremblants :

— Primo, nous sortons ensemble depuis des mois. Deuxio, nous ne sommes plus des adolescents. Tertio, nous nous sentons bien ensemble. Et enfin, nous sommes responsables et nous nous respectons l'un l'autre. N'est-il pas logique et naturel de songer au mariage dans ces conditions ?

Brody comprit qu'il lui fallait reprendre l'avantage sous peine de perdre tout contrôle sur la situation.

— Est-ce ainsi que tu as présenté les choses ? dit-il. Je ne t'ai pas entendue dire qu'il serait temps de songer au mariage, que nous pourrions y réfléchir...

Ce qui était exactement, comprit-il, la façon dont il aurait présenté les choses lui-même si elle ne l'avait pas pris de vitesse.

— Un mariage est bien plus que l'addition de deux personnes qui s'apprécient et se respectent...

« Et qui s'aiment », ajouta Brody mentalement. Dieu, ce qu'il pouvait l'aimer ! Mais il avait besoin de savoir ce qu'ils attendaient l'un et l'autre de l'avenir — séparément, ensemble, en tant que famille. Certaines choses avaient besoin d'être posées, de manière claire et une fois pour toutes.

Les bras croisés, Kate haussa les épaules.

— Evidemment ! dit-elle. Mais...

264

Brody éleva une main devant lui pour l'inciter à se taire.

— Toi, par exemple... Pour l'instant tu es libre de reprendre à tout moment ta carrière. Rien ne t'empêche de repartir à New York pour faire ton retour sur scène.

— Mon école m'en empêche. Et j'avais pris la décision de la créer bien avant de te connaître...

Un sourire triste s'attarda quelques instants sur les lèvres de Brody.

— Kate... Je t'ai bien observée à New York. Tu y étais dans ton élément. Et tu y brillais comme nulle autre. L'enseignement ne pourra jamais te donner les mêmes satisfactions.

— C'est vrai, reconnut-elle. Mais il m'en apportera d'autres. Celles dont j'ai besoin à présent. Je ne suis pas une mouche du coche qui prend ses décisions à la légère, Brody... Quand j'ai quitté la compagnie pour revenir ici, je savais ce que je faisais, je savais que cela signait la fin de ma carrière. Si tu n'es pas capable de le comprendre, si tu ne me fais pas assez confiance pour savoir que je ne reviendrai pas en arrière, alors c'est que tu ne me connais pas.

— Bon sang ! s'énerva-t-il en la saisissant aux épaules. La confiance n'a rien à voir là-dedans... Je n'ai jamais rencontré de femme aussi déterminée que toi. J'avais juste besoin de te l'entendre dire comme tu viens de le dire. Tu dis que tu as besoin à présent de refaire ta vie ici, je te crois.

Et dire, songea Brody avec consternation, qu'il avait cru savoir comment gérer la situation il y avait quelques minutes à peine... A sa manière patiente et résolue, il avait cru pouvoir mener les choses à son rythme, pas à pas. Quelle ironie ! Il en était encore à envisager de monter les murs de leur maison commune que Kate en était déjà à poser le paillasson sur le pas de la porte... Eh bien si elle voulait y habiter avec lui, il allait bien lui falloir effectuer quelques pas en arrière !

— En ce qui me concerne, reprit-il, j'ai bien plus qu'une carrière à gérer. Avant toute chose, je dois prendre en compte l'intérêt de Jack.

— Tu crois que je ne le sais pas ?

— Je sais qu'il t'aime bien, poursuivit Brody sans l'écouter. Mais nous avons atteint tous les deux un équilibre délicat, et il a besoin d'être sûr de moi... Connie est tombée malade à peine quelques mois après sa naissance. Entre les médecins, les traitements, les hôpitaux...

Le voyant se troubler, Kate ne put résister au besoin de lui caresser la joue. Elle n'imaginait que trop la panique, le chagrin, la souffrance que cette fin atroce avait dû représenter pour eux.

— Elle n'a pu être réellement là pour lui, conclut-il d'une voix blanche. J'essayais de compenser son absence, mais le monde s'écroulait autour de nous, et mes journées n'avaient que vingt-quatre heures... Les deux premières années de sa vie ont été un cauchemar.

— Tu ne peux te le reprocher, insista Kate. Dès que tu l'as pu, tu as fait tout ce qui était en ton pouvoir pour lui donner une vie équilibrée et heureuse. Tu ne comprends donc pas à quel point je t'admire, à quel point je te respecte pour cela ?

Ébahi, Brody la dévisagea quelques instant sans rien dire. Assumer ses responsabilités paternelles ne lui avait quant à lui jamais semblé particulièrement admirable.

— J'ai fait ce que j'avais à faire. Penser à lui avant de penser à moi. Ce n'est pas comme si il n'y avait que toi et moi, Kate... Un changement tel que celui-ci, qui va bouleverser notre vie, le concerne nécessairement.

— Ai-je jamais dit le contraire ?

Agacé, Brody plongea ses mains au fond de ses poches et shoota rageusement dans un caillou.

— Tu ne me comprends pas ! gémit-il. Que suis-je censé faire, selon toi ? Aller le trouver tout de go et lui dire : « Salut, Jack ! Ça ne te dérange pas trop que je me marie ? » J'ai besoin de lui en parler d'abord, de le préparer en douceur. Et toi aussi. Jack a besoin d'être aussi sûr de toi qu'il peut l'être de moi...

A deux doigts de laisser exploser sa colère, Kate marcha jusqu'à lui et lui cogna la poitrine de ses poings.

— Mais bougre d'imbécile ! s'emporta-t-elle. Tu ne peux donc pas imaginer que j'ai déjà pris tout ce que tu me dis en considération ? Tu me connais depuis des mois, et c'est toute la confiance que tu as en moi ?

— La confiance n'a rien à voir dans...

Le rugissement indigné de Kate l'empêcha de poursuivre.

— Puisqu'il faut te mettre les points sur les i, O'Connell, sache que c'est ton propre fils qui m'a demandé de t'épouser !

Brody demeura un long moment à la dévisager sans rien dire. Puis, après une tentative avortée pour s'exprimer, il haussa les épaules en signe de reddition.

— J'ai besoin de m'asseoir..., murmura-t-il en se laissant glisser sur un tronc d'arbre couché sur le sol.

Spike en profita pour venir lui fourrer son bâton dans les mains. Machinalement, Brody l'expédia dans les airs et regarda le chien détaler pour le rattraper.

— Tu peux répéter ce que tu viens de dire ?

— Tu deviens sourd ? s'impatienta Kate. Tu veux savoir ce que Jack m'a demandé ?

Le visage sérieux du petit garçon s'imposa à sa mémoire, et elle ne put s'empêcher de sourire.

— « Je me demandais si tu voudrais pas te marier avec nous. » Voilà ce qu'il m'a dit, mot pour mot, pas plus tard qu'hier. Apparemment, il n'a pas autant de mal à se décider que son père ! Jamais aucun homme ne m'avait fait de proposition plus touchante... Et manifestement, ce n'est pas toi qui y changeras quoi que ce soit.

— Si tu avais patienté un jour ou deux, marmonna Brody en contemplant ses pieds, tu n'aurais peut-être pas dit cela...

Ainsi donc, songea-t-il, il avait été pris de vitesse non seulement par la femme de sa vie mais aussi par son fils... Le pire était qu'il ne savait s'il devait en rire ou s'en désoler. Plus perplexe que jamais, il releva la tête pour la dévisager longuement.

— Es-tu en train de me dire, demanda-t-il enfin, que tu veux m'épouser pour faire plaisir à Jack ?

La stupeur se peignit sur les traits de Kate, aussitôt supplantée par une colère noire.

— Ecoute-moi bien, O'Connell... Quel que soit l'amour que je porte à ce garçon — et Dieu sait s'il est grand ! —, pour rien au monde je n'épouserais son entêté de père si je n'en avais pas envie ! Jack pense que nous pourrions former une famille heureuse. Il se trouve que je le pense aussi. Mais à te voir aussi inerte que ce tronc d'arbre sous tes fesses, je commence presque à en douter...

— Je serais sans doute un peu moins inerte si tu ne m'avais pas pris par surprise.

— Par surprise ! s'exclama-t-elle. Tu ne manques pas de toupet... A part me peindre un grand cœur rouge sur la poitrine, j'ai tout fait pour te faire comprendre mes intentions. Pourquoi à ton avis n'ai-je pas encore déménagé mes affaires dans l'appartement tout neuf que tu viens de terminer ? Cela ne t'a donc pas étonné, de la part d'une femme aussi maniaque et organisée que moi ?

Troublé, Brody se dressa sur ses jambes.

— J'imaginais que tu...

— Pourquoi, à ton avis, ai-je passé depuis des mois le moindre instant dont je disposais en votre compagnie ? Pourquoi ai-je pris le risque de venir jusqu'ici en m'asseyant sur ma fierté pour te demander de m'épouser ? Pourquoi avoir fait toutes ces choses, sinon parce que je t'aime, toi, pauvre idiot !

Kate tourna les talons en direction de sa voiture, mais pas assez vite pour que Brody puisse ignorer les larmes de colère et de douleur qui faisaient briller ses yeux. Bien mieux que toutes les paroles qu'ils venaient d'échanger, ces larmes suffirent à lui faire reprendre ses esprits.

— Kate..., prévint-il d'une voix menaçante, si tu montes dans cette voiture, je vais devoir t'en extraire par la force. Nous n'en avons pas terminé.

La main sur la poignée, Kate s'immobilisa.

— Laisse-moi ! lança-t-elle sans se retourner. Je suis trop en colère pour te parler maintenant.

— Je ne te demande pas de me parler, rétorqua-t-il en lui désignant le tronc d'arbre d'un geste, mais de t'asseoir et de m'écouter. S'il te plaît.

— Je n'ai pas envie de m'asseoir.

— Kate...

Poussant un soupir, elle fit demi-tour et s'assit.

— Voilà, dit-elle avec un sourire figé. Content ?

— Non, répondit Brody en prenant place à côté d'elle. Je ne peux vraiment pas être content de moi.

Pour prendre le temps de rassembler ses idées, il la contempla un moment en silence avant d'annoncer :

— D'abord, sache que je n'épouserai jamais une femme uniquement pour donner une mère à Jack, tout comme je n'épouserai jamais une femme qui ne puisse être une mère pour lui. Ceci posé, faisons un marché tous les deux. Je sais que tu es en colère contre moi, mais s'il te plaît ne pleure pas.

Kate haussa rageusement les épaules.

— Tu plaisantes ? Je ne gaspillerai pas la plus petite larme pour toi…

Sans commentaire, Brody tira un bandana de sa poche et le posa sur les genoux de Kate. L'ignorant ostensiblement, elle essuya du plat de la main ses larmes sur ses joues.

Satisfait, Brody désigna le sol à leurs pieds.

— Voici une boîte, dit-il. Tout ce que nous avons dit depuis tout à l'heure se retrouve dedans, et j'en referme le couvercle hermétiquement. Si nécessaire, nous pourrons la rouvrir plus tard, mais pour l'instant reprenons tout depuis le début.

— En ce qui me concerne, tu peux aussi bien la jeter tout de suite au fond d'un puits…

— Je m'apprêtais à parler à Jack ce soir, reprit-il sans tenir compte de l'interruption. Pour évaluer ses réactions. Connaissant mon garçon, je m'imaginais que l'idée n'aurait rien pour lui déplaire. Mais jamais je n'aurais pensé qu'il me doublerait pour demander la main de ma femme dans mon dos !

Se rapprochant de Kate, Brody lui prit le menton entre le pouce et l'index et la fixa droit dans les yeux.

— Je t'aime, Kate… Et il se trouve qu'avant ton arrivée, je réfléchissais à la meilleure façon de te demander de devenir ma femme.

Kate laissa fuser de ses lèvres un long soupir rêveur. Les yeux rivés au regard empli de tendresse et d'amour de Brody, elle demanda :

— La boîte est vraiment bien fermée ?

— Elle l'est.

— D'accord...

Kate s'autorisa à fermer les yeux, pour mieux savourer toute la douceur de l'instant. Le merveilleux frisson qui lui secouait tout le corps l'empêchait de penser clairement, mais cela, également, était tout à fait délicieux.

— Cela ne t'embêterait pas, murmura-t-elle, de revenir un peu en arrière ?

— Avec plaisir...

Lentement, Brody approcha ses lèvres des siennes et y déposa un baiser.

— Je t'aime, Kate... Je crois que je suis tombé amoureux de toi dès le premier instant. J'ai longtemps essayé de me convaincre que cela allait me passer, qu'une femme comme toi ne pouvait être pour moi. Tous mes efforts n'ont abouti, jour après jour, qu'à me rapprocher de toi, mais je n'ai pas cessé de résister. Il me semblait y avoir des tas de raisons pour ne pas te céder, même si je serais bien incapable de t'en citer une à présent.

— Nous étions faits l'un pour l'autre, Brody. Depuis le début.

— C'est au cours de cette nuit chez ta sœur, à Manhattan, que je l'ai compris et que je suis tombé désespérément et irrémédiablement amoureux. Te voir danser le lendemain sur cette scène comme si tu ne le faisais que pour moi m'a fait comprendre que je serais le plus malheureux des hommes si je devais passer le reste de ma vie sans toi.

Se laissant glisser à genoux devant elle, Brody lui prit les mains et les embrassa.

271

— Tout à l'heure, reprit-il, je rêvais tout éveillé, comme je le fais parfois. Je nous imaginais cet été, toi et moi, assis dans une balancelle qu'il me reste encore à acheter. Jack barbotait dans une piscine gonflable. Spike courait comme un fou en aboyant autour de lui.

Les larmes, de nouveau, assiégeaient les yeux de Kate, mais elle faisait de son mieux pour les contenir.

— Ton rêve me plaît bien…

— Moi aussi il me plaît. Tu vois, j'imaginais notre relation en train de se construire lentement, comme une maison commune qu'il nous faudrait habiter dès qu'elle serait achevée. Dans ce domaine-là plus encore que sur les chantiers, j'essaie de prendre le temps qu'il faut pour construire durablement.

— Et moi, intervint Kate, je t'ai bousculé…

— Oui. Ce qui m'a fait comprendre que deux êtres n'ont pas besoin de marcher au même pas pour se retrouver au même endroit.

Malgré tous ses efforts, une larme échappa à Kate et roula sur sa joue. Incapable de rester plus longtemps séparée de lui, elle lui encadra le visage de ses mains.

— Je t'aime, Brody… Tellement que je voudrais…

— Stop ! s'écria-t-il. A moi de jouer maintenant.

Après s'être relevé, il lui tendit la main pour l'aider à faire de même et passa un bras autour de ses épaules.

— Tu vois cette maison sur la colline ?

En toute confiance, Kate laissa sa tête reposer contre la sienne.

— Oui.

— Elle n'est pas toute neuve, reprit-il, mais elle a du charme et elle est solide. Le chien qui court après sa queue dans la cour n'est qu'un pauvre corniaud, mais j'ai un fils adorable, qui ne devrait pas tarder si ce bus se décide enfin à arriver. Laisse-moi partager tout cela avec toi. Je veux pouvoir venir te voir danser quand je veux, juste pour le plaisir. Je veux faire des bébés avec toi, puisque selon toi je suis un père acceptable…

— Oh, Brody ! Je…

— Laisse-moi finir ! Quand viendra l'été, je veux m'asseoir à côté de toi dans le jardin que nous allons planter ensemble. Tu es la seule avec qui j'aie envie de partager tout cela…

— Seigneur ! gémit Kate en s'accrochant à son cou. Vas-tu te décider à me poser la question avant que je ne m'écroule ?

— Tu me bouscules de nouveau ? répondit-il en riant. Même cela, je l'aime en toi…

La prenant par les épaules, Brody la fit pivoter et posa son front contre le sien.

— Kate, demanda-t-il d'une voix haute et claire, veux-tu m'épouser ? Acceptes-tu d'être ma femme, et la mère de Jack ?

Incapable de lui répondre, Kate se pendit à son cou et à ses lèvres. Tout l'amour qu'elle avait pour lui, elle le mit dans ce baiser qui répondait à sa question bien mieux que des mots.

Quand leurs lèvres se séparèrent, elle se coula contre lui, riant et pleurant à la fois.

— Je suis si heureuse…

— Moi aussi, assura tranquillement Brody. Mais je n'aurais rien contre le fait de t'entendre dire *oui*…

Penchée en arrière, Kate s'apprêtait à prononcer le seul mot qui comptait vraiment à ses yeux quand le bruit du bus de ramassage scolaire s'arrêtant au bout de l'allée lui fit tourner la tête. Un bras passé autour de la taille de Brody, elle se tourna pour accueillir Jack. Prenant les devants,

Spike avait remonté l'allée à toute vitesse pour accueillir dignement son maître.

— Laisse-moi lui annoncer…, murmura-t-elle en le regardant faire fête au chien et courir vers eux. S'il te plaît…

Tout sourires, Brody hocha la tête.

— Hello, Beau Jack ! lança-t-elle quand il fut à portée de voix.

Non sans une certaine inquiétude, Jack regarda les joues mouillées de larmes de Kate et ses yeux rougis d'avoir pleuré.

— Tu t'es fait mal ? s'enquit-il.

— Non, répondit-elle avec un sourire rassurant. Tu sais, il arrive aussi que les gens pleurent parce qu'ils sont trop heureux… C'est ce qui m'arrive. Tu te rappelles la question que tu m'as posée hier ?

Jack lança à son père un coup d'œil prudent et s'absorba dans la contemplation de ses chaussures. Une main glissée dans celle de Brody, Kate caressa de l'autre la joue rouge du petit garçon.

— Ce soir, reprit-elle, je peux te donner une réponse, la même que celle qu'il me reste à donner à ton père : c'est *oui*.

Jack tressaillit et redressa la tête, les yeux comme des soucoupes.

— Pour de vrai ?

— Pour de vrai ! assura Kate en riant.

— P'pa ! Tu sais quoi ?

— Quoi ? demanda Brody.

— Kate veut bien nous épouser ! C'est chouette, tu trouves pas ? T'es O.K., pas vrai ?

— Je suis O.K. ! confirma Brody en se penchant pour lui ébouriffer les cheveux. Rentrons à la maison.

274

Ensemble, ils se mirent en route vers la grande demeure qui les attendait. La main de Kate ne quittait plus celle de Brody. Poussant des hourras, Jack se mit à courir, le chien aboyant furieusement sur ses talons. Au bord de la pelouse, Brody fit une halte et prit Kate dans ses bras pour l'embrasser.

En se laissant couler dans un océan de félicité, Kate eut la certitude qu'il était tout à fait « O.K. ». Ce n'était pas simplement « chouette », comme Jack l'avait dit. C'était parfait...

Épilogue

— P'pa ? demanda Jack avec inquiétude. Il reste combien de temps ?

— Plus que quelques minutes, répondit Brody. Attends, laisse-moi t'arranger ça...

Hissant son fils sur une chaise, il rectifia le nœud de son élégante cravate noire et remit en place le bouton de rose rouge glissé dans sa boutonnière.

— Tu as les chocottes ? reprit Jack. Papy dit que certains hommes ont les chocottes, le jour de leur mariage.

— Je n'ai pas les chocottes. J'aime Kate. Je veux l'épouser.

— Moi aussi. Alors toi, tu es le marié, et moi je suis le témoin.

— Ainsi va la vie...

Brody fit un pas en arrière pour mieux admirer son fils. C'était la première fois qu'il le voyait ainsi, et il lui fallait reconnaître que l'habit lui allait bien.

— Tu es splendide, Jack...

— On est splendides tous les deux. C'est mamie qui l'a dit. Et puis elle s'est mise à pleurer. Les filles pleurent toujours pendant les mariages. Ça, c'est Max qui l'a dit. Comment ça se fait à ton avis ?

— Je ne sais pas. Si tu veux, on pourrait trouver une fille pour le lui demander, après la cérémonie.

Sur la chaise, Brody fit pivoter Jack d'un quart de tour, afin qu'ils puissent se regarder tous deux dans le miroir en pied accroché au mur.

— C'est un grand jour, dit-il. Aujourd'hui, tous les trois, on devient une vraie famille.

— J'aurai une maman, renchérit Jack. Deux fois plus de grands-parents. Et toute une tripotée d'oncles, de tantes, de cousins et de cousines. Quand tu auras embrassé la mariée, on ira faire la fête chez Nick et Freddie. Ils ont même invité un orchestre ! Alors on dansera et on mangera des tas de gâteaux. C'est Nana qui l'a dit.

Brody retint un sourire. Depuis que la mère de Kate lui avait suggéré de l'appeler ainsi, Jack ne s'en privait pas.

— Je vois que tu as tout compris...

— Et quand la fête sera finie, conclut Jack en se tournant vers lui, vous partirez pour votre voyage de noces où vous pourrez vous embrasser tant que vous voudrez, pendant que moi je resterai chez mon cop... chez mon cousin Max.

Peu à l'aise à l'idée de laisser si longtemps son fils à la garde d'autrui, Brody s'empressa de préciser :

— Ça passera très vite, tu verras. Et puis nous t'appellerons, et nous t'enverrons des...

Sans lui laisser le loisir d'achever sa phrase, Jack s'écria, tout excité :

— Rod a dit que vous alliez faire un bébé pendant votre voyage de noces. C'est vrai ?

Maudissant l'aîné des Skully, Brody répondit :

— Pas si vite... Il faut déjà qu'on en discute, Kate et moi.

— Je peux l'appeler maman, maintenant ?

Dans le miroir, le regard du père et celui du fils se croisèrent.

— Elle te l'a déjà dit. Tu sais qu'elle t'aime très fort, Jack...

— Evidemment..., répondit-il en roulant des yeux effarés. Sinon, elle nous épouserait pas.

Lorsque Brandon entrouvrit la porte pour venir les chercher, il découvrit le marié et son témoin en train de se sourire dans le miroir.

— Vous êtes prêts ? lança-t-il. C'est l'heure...

Sans la moindre hésitation, Jack sauta à bas de sa chaise et entraîna son père par la main.

— Tu viens, p'pa ? Allons nous marier...

A la porte du vestiaire où elle venait de se préparer, Kate tendit la main à son père qui l'attendait.

— Tu es tellement belle, mon bébé..., murmura-t-il, portant sa main à ses lèvres.

Kate ferma les paupière et protesta :

— Arrête ou je vais encore pleurer ! Après le passage de maman, j'ai déjà dû consacrer dix minutes à me remaquiller. A présent je n'en ai plus le temps, et je n'ai pas l'intention de me présenter devant l'autel les joues ruisselantes et les yeux rouges...

— Des grenouilles dans ton estomac ?

Kate porta une main à son ventre et hocha la tête.

— Aujourd'hui, répondit-elle, on dirait qu'elles dansent la polka... Je t'aime, papa.

— Je t'aime, Katie.

De nouveau, elle ferma les paupières pour retenir ses larmes et ne les rouvrit que lorsque les premières notes assourdies de l'orgue leur parvinrent.

— C'est à nous ! chuchota-t-elle.

Le bras glissé sous celui de son père, elle remonta l'allée recouverte d'un tapis blanc, sous les regards émus de tous ceux qu'elle aimait tant et qui le lui rendaient bien. Toute nervosité avait disparu en elle, remplacée par le sentiment d'un accomplissement, d'une joie profonde. Devant l'autel l'attendaient déjà Jack et Brody, qui la regardaient approcher avec sur le visage la même expression grave et concentrée.

— Regarde-les…, murmura-t-elle à l'oreille de son père. Ne sont-ils pas merveilleux ?

Aux accents solennels de la marche nuptiale, elle s'avança jusqu'à eux et dut plus d'une fois fermer les paupières. Et lorsque son père prit sa main dans la sienne pour la déposer dans celle de Brody, ce fut sans la moindre hésitation ni le moindre tremblement qu'il le fit.

— Kate…

Comme son beau-père avant lui, Brody porta sa main à ses lèvres.

— Je la rendrai heureuse, promit-il en se tournant vers Spencer.

Puis, revenant river ses yeux aux siens, il lui sourit et dit :

— Tu me rends déjà heureux…

Kate sentit qu'on s'accrochait à ses jupons et baissa les yeux pour découvrir le petit visage lumineux de Jack levé vers elle.

— C'que t'es belle ! T'es vraiment belle, maman…

Le cœur débordant de joie et de bonheur, Kate tendit son bouquet à sa sœur. La main de Brody serrée dans sa main droite et celle de Jack serrée dans sa main gauche, elle écouta le prêtre qui récitait les premières paroles consacrées.

Le 1er novembre ne manquez pas le nouveau Coup de Cœur

Un Noël enchanteur

3 mini-romans inédits vous attendent
pour partir à la découverte
de la période magique de Noël :

Un noël inattendu, par Anne McAllister

•

Tendres souvenirs, par Sandra Marton

•

Une preuve d'amour, par Sherryl Woods

La passion et le romantisme seront au rendez-vous
pour vous faire passer de merveilleuses fêtes de fin
d'année.

Offre valable du 1er novembre au 1er janvier

BEST SELLERS

Les Best-Sellers Harlequin, c'est la promesse d'une lecture intense : romans policiers, thrillers médicaux, drames psychologiques, sagas, ce programme est riche d'émotions.

Ne manquez pas, le 1ᵉʳ novembre :

La nuit masquée, *de Heather Graham • N° 183*

Venue célébrer la Saint-Patrick chez ses parents à Boston, Moira Kelly est très vite le témoin d'étranges agissements dans le pub de son père. Son frère Patrick, Danny son amour de jeunesse, Michael son nouveau petit ami, tous disparaissent tour à tour sous des prétextes fallacieux. Puis, tandis qu'on parle d'un tueur en série dans la ville, un habitué du pub est assassiné. En proie à une totale confusion, Moira découvre qu'en réalité, un complot se trame au cœur même de l'établissement de son père, ourdi par un groupe terroriste irlandais. Mais qui, de ses proches, y est impliqué ? Difficile à dire, quand la famille et les amis sont brusquement devenus étrangers. Pire, suspects…

Le passé à fleur de peau, *de Marie Alice Monroe • N° 184*

Quinze ans plus tôt, Cara Rutledge a quitté le vieux Charleston pour aller s'installer plus au Nord, à Chicago. Mais voilà, à quarante ans, le bilan n'est pas brillant : sa carrière et son indépendance lui laissent un goût amer. Au moment où elle fait ce triste constat, sa mère, qu'elle n'a pas vue depuis des années, lui écrit une lettre énigmatique, où elle l'invite à Primrose Cottage. Cara prend le risque de retourner dans la maison de son enfance. De renouer avec sa mère. Comme si soudain le temps leur était compté…

Mais à quoi pourra bien ressembler ce retour aux sources ?

Intimes confidences, *de Charlotte Vale Allen • N° 185*

Grace Loring n'est pas mariée depuis longtemps quand survient le drame. Des violences conjugales suivies de réconciliations de plus en plus fragiles. Refusant d'être une victime impuissante, Grace va se réfugier avec sa petite fille dans le Vermont. Elle y écrit un livre inspiré de son expérience, qui devient vite un best-seller. Son site Internet est bientôt visité par des centaines de victimes en quête de conseils, dont l'une la touche particulièrement : Stephanie Baine. Mais cette mystérieuse correspondante est-elle bien celle qu'elle prétend être ?

Virus sur ordonnance, *de Gwen Hunter • N° 186*

Médecin aux urgences dans une petite ville de Caroline du Sud, le Dr Rhea Lynch est soudain confrontée à un cas inédit : un couple — lui blanc, elle asiatique —, torturé et battu jusqu'au sang, meurt peu après d'une infection pulmonaire. Une infection galopante dont Rhea circonscrit la nature, à mesure que d'autres cas semblables sont admis dans son service. Horrifiée, elle craint qu'une épidémie menace la ville, et devine bientôt derrière le virus meurtrier les manipulations d'un groupe raciste extrémiste. Désormais, dans cette lutte contre la mort où Rhea tente de rassembler les pièces du puzzle, chaque seconde compte…

L'insoumise, *de Emma Darcy • N°86 - réédition*

Rien ne semble pouvoir arrêter Tamara Vandelier dans sa course à la vengeance. A l'heure où sa mère, mourante, prépare sa succession à la tête des vignobles familiaux, elle ne songe qu'à contrarier les plans de celle qui lui a toujours tout refusé, y compris l'amour maternel. Se venger. Dût-elle pour cela séduire l'homme dont sa mère l'a autrefois séparée, et à qui elle réserve un rôle majeur dans son scénario diabolique. Hélas, en exacerbant les passions et les ambitions de toute sa famille, Tamara aura un prix à payer...

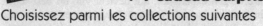

**L'ASTROLOGIE EN DIRECT
TOUT AU LONG
DE L'ANNÉE.**

(France métropolitaine uniquement)

Par téléphone 08.92.68.41.01

0,34 € la minute (Serveur SCESI).

Composé et édité
PAR LES ÉDITIONS HARLEQUIN
Achevé d'imprimer en octobre 2003

BUSSIÈRE

GROUPE CPI

à Saint-Amand-Montrond (Cher)
Dépôt légal : novembre 2003
N° d'imprimeur : 35225 — N° d'éditeur : 10174

Imprimé en France